Bastien Pantalé

Société XX

Dystopie

L'Intemporel

Bastien Pantalé prend un malin plaisir à explorer la diversité des genres littéraires. Adapter son écriture et son style à tel ou tel registre, voilà ce qui le stimule. Avec un penchant avoué pour l'imaginaire (SF/fantasy), il a également commis du polar, du thriller, un feel-good, une dystopie, de l'horreur, un témoignage ainsi qu'un recueil de pensées.

D'origine bretonne et audoise, né dans le Rhône, gamin itinérant en France et à l'étranger, après moult voyages sur presque tous les continents, il a finalement trouvé ses racines dans le Sud-Ouest, entre lacs et océan, au cœur de la forêt landaise. Là, il se transforme peu à peu en ours, mais sort régulièrement de sa grotte pour aller rencontrer ses lecteurs.

Sa ligne directrice ? Évasion, réflexion, écologie et humanisme. Des romans visuels, de l'esprit, du cœur et un quelque chose de viscéral qu'on ne saurait bien définir.

Avec 15 000 exemplaires de ses livres partis garnir les bibliothèques physiques et numériques, Bastien Pantalé fait désormais partie des meubles de la grande maison des auteurs indépendants.

Avec *Advenis – La Voie des Bâtisseurs*, il s'aventure pour la première fois dans le registre de la fantasy. Mythe des Bâtisseurs, Grand Déluge, Atlantide... À la fois balade de l'imaginaire et fresque ambitieuse, l'épopée intègre une fois de plus le lecteur dans sa trame, comme un lien entre fiction et réalité.

Suivez son actualité sur :
www.editionslintemporel.wordpress.com/publications

et sur Facebook : Bastien Pantalé

Dépôt légal avril 2019
ISBN n° 979-10-94521-38-0

1

— Nous tâcherons donc, jeunes femmes, au cours de ce semestre, de délimiter les tournants majeurs qui ont permis à notre société d'aboutir à ce qu'elle est aujourd'hui. Comment ce que nous connaissons et observons au quotidien a-t-il pu voir le jour ? Quels éléments déclencheurs, quelles personnalités, mentalités, idées progressistes, indignations ou colères y ont contribué ? Qu'il s'agisse de législation, de prouesses individuelles ou de solidarité nationale, dans les domaines de la santé, de l'éducation, de l'économie ou encore de politique extérieure, nos recherches tenteront de percer à jour comment chacune des décisions prises depuis la Féminisation[1] s'oriente vers l'intérêt commun, vers le peuple, l'espèce et l'évolution.

Ana marqua une pause préméditée. Les élèves de première année avaient besoin de davantage de temps que leurs aînées pour assimiler ses propos. Elles ne la connaissaient pas encore, mais elles apprendraient très vite que le professeur De Conti pouvait se montrer douce aussi bien qu'intransigeante. Pour le moment, elle pouvait lire dans leurs yeux une attention extrême, une vigilance – pour ne pas dire une méfiance – qui la satisfaisait amplement. Leurs regards incisifs de jeunes femmes éclairées et intelligentes pouvaient tenter de percer sa carapace d'enseignante, elles n'en viendraient pas à bout de sitôt.

Parmi son auditoire, elle reconnut certains visages croisés au cours de dîners huppés ou d'événements mondains. Ici, la haute société se mêlait aux catégories les plus modestes, une évidence dictée par le bon sens des premières réformatrices. Le progrès, impulsé par les esprits les plus brillants, pouvait voir le jour dans toutes les classes sociales. Peu importait son origine ou la place qu'occupait sa génitrice, chacune des jeunes adultes ici présentes avait droit aux mêmes chances de faire ses preuves. Le renforcement et la pérennisation du système devaient puiser dans toutes les forces vives du pays. Leur potentiel était immense.

Près d'un demi-siècle plus tôt, l'école Simone Veil avait lancé la tendance, puis toutes avaient suivi. Plus de disparités, plus d'écoles privées ou d'enseignantes rémunérées en fonction des résultats de leurs élèves. Le premier gouvernement de la 6ème République avait tranché, l'éducation s'harmoniserait autour d'un intérêt commun, celui de l'évolution positive de la société. Une bienveillance qui naissait dès l'école et qui se prolongeait à l'ensemble des décisions quotidiennes. L'enseignement tel qu'on l'avait conçu pendant des décennies, conditionné aux besoins économiques et aux débouchés professionnels, était bel et bien révolu. Tout au moins, pour les femmes. On avait tiré un trait sur l'orientation vers des filières dites "porteuses", mais totalement inadaptées à l'esprit ou aux aspirations de l'étudiante. Son émancipation, son bonheur et son accomplissement personnel occupaient désormais le premier plan de la Politique Féministe d'Éducation.

— Unité d'enseignement majeure au cours de votre cursus, l'Histoire des Civilisations vous apprendra à porter un regard global sur le passé, mais aussi sur l'avenir de notre société. Au-delà des connaissances que vous développerez ici, mon objectif est avant tout de vous accompagner à développer votre esprit critique. Vous devrez être alertes, capables d'argumenter pour ou contre les décisions que nous étudierons, et surtout, selon vos propres convictions.

Quelques regards se perdirent entre les gradins de l'amphithéâtre et l'estrade où elle se trouvait. Devant ces faciès quelque peu désarmés, Ana ne put contenir un sourire. Elles étaient jeunes, encore peu enclines à remettre l'Histoire en question, et sans doute formatées par la surprotection que la société actuelle leur offrait. Et Ana était ici pour changer cela, précisément, pour les transformer. C'était en tout cas la mission qu'elle s'était fixée. Pas celle que l'Éducation nationale lui avait assignée, non, mais elle comptait bien apporter quelques nuances subtiles – potentiellement décisives – au programme classique.

Après un regard imperceptible en direction de l'œil numérique qui enregistrait 24 heures sur 24 ce qui se déroulait dans les salles de cours, le professeur De Conti décida de poursuivre à voix basse :

— L'idée est de vous armer pour l'avenir. Pour vous et pour la stabilité de la société, je veux que vous sortiez d'ici plus fortes, plus aptes à réfléchir à ce qui est juste, à ce qui est bon et utile pour notre espèce. (Puis, les traits plus déterminés que durant toute l'heure qui venait de s'écouler.) Aucun gouvernement n'est parfait ou infaillible, et il appartient à chacun d'entre nous d'œuvrer pour l'améliorer, et éviter de répéter les erreurs du passé.

Ana hésita avant de poursuivre, et déglutit difficilement. Elle avait prononcé "chacun", et non "chacune". Cette erreur pouvait lui coûter cher. Au plafond, la sphère sombre et froide les dominait, elle et son assistance. L'horloge intégrée à l'écran escamotable du pupitre lui indiqua que la fin du cours approchait.

— Bien, fit-elle en reprenant son assurance habituelle. Pour notre prochain cours, je vous demande de rechercher les éléments précurseurs de la Révolution française. Personnages, lois, inégalités, mouvements sociaux… tout ce que vous jugerez pertinent. Nous ferons le tri ensemble, avant de mettre ce tournant majeur en parallèle avec l'avènement de notre 6ème République. Merci de votre attention, Mesdemoiselles.

Les étudiantes ne se firent pas prier pour replier les écrans souples qui les accompagneraient jusqu'au terme de leurs études. Sur cette tablette tactile et multiusage, l'enregistrement audio du cours de mademoiselle De Conti venait de rejoindre la base de données de la faculté, consultable en tout lieu et à tout moment. Certaines finissaient de prendre des notes grâce au clavier holographique qui lui était rattaché, tandis que les plus pressées franchissaient déjà les portes boisées de la salle, autorisant ainsi le réseau internet à reconnecter leurs bracelets personnels. Nouvelles du monde, réseaux sociaux, appels et messagerie, le flux de données pouvait à nouveau les assaillir.

Leur professeure observa en silence le ballet harmonieux de leurs uniformes beiges liserés de bleu. Elles convergeaient vers l'allée centrale puis gravissaient les quelques marches qui les séparaient d'un week-end probablement festif. Elle se revit à leur place, insouciante, joyeuse, et totalement inconsciente du destin qui l'attendait. Aujourd'hui, la joie avait fait place à l'amertume, à l'analyse permanente et à l'anticipation de chacun des aspects de sa vie, de chacune de ses actions.

Ana resta seule plusieurs minutes, figée au milieu de l'estrade. Elle se repassa mentalement la scène et réfléchit aux conséquences probables de son erreur, aussi minime soit-elle. Cela ferait sans doute l'objet d'un débriefing. Du côté de la faculté, avec un peu de chance, son lapsus passerait certainement pour une simple confusion de langage ; pas de quoi alarmer les algorithmes du réseau de surveillance.

Elle soupira en pensant à l'ampleur de la tâche qui lui incombait. Ses étudiantes, d'abord, esprits en formation encore ingénus, et qui représentaient paradoxalement tellement d'espoirs. Puis l'Opposition, son rôle, sa place centrale, avec toutes les tensions qu'une telle responsabilité impliquait. Intérieurement, elle se répétait qu'elle avait les épaules, qu'elle pouvait encaisser, et que beaucoup comptaient sur elle. Une inspiration profonde, une pensée agacée pour la caméra omniprésente – sans toutefois la regarder –, puis le professeur De Conti déconnecta sa clef de la console centrale.

En quittant le bâtiment à la structure pyramidale, alors que le soleil déclinait lentement derrière la haute verrière, Ana éprouva cette sensation si particulière, celle qu'elle avait appris à identifier récemment : le sentiment détestable d'être suivie et observée.

Au même titre qu'elle s'était appliquée à éviter le regard obscur de la vidéosurveillance dans l'amphithéâtre, c'est en Opposante avisée qu'elle fit mine d'ignorer la menace potentielle. Maîtresse de ses émotions, elle se contenta de suivre sa trajectoire habituelle, sans presser ni freiner le pas. En consultant les reflets mis à sa disposition par l'inox du mobilier de terrasse de la cafétéria, ou par les vitres copieusement éclairées des bâtiments bordant le forum, elle put tout au plus distinguer une silhouette frêle, aux cheveux longs et clairs, couverte de vêtements noirs plutôt amples.

Ce n'est que lorsque la rame du métro aérien démarra que cette gêne pesante disparut. Avait-elle semé sa poursuivante, ou subissait-elle simplement la paranoïa si souvent évoquée par ses formateurs ? Dans le doute, elle avait bien fait de monter dans la ligne conduisant aux résidences des enseignantes ; elle préférait ne courir aucun risque.

À l'arrêt suivant, Ana descendit et changea de quai. Pour la première fois, elle se surprit à trouver la présence de nombreux hommes rassurante. Son regard scanna avec attention les quelques silhouettes féminines vêtues de noir puis, lorsque la rame arriva enfin, elle pénétra dans la voiture de tête. Demi-tour réussi, elle était parvenue à brouiller les pistes. Son appartement de fonction attendrait encore un peu. Ce soir, c'était le centre-ville et son quartier historique qui l'intéressaient.

Le rail magnétique aérien lui offrait un point de vue idéal sur les formes géométriques de la ville et ses regroupements d'immeubles. À travers le verre sécurisé du métro, Ana put contempler les variations de teintes de l'agglomération, de ses vapeurs pastel et de ses ombres mouvantes. Le soleil projetait les interminables silhouettes des tours du quartier d'affaires, et plongeait déjà dans l'ombre les zones les plus denses.

Là aussi, le changement de régime avait laissé son empreinte. Des designs plus modernes, plus épurés, et surtout moins salissants. Davantage de courbes dans l'architecture, de formes circulaires et rebondies rappelant celles de la nature. Cela paraissait tellement évident, maintenant, mais l'humeur et l'harmonie des habitants étaient bel et bien conditionnées aux formes qu'ils voyaient, aux espaces dans lesquels ils évoluaient. La suppression progressive des angles, bien qu'elle ne fût pas toujours possible, contribuait largement à adoucir les mœurs et à œuvrer dans le sens du bien commun. La psychosociologie spatiale, développée par l'une des avant-gardistes du féminisme moderne, s'était progressivement imposée comme une science avérée, et occupait désormais une place non négligeable dans les réformes gouvernementales.

Ana dut réprimer un sourire devant cette harmonie apparente, car elle sentait bien derrière elle les regards mornes et désabusés des travailleurs qui se croisaient dans les transports. Confinés dans des usines délabrées et anguleuses, limités aux tâches ingrates et aliénantes que leur imposaient leurs contemporaines, les hommes portaient sur eux leur condition inférieure ainsi que leur défaite.

Cependant, Ana ne pouvait se permettre le moindre regard compatissant, la moindre affliction à l'égard de ses pendants masculins ; la surveillance était partout, et la répression radicale.

À proximité de l'ancien Quartier Latin, elle regagna la terre ferme et son revêtement photovoltaïque. En agglomération, c'est le sol lui-même qui alimentait le réseau de transports publics ainsi que l'éclairage nocturne. Dans la rue, tout était impeccable. Pas un déchet ne dépassait des poubelles compacteuses et il flottait dans l'air un parfum délicat, bien qu'artificiel, de jasmin et de rose musquée.

Ce début de soirée voyait se croiser les silhouettes légères et graciles de jeunes femmes en recherche de détente, et celles, plus apathiques, d'hommes chargés d'aller les distraire. Les barmen et les serveurs s'affairaient déjà en terrasse, apprêtés dans les tenues exigées par leurs employeuses et s'efforçant d'afficher leurs airs charmeurs et leurs plus beaux sourires. Sous leurs chemises subtilement ajustées et souvent transparentes, l'on devinait des musculatures travaillées ; leurs pantalons mettaient en valeur le galbe parfait de leurs fesses que les clientes ne se privaient pas de commenter. Çà et là, des éclats de rire, une quiétude et une euphorie générale ponctuaient le ballet de ces éphèbes triés sur le volet. Le soupir de l'enseignante passa inaperçu au milieu des conversations bruyantes.

Un peu plus loin, lorsqu'elle passa devant les bains publics, Ana sentit naître dans son ventre une nausée violente. Les visages radieux et satisfaits qui sortaient de ce bâtiment très prisé, combinés à l'odeur à la fois douce et âcre du traitement de l'eau générèrent une fois de plus un profond dégoût.

Elle pressa le pas pour aboutir finalement aux portes du quartier historique. L'encens capiteux et l'odeur de la vieille pierre avaient pris le relai sur l'atmosphère artificielle traversée plus haut. Ces senteurs n'étaient pas forcément plus agréables, mais plus supportables, très certainement.

Ana adorait se perdre dans ces ruelles pavées où tant de générations s'étaient succédé. Elle se plaisait à imaginer l'époque où des couples s'étaient aimés, ici, là, contre un mur ou sous un porche plus discret. Des mains liées en toute confiance, des baisers, des étreintes passionnées, parfois plus… L'époque bénie où hommes et femmes avaient tenté de s'entendre, de cohabiter et de construire un avenir serein. L'époque où ils avaient échoué. Celle où l'avantage s'était inversé, sans tenir compte des erreurs passées. Ana n'était pas née, et il ne restait aujourd'hui que très peu d'individus pour en témoigner. Seulement l'Histoire, et la mémoire collective, orale surtout, qui alimentait depuis lors les idéaux de l'Opposition.

Il en était toujours ainsi, lorsqu'elle descendait secrètement en ville. La dualité entre cette nostalgie enivrante et le constat amer de la réalité présente. Dans son esprit d'historienne, un heurt entre époques, une bataille des genres qui ne prenait jamais fin. Après les premières sensations rafraîchissantes, identiques à celles que pourrait ressentir une archéologue avide de vérités passées, c'était la lassitude qui prenait l'ascendant. Un sentiment d'impuissance face à la bêtise de ses contemporaines, bien que l'Opposition n'ait jamais été aussi vive.

En matière de relique d'une autre époque, celui qu'on l'avait sommée de visiter figurait en bonne place.

Au fur et à mesure qu'elle se rapprochait de l'adresse, Ana se montrait de plus en plus prudente. Au lieu d'un itinéraire rectiligne, elle emprunta de multiples détours afin de s'assurer qu'elle n'était pas suivie. Au pied d'un hôtel particulier d'apparence abandonné, elle patienta durant d'interminables minutes ; c'était la procédure. Depuis le trottoir opposé, elle guetta les deux extrémités de la rue, prenant soin de ne pas trop lever le nez ni d'exposer son visage aux caméras de sécurité situées à chaque angle. Dissimulée sous d'épaisses boucles rousses, elle attendit que la minuscule fenêtre du deuxième étage – la seule impeccablement nettoyée – s'entrouvre, signal que l'entrée était déverrouillée. En ignorant les quelques passants qui croisaient son chemin, elle traversa la voie piétonne d'un pas décidé et pénétra dans le hall sombre et froid.

L'odeur de renfermé eut aussitôt l'effet apaisant auquel elle s'attendait. Une fois la porte claquée, elle put enfin se détendre ; elle était en territoire ami. En haut du grand escalier en pierre auquel il manquait plusieurs marches, elle entendit le grincement significatif de la porte de son hôte, et ses pas, lents et faibles, glissant sur le parquet. Togan l'ermite était toujours prompt à l'accueillir.

2

Ernest n'avait pas allumé l'écran domestique de la journée. Il savait combien ses ondes lumineuses, même avec tous les filtres possibles, limitaient ses capacités. Et puis, il espérait bien faire durer ses yeux de vieillard jusqu'à la fin. Installé dans son fauteuil en velours d'un autre âge, il déposa ses lunettes sur ses genoux et se frotta le visage d'une main crispée par les années.

Son intérieur était assez sombre. À vrai dire, dans la pièce où il passait le plus clair de son temps, le seul trait de lumière vive s'étirait depuis l'unique fenêtre et inondait copieusement son bureau. Dans les autres pièces, des persiennes, elles aussi antiques, donnaient au lieu une atmosphère à la fois cosy et morne. Beaucoup de poussière, partout, à l'exception de la cuisine spartiate, de son bureau, et des quelques livres qu'il consultait régulièrement. La pièce de travail en était envahie. Un véritable trésor accumulé au fil de sa longue carrière d'écrivain engagé.

Chaque pan de mur était tapissé de bibliothèques solides, elles-mêmes garnies d'ouvrages aussi utiles que variés. Une section énorme consacrée à l'Histoire faisait cohabiter des manuels anciens de la fin du 20ème siècle avec des éditions modernes qui vantaient les louanges du pouvoir en place. Les uns comme les autres étaient rares, car les premiers étaient tout simplement prohibés, et l'avènement des nouvelles technologies avait presque englouti l'usage des seconds.

Dans la section juridique, les livres les plus usés et les moins poussiéreux étaient consacrés aux textes de jurisprudence, regroupant les milliers d'arrêts auxquels on pouvait toujours se référer aujourd'hui – si l'on se donnait la peine de fouiller.

Plusieurs étages étaient consacrés aux grands classiques de la littérature française, où Ernest, parfois en manque d'inspiration, puisait la vitalité et la conviction nécessaires à ses écrits. Ils côtoyaient les œuvres majeures de science-fiction, genre qu'il affectionnait par-dessus tout pour la liberté qu'il offrait à dépeindre des sociétés fictives, pour mieux démonter ce qui posait problème dans celles de leurs auteurs. Nombreux étaient ces esprits imaginatifs et perspicaces à s'être aventurés dans le registre de l'anticipation. Souvent, Ernest souriait en redécouvrant quelques détails visionnaires quant à la société future, celle dans laquelle lui-même vivait aujourd'hui. Force était de constater qu'en matière de voitures volantes, de cybernétique ou encore d'environnement débarrassé de toute pollution, ces écrivains utopistes et philanthropes s'étaient peut-être un peu emballés.

Dans le fond de la pièce, une étagère entière était consacrée à la communication des Féministes – pour ne pas dire à leur propagande. Quelques revues et tracts distribués ou affichés dans la rue, et de nombreux articles piochés dans la masse de médias virtuels, imprimés par Ernest lui-même et tous passés au crible de ses stylos et surligneurs, dûment décortiqués et analysés.

Sur la dernière tablette, enfin, des classeurs répertoriant les articles publiés illicitement par l'Opposition. Objets de recherches patientes et d'un travail acharné destiné à démonter les argumentaires extrémistes du gouvernement, ces papiers représentaient pour ainsi dire le dernier sursaut de la libre expression populaire et de son désaccord avec le régime en place. Commandités par l'Opposition elle-même pour mieux combattre les aspirations néfastes du féminisme, un même nom apparaissait en petits caractères au pied de chacun d'entre eux : Togan.

Ernest repoussait donc au maximum l'allumage de cet écran qui occupait une place centrale dans tous les foyers modernes. Même aujourd'hui, il avait résisté à la tentation. Que son article ait été publié ou non, le reste ne dépendait plus de lui. En éternel réfractaire à la technologie, le vieil homme souhaitait à tout prix préserver sa vue et ses fonctions cérébrales. Les méfaits des écrans n'étaient plus à prouver.

Depuis des décennies, et malgré les études et autres mises en garde de l'OMS[2], le niveau intellectuel général, les capacités cognitives, de réflexion et de concentration s'appauvrissaient. En limitant le temps d'utilisation de ces écrans et en privilégiant des activités plus saines, en particulier pour les enfants, dont le cerveau est en plein apprentissage, les êtres humains auraient pu endiguer cet avilissement de l'esprit. Seulement, la multitude de dispositifs qui inondaient la vie quotidienne possédaient ce pouvoir d'attraction, cette force magnétique à laquelle l'immense majorité de la population se soumettait. L'appel de la lumière, de la nouveauté et de l'instantanéité était plus fort que tout. Une lobotomie pernicieuse et consentie, voilà ce qu'Ernest en pensait.

Sur le bureau, des papiers épars, des lettres manuscrites, un stylo, un crayon à papier et une gomme étaient posés là, sans ordre apparent, comme si une force invisible les animait d'une volonté propre. Pourtant, depuis ce matin – Ernest avait travaillé jusqu'au lever du soleil –, tout était resté en plan.

Après un repas matinal copieux, l'ermite avait lu quelques chapitres d'un auteur anglo-saxon particulièrement névrosé puis avait avalé d'une traite ses six heures de sommeil quotidiennes. Sa situation le forçait à vivre en reclus, et lorsqu'il sortait, cela ne pouvait être que la nuit. Aussi, s'était-il accoutumé à ce rythme lunaire, où sa concentration rencontrait la quiétude nocturne du quartier historique.

Depuis son réveil, l'écrivain le plus recherché du pays avait ingurgité quatre cafés, s'était appliqué à ses exercices quotidiens, puis à une toilette sommaire. Quelques minutes de soleil devant la fenêtre qu'il lavait régulièrement, et son corps ainsi que son esprit étaient fins prêts pour être productifs.

Il s'avança au bord du fauteuil pour attraper la petite télécommande de l'écran. Les techniciens de l'Opposition venus lui installer auraient très bien pu paramétrer le contrôle vocal, mais la paranoïa protectrice du vieil homme le leur avait interdit. Il craignait le traçage de sa signature, par le croisement des données biométriques ou il ne savait quel autre logiciel espion. La police devait bien posséder quelques vieux enregistrements de sa voix, et malgré le poids des années, un léger éraillement ne suffisait pas à la rendre méconnaissable. La caméra incrustée dans l'écran était elle-même recouverte d'un épais morceau d'adhésif ; aucune précaution n'était superflue.

Conformément à sa programmation, le dispositif s'alluma sur la Une de *La Voix de la Cité*, quotidien gratuit consulté par plus de 3 millions d'utilisateurs. Quel meilleur canal pour toucher un maximum de lecteurs ? L'Opposition variait ses supports de communication, et surtout, alternait entre l'un ou l'autre des multiples journaux mis à sa disposition par la toile. Un piratage basique de la part des programmeurs ralliés à la cause, et les mots d'Ernest s'inséraient malicieusement dans la trame juste avant publication.

Son article du jour n'était pas piqué des vers ; ça avait dû ruer sévère à la rédaction de *La Voix*. Tant pis. Ce coup-ci, c'était tombé sur eux, on ne faisait pas d'omelette… Il fallait bien que le message passe. Comme à chaque parution de l'un de ses travaux, et une fois ses yeux accoutumés au rétroéclairage de l'écran, le vieil homme se livra à une énième lecture.

Lorsqu'il eut terminé, Ernest laissa l'écran projeter sa froide lumière bleutée dans la pièce principale, où il avait installé son bureau, puis se leva en direction de son usine à oxygène, comme il aimait la nommer. Tout à côté de son espace de travail s'étalait un parterre végétal dense et bigarré. Un coffrage d'une cinquantaine de centimètres de hauteur longeait le mur jusqu'à la première bibliothèque. Là, s'épanouissaient de multiples essences. Il était parvenu à faire cohabiter des plantes grasses, cactées ou aloès, avec des ficus aux feuilles tombantes, quelques bambous isolés et même des variétés improbables de bonsaïs. Les petits compagnons de Gulliver auraient pu se perdre dans cet épais rideau de vie, s'y dissimuler ou bien s'y frayer un chemin à la machette, bien que c'eût été dommage.

Le soleil déclinant jetait ses rayons orangés dans cette niche de verdure, détachant subtilement les multiples teintes de chlorophylle sur le mur blanc qui les entourait. Ernest attrapa le pulvérisateur posé sur une petite tablette et, tout en humidifiant les feuilles épaisses et la terre de ses plantes domestiques, déclama avec emphase :

— Pourvu que ça les fasse bien suer, ces misandres ignorantes !

Il aimait causer avec ses plantes. Car oui, si on l'écoutait, il s'agissait là d'un réel échange. Il ne se contentait pas de les abreuver de ses mots, de son amour et de ses vibrations, non. Il recevait en retour leurs intentions à elles, leurs pulsations délicates et rassurantes. Une symbiose dans laquelle, lorsque son imagination le portait un peu trop loin, il se voyait volontiers disparaître.

— La guerre est déclarée, mes p'tites chéries.

Le vieil homme finissait à peine de nourrir ses protégées lorsque l'horloge murale sonna 19 heures. Comme surpris par le gong en sourdine du dispositif, Ernest se figea une seconde, avant de reposer son pulvérisateur et de se diriger machinalement vers la fenêtre.

Ana était du genre ponctuel. La connaissant, elle devait même être arrivée depuis plusieurs minutes. Contrairement aux autres militantes de l'Opposition, le courant passait bien avec la jeune femme, c'est pourquoi il exigeait, dans la mesure du possible, d'avoir affaire à elle.

Un coup d'œil sur la silhouette athlétique postée comme convenu sur le trottoir opposé, un regard vigilant scannant les autres passants, puis Ernest pressa la commande d'ouverture de la porte d'entrée, installée sur le coffrage de la fenêtre en niche. Il ouvrit cette dernière sans tarder, afin d'indiquer à son invitée que la voie était libre, puis s'orienta promptement vers la salle d'eau. Au passage, il déverrouilla la porte palière. Un rafraîchissement rapide et un soupçon d'eau de toilette le mettraient sans doute en condition pour cette entrevue.

— Je suis surveillée, Ernest, souffla l'enseignante en pénétrant dans cette entrée obscure mais familière.

Un soupir provenant de la salle de bain, et la voix vibrante de Togan l'accueillit :

— Cela devait bien arriver, chère amie. C'est pour cela qu'ils t'ont préparée, n'est-ce pas ?

Après avoir à son tour fait grincer et verrouillé la lourde porte d'entrée, Ana s'avança dans le bureau. Elle aimait l'atmosphère unique qu'elle retrouvait ici chaque fois qu'elle lui rendait visite. L'odeur des livres sans doute. Comme souvent, son hôte la rejoindrait deux minutes plus tard, lorsqu'il en aurait fini de ses ablutions. Elle appréciait tellement cet instant de solitude dans ce lieu hors du temps.

Togan possédait ce côté charmeur qui, en dépit de son âge mûr, avait quelque chose de séduisant. Un charisme presque magnétique, plus qu'une réelle attirance. Il aimait s'apprêter pour la recevoir, c'était plus fort que lui, mais jamais il n'avait tenté quoi que ce soit de déplacé ; son plaisir s'arrêtait à ces attentions galantes.

Elle prit sur elle de refermer la fenêtre, les coupant ainsi des bruits de la rue. L'espace de quelques heures, ce monde fou n'existerait plus.

— Ravi de constater que tu les as semés.

Ernest Togan se tenait droit, dans la lumière et dans une chemise canadienne trop grande pour lui. Ses épaules frêles flottaient dans le tissu, mais Ana s'arrêta avant tout sur son sourire. Une expression aimable qu'il n'affichait pas souvent, et des yeux brillants de malice soulignés par ses lunettes d'écrivain de l'ombre.

En réponse au sourire qu'elle lui renvoya, Togan s'avança pour lui serrer la main.

— Bonjour, ma douce.

Togan serrait toujours les mains. La bise et autres embrassades le dépassaient totalement. Et puis, il fallait que leurs rapports restent professionnels – si on pouvait dire.

— Salut, Ernest. Félicitations pour ton article.

— Félicitations à vous autres, pardi. Moi, je n'ai fait que l'écrire. C'est vous qui prenez tous les risques.

— C'est tout de même ton nom qui figure en pied de page.

— Oh ! s'exclama-t-il. C'est vrai. Ça de plus ou de moins. Tu sais, chère enfant, mon palmarès est déjà bien rempli. À propos, où en est l'enquête, que dis-je, la chasse au sorcier ?

Tous deux partagèrent l'un de ces moments de rire qui les rapprochaient tant, un moment simple entre un homme et une femme qu'il était rare de pouvoir vivre en dehors de cet appartement.

— Ils ne manquent pas de fausses pistes à exploiter, tu peux dormir tranquille.

— Bon. Bon... fit-il en considérant la jeune femme idéaliste qui s'installait naturellement dans le fauteuil de bureau.

Ana ne possédait pas les traits gracieux ou harmonieux édictés par les canons de la beauté moderne. Sa mâchoire large et dessinée, plutôt masculine, cohabitait mal avec son corps mince et ses muscles allongés. C'était autre chose qui donnait à l'enseignante son charme envoûtant, un il ne savait quoi de tempérament sanguin, volontaire, décidé. Oui, c'était cela. Ana mettait dans chacun de ses gestes comme dans sa croyance en l'Opposition un dévouement tel qu'elle transmettait cette énergie. Sa passion se lisait sur son visage et dans son regard aux nuances minérales. Sa chevelure rousse et ses boucles indisciplinées ajoutaient très certainement à cette aura qui illuminait toute la pièce.

— La publication a-t-elle eu l'effet escompté ?

— Plus encore. Tu n'allumes jamais ton écran ?

Ana tourna la tête vers l'article encore affiché sur le dispositif mural. Le vieil homme s'assit à son tour, et rétorqua, comme une évidence :

— Rarement. Je viens juste de consulter le site de *La Voix de la Cité*.

— Eh bien, il semblerait que l'étincelle ait rencontré la poudre.

— Comment ?

— Des manifestations, et pas seulement dans la capitale, explicita la jeune femme, l'air satisfait.

— Les médias en ont parlé ? Pourquoi auraient-ils pris ce risque ?

— L'article a provoqué plusieurs rassemblements spontanés un peu partout dans le pays, et les partages sur les réseaux cryptés, eux, n'ont pas pu être censurés. Le temps que l'État réagisse, une bonne part de la population a pu être atteinte. Les réactions ont été si rapides et d'une telle ampleur que les autorités n'ont pu toutes les contenir.

— Je vois. Que les journalistes en parlent ou non, cela ne changera rien.

— Le mouvement est lancé, Ernest, et c'est grâce à toi.

Togan prit un instant pour réfléchir aux conséquences de ce premier succès. Bien sûr, ses articles précédents avaient bien provoqué quelques retombées positives, mais rien d'aussi probant.

— Je ne me serais jamais attendu à une telle effervescence, avoua-t-il à mi-voix.

— Il semblerait que l'ensemble de la population ne soit pas forcément d'accord avec le régime, mon ami.

Ana énonçait là une vérité qu'elle avait déjà pu vérifier au cours de ses multiples campagnes d'information, ou encore au détour de conversations privées, mais constater enfin un réel soulèvement de ses contemporaines la remplissait de joie. Et d'espoir !

— Et les hommes ?

La question d'Ernest vint rompre cet élan d'optimisme.

— Nous avons frappé un grand coup, c'est vrai, mais il en faudra bien plus pour qu'ils se joignent à la lutte. Néanmoins, ce sont toujours eux qui vont trinquer ; plusieurs arrestations aléatoires ont déjà eu lieu.

— Ces idiotes ne reculent devant rien, alors. Elles n'admettront jamais publiquement que des femmes puissent discuter leurs méthodes, s'opposer à leur politique, ou même brandir le droit des hommes. Non, il faut forcément que ces actions viennent de la gent masculine.

— Aux yeux de la population, oui. Si elles évoquaient ouvertement des disparités d'opinion au sein même de la population féminine, elles ouvriraient la porte à de nouvelles idées progressistes. Elles, tout ce qu'elles souhaitent, c'est figer la situation, se complaire dans ce régime autoritaire.

— Mais maintenant que certaines d'entre vous sont descendues dans la rue, cela devrait changer, non ? s'inquiéta Togan, comme si son isolement le tenait trop éloigné de la réalité de la société.

— Nous y veillerons ! Les Féministes d'aujourd'hui déshonorent l'idée même défendue par Christine de Pisan[3], Marie de Gournay[4], Marguerite Durand[5], André Léo[6], Simone Veil[7] et leurs successeurs, et il y aura toujours des gens comme nous pour le leur rappeler. Pas vrai ?

Ana était peut-être l'une des dernières femmes vraiment éduquées de ce pays. Son poste à la faculté d'Histoire et ses idées égalitaires faisaient d'elle l'interlocutrice idéale pour Togan. Les autres opposantes qu'on lui envoyait possédaient cette même verve, parfois même moins mesurée, mais aucune n'avait la vivacité d'esprit ou la vision globale dont Ana faisait preuve à chacune de leurs rencontres. Si une conclusion positive devait découler de tout ceci, ce serait certainement grâce à des activistes aussi avisées.

Le reste de la population se contentait de profiter de la prise de pouvoir de quelques extrémistes, sans trop réfléchir à la légitimité de leur situation ou à l'avenir de l'être humain. L'Histoire, cet éternel recommencement.

En quelques secondes et par d'intuitifs mouvements de ses doigts, Ana envoya le fichier qu'elle transportait vers le serveur domestique. L'authentification était automatique, désormais. La sphère de téléchargement s'afficha alors sur l'écran, avant de se remplir de cette teinte aqueuse bleutée à mesure que le flux d'informations était transféré. Le condensé de nouvelles et articles dûment sélectionnés par la cellule Communication de l'Opposition transita du bracelet de l'enseignante jusqu'à cet écran qui en devenait par là indispensable. C'est en tout cas dans cet état d'esprit qu'Ernest observa la scène.

— Ne me regarde pas comme ça, dit-elle sèchement lorsque le transfert fut terminé. Je sais ce que tu penses, mais transporter tous ces documents au format papier nous exposerait considérablement.

— Je sais, je sais...

— De cette manière, aucun risque que nous soyons pris. Si des enquêteurs zélés tentaient d'ouvrir les fichiers présents sur mon bracelet, ces derniers seraient aussitôt compromis.

— J'ai toujours perçu l'ère du numérique comme un canot fuyant de toute part ; ce ne sont pas les exemples qui manquent. Pour moi, seule une bonne vieille impression garantit la durabilité du document.

— Le papier brûle, Ernest.

— Et les fichiers se font pirater. Pardon, se reprit-il, j'ai simplement du mal à croire que vos cryptages puissent être aussi fiables.

— Tu peux avoir confiance. Si tu savais le nombre de personnes qui travaillent et risquent leur vie afin de te transmettre ces infos.

— À commencer par toi.

La grimace du vieil homme en disait long sur l'inquiétude qu'il éprouvait pour sa protégée. S'il avait pu l'empêcher de prendre tous ces risques... Dans un large sourire destiné à éluder tout sujet fâcheux, Ana déclara :

— Je suis une grande fille. Et puis, je ne compte pas me faire prendre bêtement, il y a un petit bonhomme que j'aimerais voir grandir.

Ces derniers mots étaient tellement lourds de sens. Voilà ce qu'Ernest appréciait chez elle, voilà ce qui lui donnait envie de continuer sa lutte, malgré le poids des années. Ana se projetait dans l'avenir, avec son fils, et comptait bien tout faire pour qu'il puisse s'y épanouir. Convertir cette incertitude en droit pour tous ceux de sa génération, elle s'en faisait un devoir ! Comment l'écrivain engagé qu'il incarnait depuis près de cinq décennies aurait-il pu rester passif ? Cette femme idéaliste, profondément juste, maman combative et dévouée qui plus est, méritait certainement tout son soutien, au même titre que les innombrables âmes opprimées par le régime.

— Comment va Hector ? questionna logiquement Togan.

— Il commence à poser beaucoup de questions.

— C'est l'âge. Six, sept ans, c'est ça ?

— Il aura huit ans le mois prochain. Mais ses questions sont légitimes, ce n'est pas ce qui m'inquiète. C'est son regard. Comme s'il connaissait déjà les réponses à ses interrogations, et qu'il demandait simplement à être rassuré.

— Ce qui ne m'étonnerait que modérément, connaissant sa mère, lança Ernest dans un clin d'œil complice.

— Arrête tes bêtises ! Oui, il est intelligent et éveillé, c'est un fait. Nous essayons de lui donner une éducation aussi ouverte que possible. Mais tu sais, le manque de contact avec des enfants de son âge se ressent parfois beaucoup. Je crains qu'il ne grandisse trop vite.

— Ton inquiétude est parfaitement légitime. Tu fais de ton mieux malgré la politique de natalité instaurée par ces ignorantes. Si seulement vous étiez plus nombreuses. Le choix que tu as fait à l'époque est admirable et courageux, et je crois sincèrement que le changement peut venir d'individualités comme ton fils, Ana.

Visiblement émue, l'enseignante baissa le regard afin de dissimuler son trouble.

— Merci. Merci de me le rappeler.

Elle pouvait être reconnaissante envers l'Opposition, dont de nombreux membres, fiables et solides, l'aidaient avec la garde et l'éducation d'Hector. Toutefois, les mots de Togan possédaient une résonance autrement plus touchante, rassérénante même. Être ainsi confortée dans ses choix et ses idéaux la regonflait d'espoir. C'était ça, aussi, que l'écrivain apportait à leur projet : un soutien tangible et pérenne animé par des décennies d'expérience et de combats.

— La politique de l'enfant unique était une décision pour le moins raisonnable ; elle aurait d'ailleurs dû être instaurée dès la fin du 20ème siècle. Mais avec le contrôle des genres, les dirigeantes sont allées bien trop loin.

Ernest s'interrompit et serra les poings sur ses accoudoirs.

— Nom de Dieu ! Combien de temps leur faudra-t-il pour réaliser l'hérésie d'une telle mesure ?

— Elles pensent pouvoir garder le contrôle de la natalité grâce à la PUMA[8]. Sélectionner le sexe du nouveau-né en fonction des besoins de la société n'est pas dénué de sens, quand on y pense...

— C'est une aberration ! vociféra Togan, à la grande surprise de son invitée. Il s'agit là d'un écran de fumée, du beau discours qu'elles ont décidé de servir à la population. Sous couvert de réguler la répartition femmes/hommes, de fournir la main-d'œuvre nécessaire aux usines et aux autres postes boudés par ces dames, je reste persuadé que des manipulations bien plus pernicieuses sont décidées en coulisse ; des modifications autrement plus graves qu'un simple chromosome X ou Y.

— Tu veux parler d'eugénisme ? Des codages... mais, dans quel but ?

— La sélection génétique n'est-elle pas déjà d'actualité pour les critères physiques de ces milliers d'éphèbes qui vous servent, vous divertissent, vous...

— STOP ! N'en dis pas plus !

C'était bien la première fois qu'Ana haussait le ton dans l'appartement d'Ernest. Son regard venait soudainement de se transformer. Le vieil homme réalisa trop tard qu'il aurait pu mieux choisir ses mots.

— Tout d'abord, je t'interdis de m'assimiler à celles que je me suis promis de combattre. Même chose pour toutes les femmes qui profitent de leurs avantages sans même réaliser le système oppressif qu'elles alimentent. C'est compris ?

— Pardon... Qui LES divertissent.

— Merci. Ensuite, tu sais à quel point le sujet que tu t'apprêtais à mentionner me donne envie de vomir. Alors, s'il te plaît, arrête-toi là !

Togan hocha simplement la tête. À vrai dire, lui non plus n'était pas forcément très à l'aise avec cette idée. Ses nerfs avaient pris le dessus.

— Toujours est-il que leurs cliniques, là, produisent presque en série les meilleurs reproducteurs, aux traits les plus susceptibles de plaire à leurs contemporaines, et surtout, intellectuellement moins bien dotés qu'elles.

— Tu suggères qu'elles les maintiendraient volontairement dans un état d'infériorité mentale ? Pour les empêcher de se révolter... murmura-t-elle en réalisant cette probabilité. C'est impensable ! Les avancées en neurogénétique sont loin d'être aussi performantes.

— Tu crois ? Pour quelle autre raison auraient-elles interdit la procréation par voies naturelles ?

— La contraception masculine obligatoire a été imposée par le décret de 2075, ça ne date pas d'hier. Il s'agissait seulement d'empêcher la répétition des erreurs du passé, au même titre que la suppression de leur droit de vote.

— "Des meilleures intentions naissent les plus graves dérives", cita Ernest. Les hommes perdent progressivement leur statut d'êtres humains, et ça ne m'étonnerait guère qu'elles soient parvenues à dissimuler quelques surprises dans les organismes de ces pauvres bougres.

— C'est immonde.

— Pas plus que tout ce qu'elles ont accompli depuis les débuts de la 6ème République. Cela t'étonnerait tant que ça ?

Ana réfléchit brièvement à l'affreux potentiel qu'ouvrait cette seule idée.

— À quoi est-ce que tu penses ?

— Concrètement ? Des inhibiteurs du métabolisme, qu'ils soient chimiques ou mécaniques.

— Des tests semblables ont déjà été réalisés sur des élevages laitiers, afin, si j'ai bonne mémoire, que les spécimens les moins productifs se laissent mourir et arrêtent d'abaisser la moyenne du groupe.

— Tu as tout compris. Dans ce cas précis, un codage savant implanté dans l'animal dès la gestation indiquait à l'organisme le seuil en dessous duquel activer son autodestruction. Cependant, certains ont évoqué la possibilité de contrôleurs externes susceptibles de déclencher le mécanisme.

— Togan, te rends-tu bien compte de ce que cela impliquerait ?

Le vieil homme se contenta de hocher la tête, avant qu'Ana ne reprenne :

— Cela leur donnerait pour ainsi dire le droit de vie ou de mort sur les hommes.

— Précisément !

Un silence pesant pénétra les murs de l'appartement et la chair de ses occupants.

Dès les premières dérives des Féministes, Ernest Togan avait eu à cœur de dénoncer leurs pratiques les plus douteuses. Aujourd'hui, sa haine pour le régime n'avait d'égal que la précarité pesante imposée par sa vie de reclus.

Ana quant à elle prenait conscience qu'elle ignorait encore bien des choses au sujet des détentrices du pouvoir. Les craintes les plus extravagantes de l'Opposition étaient peut-être justifiées, finalement. Elle pouvait se fier à Ernest et à sa longue expérience d'observateur. Il connaissait les Féministes mieux que les Féministes elles-mêmes. Il avait tellement écrit à leur sujet. D'abord rallié à leur cause lorsque les promesses d'une société meilleure éclairaient sa plume pleine d'espoir, l'écrivain idéaliste avait vite déchanté. Lui aussi féru d'Histoire des Sociétés, il ne pouvait qu'être dépité en constatant que des dirigeantes qui se voulaient progressistes et tournées vers l'intérêt général se contentaient, parfois malgré elles, de répéter les heures les plus sombres de l'Histoire. Il avait acquis au fil des décennies une connaissance solide de leur système de pensée, des articulations du pouvoir ou encore de leurs motivations profondes, qui elles, étaient tout sauf philanthropes.

Seulement, Ernest Togan n'avait pas fait qu'observer. Il n'avait eu d'autre choix que de s'engager, dénoncer, s'indigner. Entouré par quelques médias qui croyaient encore, à l'époque, à la liberté de penser et d'informer, il s'efforça tout au long de sa carrière de journaliste de mettre en relief l'une ou l'autre décision des Féministes, tel conflit d'intérêts ou tel amendement liberticide, projetant dans l'avenir leurs stratégies destructrices – non sans ironie et sarcasme – ou prenant appui sur le passé pour mieux argumenter contre elles.

Elles. Les Féministes. Grandes adversaires de la société paternaliste et des gouvernements associés. Combattantes du mieux, de l'harmonie, patientes et passionnées, s'affichant, à leurs débuts du moins, comme libératrices d'un peuple et porteuses de vraies valeurs d'égalité. Ce n'est qu'après que les extrémistes parmi elles ont gonflé les rangs. Et ça, Togan l'avait vu venir. Avant même leur prise de pouvoir, alors que l'équité n'était encore qu'en pourparlers et qu'un courage collégial leur faisait balancer leurs porcs[9], Togan avait craint tout cela. Tellement de rancœur ! Tellement de haine ! Ce genre d'extrémisme était couru d'avance, comme inscrit dans leurs gènes. Pourquoi personne d'autre n'avait pu l'anticiper ? Ni les psychologues, ni les sociologues, pas plus que les historiens. Même les premières concernées – les mieux intentionnées d'entre elles – n'avaient pu voir venir cette lame de fond qui gonflait depuis des millénaires.

Très vite, le rachat de ces quelques partenaires médiatiques par de grands groupes financiers, et une loi en entraînant une autre, la liberté de la presse s'éteignit presque aussi rapidement que les voix des derniers esprits libres. Togan n'était plus qu'une plume, sans le moindre réseau. De longues années sans pouvoir réellement s'exprimer. Sa voix s'éteignait aussitôt couchée sur le papier. Tristesse. Impuissance. Dépression.

Puis l'Opposition s'était formée. Indubitablement. C'était dans l'ordre des choses : un régime autoritaire possédait toujours en son sein les graines de sa destruction. Ainsi, c'est aux côtés de femmes et d'hommes plus éveillés, plus éclairés que celles qui leur enlevaient leur avenir que Togan avait repris espoir. C'était cette même flamme, cet authentique besoin d'y croire qu'il voyait encore, ce soir, dans le regard flamboyant d'Ana.

Ses articles de plus en plus acerbes à l'encontre du pouvoir avaient fini par faire de lui une cible prioritaire de la censure et de la propagande féministe. Si bien qu'il avait dû fuir, se cacher, encore et encore, pour échapper à leurs lois et à leur dégoût viscéral du chromosome Y. C'était surtout leur crainte envers un homme pensant, véritable menace pour leur maintien au pouvoir, qu'elles exprimaient en le traquant ainsi jusque dans la campagne la plus reculée.

Ernest avait fini par élire domicile là où on ne le cherchait plus : en plein cœur de la capitale. Un nouveau réseau, drastiquement pensé et articulé, lui permettait d'être approvisionné et parfois même de sortir, avec le costume approprié. Mais surtout, Togan signait à nouveau des tribunes épicées et documentées, destinées à éclairer les innombrables esprits dormants que comptait la population.

Les hommes n'avaient plus leur mot à dire. Quand bien même auraient-ils pu se dresser contre l'autorité, ils n'en avaient plus l'envie. Des serviteurs amorphes, dénués de toute ambition, voilà ce qu'il restait de ses congénères.

Observer la décadence d'une société, la division si violente de ses contemporains n'avait rien de réjouissant. Aujourd'hui, c'était en homme meurtri, harassé, amer, presque désillusionné qu'Ernest continuait le combat. Certes dans l'ombre, mais toujours debout !

Non, la cible de Togan, son audience était les femmes, dans leur immense majorité. Depuis toujours, peut-être même depuis les prémices de leur révolution, il conservait en lui la certitude, l'intime conviction que ce régime dont elles jouissaient pourtant allègrement, elles ne l'avaient pas voulu. Cette coercition, ce féminisme dénaturé était le fait de quelques extrémistes frustrées et dénuées de toute sagesse. Les vraies femmes, elles, savaient forcément ce qui était juste et bon pour l'espèce ; elles abritaient ce secret depuis les premiers âges. Les vraies femmes possédaient cet instinct propre à l'évolution, et ce n'étaient pas quelques décennies de fourvoiement qui risquaient de les priver de ce don. Elles avaient seulement besoin qu'on le leur rappelle. Et Togan portait en lui l'espoir qu'il s'agissait là de l'immense majorité d'entre elles.

3

La Chambre matricielle vibrait sous les huées et les discussions animées des élues. Visiblement, nombre d'entre elles avaient déjà pu parcourir l'objet de leur débat. Sous la coupole et les moulures du haut plafond s'élevait un grondement tel que la présidente peinait à se faire entendre. En faisant retentir la cloche censée rétablir le calme, celle qui occupait le centre de l'estrade donna de la voix :

— Mesdames ! S'il vous plaît, calmez-vous ! S'il vous plaît, ne me forcez pas à évacuer l'Assemblée ! (Puis, lorsque le brouhaha eut fini de se perdre dans les coursives.) Comme je l'évoquais, notre greffière va procéder à la lecture du texte en question. Claire, je vous prie.

À cet instant, tous les regards se tournèrent vers la jeune femme qui se levait. Au pied de l'estrade, celle-ci n'en menait pas large. Tout le temps que durerait sa lecture, elle pourrait sentir la haine des quelque 400 dirigeantes, certes dirigée vers l'auteur du texte qu'elle tenait entre ses mains, mais bien lisible dans les yeux de ces femmes de pouvoir. Elle, simple scribe, ne possédait pas le moindre début de charisme ou d'autorité face à une telle furie. Claire s'efforça toutefois de faire bonne mesure, et adopta son ton le plus neutre et intelligible :

— *Paris, 1er octobre 2093*

La liberté des peuples à disposer d'eux-mêmes n'est plus. Celle des hommes a été bafouée depuis des lustres, cela ne fait plus débat. Toutes celles qui liront ceci en ont bien conscience, même si elles ont choisi de porter les œillères du féminisme. Mais qu'est-il advenu de la liberté de celles qui se targuent d'avoir pris leur revanche ? Vos pensées et vos choix s'orientaient-ils – s'orientent-ils – vraiment vers un tel extrémisme des genres ? N'aspiriez-vous pas à une entente plus harmonieuse et pacifique, libérée des chaînes d'une colère millénaire et d'un passé d'opposition ? Vous sentez-vous libre de fréquenter l'homme de votre choix ? Vous sentez-vous libre d'élever avec lui votre enfant ? Vous sentez-vous libre, lorsque l'État, la société et les mœurs actuelles vous imposent leurs dogmes identitaires, leur vision incomplète ? Prendre du plaisir avec quelqu'un dont vous ne pourrez jamais partager l'existence, est-ce cela que vous nommez "liberté" ? Est-ce cela la justice sociale ?

Ces dérives constituaient pourtant le piège le plus évident du féminisme. Et certaines s'y sont précipitées à pieds joints. Nous étions pourtant nombreux à espérer, hommes comme femmes, que vous ne sombreriez pas dans cette si facile et évidente inflexion. Nous étions tellement persuadés que vous valiez mieux que vos pendants masculins, et que vos penchants naturels vous orienteraient avec sagesse vers cet équilibre élémentaire que nous avons échoué à bâtir, que nous vous avons confié les clefs de notre avenir sans même prendre la peine de nous prémunir de ce doublon historique. Une fois de plus, l'Homme, l'espèce humaine n'apprend rien.

Une revanche, pardon, une vengeance mûrie au cours de millénaires de domination masculine. La tentation était trop forte. Est-ce vous affirmer en tant qu'être que d'imposer aux hommes – au centuple – ce que vos ancêtres ont elles-mêmes enduré ? Vous sentez-vous plus légères, plus épanouies maintenant que vos libertés et vos droits écrasent à leur tour ceux des hommes ? C'est le cas pour certaines, je le sais. Celles de vos dirigeantes – certainement pas les miennes – qui se complaisent dans une aigreur qui n'est même pas la leur, qui imaginent saigner encore de violences morales qui remontent à plusieurs générations, mais j'ai peine à croire qu'il s'agisse là de la majorité d'entre vous. S'il existe une chose telle que la mémoire collective, qu'elle soit génétique ou atomique, je doute qu'elle intègre la rancœur et l'amertume à son codage savant. Non, je miserais plutôt sur des valeurs plus positives. La bienveillance par exemple, doublée d'un certain bagage historique pour lui éviter les déboires que l'on connaît. Et l'amour aussi. Si, vous savez, ce petit rien qui manque cruellement au cœur de celles qui prétendent vous diriger sur la voie du progrès. Si vous avez ne serait-ce qu'une infime idée de ce dont il peut s'agir, une conviction, pourquoi pas, c'est que tout n'est peut-être pas perdu.

Nous sommes une espèce double, et non duelle, qui ne sera complète et prolifique que lorsque les deux genres s'accepteront. Les hommes et leur fichu patriarcat lui ont causé beaucoup de torts ? La belle affaire ! Ce temps n'est plus, et nous ne le regretterons pas. Mais est-ce une raison pour ne pas corriger le tir, pour ne pas viser plus haut ? Vous sentez-vous à ce point incapables de réaliser mieux qu'eux ? Imaginer et créer un modèle stable et pérenne vous effraie-t-il tant que ça ? On ne peut pas dire que vos représentantes actuelles s'en soient chargées. Est-ce là le meilleur dont vous soyez capables ?

Vous avez d'ores et déjà intégré et accepté votre part de masculinité ; il s'agissait de la première étape. Vous devez maintenant apprendre aux hommes à faire de même avec leur féminité ; m'est avis que cela ne leur demandera plus beaucoup d'effort. Alors, et seulement alors, les deux branches de notre évolution pourront s'unir. Le féminisme n'est que l'une de ses nombreuses ramifications, mais il y a tellement plus à construire ensemble.

À propos de féminisme, songez-vous, au moins de temps en temps, aux origines de ce terme et à son triste détournement moderne ? Il était avant tout question d'égalité et d'équité, non ? Destinés à rompre avec la tradition paternaliste développée par les religions de tous bords, les premiers féministes n'aspiraient-ils pas – oui, "ils", car il n'était nullement question de genre, à l'origine – à unifier les femmes et les hommes en vue d'un avenir serein et raisonnable ? Avancer dans la même direction vers un intérêt commun. Cela éveille-t-il quelques reliquats d'espoir ? Incomplet sans les femmes, le pouvoir des hommes s'est fourvoyé. Incomplète sans les hommes, l'autorité des femmes se trouve à présent, elle aussi, sur une pente glissante. Vous ne pourrez assurer l'évolution, le progrès et la survie de l'espèce seules. Une espèce sexuée est ainsi constituée, et aucune avancée médicale ne saurait se substituer à cette vérité universelle.

Quelques extrémistes ont détourné le féminisme de ses idéaux. Elles l'ont souillé. Soit ! Ce mot restera définitivement entaché d'aigreur, de soif de pouvoir et de non-respect des libertés individuelles. Il convient d'en trouver un autre, n'est-ce pas ? Quoi de mieux, pour remplacer les inefficients paternalistes, que le terme qui leur est très exactement opposé ? Avant l'avènement des principales religions monothéistes, les sociétés païennes n'étaient-elles pas majoritairement maternalistes ? Tournées vers la nature, la fécondité, l'éducation collégiale, la mise en commun des ressources et des savoir-faire dans l'intérêt de la collectivité ? Maternalisme ! Comme ce mot sonne plus juste.

Vous ne devinerez jamais, chères privilégiées, néanmoins persuadées d'évoluer dans une demi-vérité : un groupe de penseurs et d'opposants pacifistes porte déjà ce nom. Les Maternalistes ! Des hommes et des femmes convaincus qu'une société complète est possible. Des âmes unies illégalement dans un effort tolérant et progressiste. Des êtres humains traqués, emprisonnés pour certains, mais qui continuent de s'opposer à ce régime autoritaire et bancal. Ils ont souhaité les mots que vous lisez à cet instant, et ils bénéficient déjà de soutiens dans toutes les strates de la société. De nombreuses autres de nos publications ont pu un jour vous atteindre, vous interpeller et vous mener à réfléchir à cet avenir commun. L'idée a mûri, comme la haine des Féministes en leur temps, mais c'est avec une profonde bienveillance qu'elle s'adresse à vous, qu'elle fait appel à votre bon sens. Il est temps. Vous n'êtes pas seules. Ils ne sont pas seuls. Les hommes n'attendent que le retour massif et salvateur des vraies féministes, des Maternalistes. Laissez parler cette part de vous-même, et rejetez ce système pervers qui vous a été imposé ! Faites vous entendre, dans la rue et sur les réseaux ! Diffusez ce message ! Diffusez votre parole ! Vous n'êtes pas seulement des femmes, vous êtes avant tout des êtres humains et faites partie d'un tout. Merci de ne jamais l'oublier.

Togan, porte-parole des Maternalistes.

La greffière releva les yeux de son écran, balaya son auditoire d'un regard craintif, puis se rassit sobrement. À voir les visages empreints de doute dans l'Assemblée, la présidente réalisa trop tard qu'elle aurait mieux fait d'éluder cette lecture. Elle-même sentit un trouble l'envahir.

Les mots de ce Togan ne possédaient pas l'accent violent et subversif caractérisant les Opposants classiques. Non, on y trouvait plutôt un appel à l'unité, à la raison et à la tempérance. Il y avait quelque chose de séduisant dans cette tribune qui parlait au plus grand nombre, et c'était précisément ce que les Féministes craignaient.

L'écrivain et journaliste, auteur de nombreux romans de fiction dans ses jeunes années, combattait le régime depuis près de trente ans maintenant. Si, jusqu'ici, le gouvernement ne le considérait pas tout à fait comme une menace, si la police avait fini par renoncer à le traquer, force était de constater que les mots pouvaient bel et bien soulever les foules.

Les manifestations spontanées de la veille ne connaissaient aucun précédent sous la 6ème République. Ce quotidien populaire, *La Voix de la Cité*, s'était laissé pirater comme bon nombre de journaux avant lui, et la diffusion du message avait été exponentielle. Le Comité de censure n'avait rien su y faire. Malgré la suppression dans l'heure de l'article de l'Opposition, des copies circulaient encore et encore sur les internets, et continuaient de rayonner à travers le monde. La police avait dû se résoudre à jeter des femmes en prison afin de calmer la foule, mais d'autres regroupements naissaient ici et là. Quelques hommes avaient même tenté de se joindre à elles, mais la violence dont ils furent victimes dissuada bien vite d'éventuels suiveurs. Les policières d'élite, triées sur le volet pour leur force physique et leur propension à la violence, n'avaient eu aucun mal à maîtriser les plus athlétiques d'entre eux. Les armes "non létales" dont elles disposaient ne laissaient de toute manière pas la moindre chance aux manifestants.

— Il serait grand temps de lui mettre la main dessus.
— Ce Togan menace l'équilibre de notre modèle social.
— Nous devons le traquer.
— Faisons fermer ce journal d'opposition !

Les huées reprirent avec davantage de verve, et des suggestions décousues fusèrent de part et d'autre de l'hémicycle.

— Allons, allons, tempéra la présidente, la parole est à madame Torvin, ministre déléguée à la Sécurité intérieure.

— Merci, madame la présidente.

Dans une posture témoignant son impatience, la ministre tapota sans interruption sur son micro jusqu'à ce que le silence revienne.

— Merci à toutes. Comme vous le savez, notre police n'a pas eu grand-peine à contenir ces émeutes, et nos forces se tiennent prêtes à intervenir dès que cela s'avérera nécessaire. Les principaux foyers...

— Le feu a été mis aux poudres ! Vous ne réalisez pas bien l'ampleur de cette rébellion.

La voix ferme et monocorde provenait du haut de la tribune. La secrétaire d'État aux Renseignements – qui d'autre qu'elle – s'agitait en pointant du doigt la ministre.

— Si vous vouliez bien me laisser poursuivre...

— Nous devions allouer plus de moyens aux Renseignements. Nous attendons encore ces moyens. Madame la présidente, pourquoi traiter les conséquences de ce laxisme alors que nous pourrions agir directement sur les causes de ce que nous observons aujourd'hui, et les enrayer ?

— L'Opposition possède une structure complexe qu'il a toujours été difficile de percer à jour, tenta Torvin pour se dédouaner.

— Allons, pas à moi. Nos agents peuvent suivre et surveiller à peine quelques centaines d'individus. Avec les moyens appropriés, notre réseau serait suffisamment dense et précis pour intercepter ce genre d'appel aux émeutes, et arrêter les clandestins comme ce Togan.

— Je vous trouve plutôt assidue dans votre mission consistant à nous fournir des listes de suspects potentiels, madame la secrétaire d'État. Ne doutez pas que nous orientons nos opérations et les détentions précisément en suivant vos recommandations.

— Le problème est bien là, clama la responsable des Renseignements. Ces listes n'ont jamais constitué un annuaire de cibles à abattre ou emprisonner. C'est moi qui vous trouve bien zélée de vous empresser d'arrêter ces individus, alors que la plupart d'entre eux ne représentent que des risques minoritaires et pourraient très certainement nous conduire aux têtes pensantes de leur réseau, si vous leur en laissiez l'occasion.

Au balcon, de simples citoyennes spectatrices observaient la joute verbale. Certaines d'entre elles auraient tant souhaité se mêler au débat, mais des agents veillaient au calme. Seules les dirigeantes pouvaient se donner en spectacle. Parmi ces invitées attentives, choisies au sein du peuple dans toute la diversité de classes et de professions afin de donner l'illusion d'une parfaite démocratie, un regard sombre caché derrière des boucles rousses n'en manquait pas une miette.

— Nous préférons ne courir aucun risque… balbutia l'autre.

— C'est bien ce que je vous reproche. Le combat contre ces terroristes ne peut pas se satisfaire d'à-peu-près. Il s'agit d'un jeu d'échecs, où il convient de positionner ses pièces avant de frapper, et non d'une simple chasse aux sorcières. Ce n'est pas en coupant les bras innombrables de cette gangrène que nous parviendrons à en tarir la source. Il faut en viser la tête. Fichtre ! Suis-je la seule ici à percevoir leur fonctionnement ?

La présidente décida d'interrompre cet échange stérile pour intéresser son assistance aux propos de la secrétaire d'État aux Renseignements. D'ailleurs, la ministre de la Sécurité intérieure se rasseyait déjà.

— Non, certainement pas. Nous avons bien compris votre position ainsi que votre stratégie. Vous avez peut-être des informations à porter à notre connaissance ?

— Merci, madame la présidente, fit l'intervenante en se raclant la gorge. Pour commencer, nos espionnes ont fait des progrès considérables dans l'identification des cibles prioritaires. L'Opposition semble posséder un réseau de communication et de ravitaillement bien rodé. Très peu de leurs informations transitent par voie numérique ; l'essentiel se fait à l'écrit, sur support papier, voire à l'oral. Ils y perdent certes en réactivité, mais cela leur permet de demeurer imperméables à nos outils numériques. Les quelques données informatisées que nous avons pu trouver se sont révélées impossibles à percer, ce qui signifie que des codeurs et hackers très talentueux se sont joints au mouvement.

— Ces individus ne doivent pas courir les rues.

— En effet, et c'est précisément sur eux qu'une partie de nos efforts se concentrent. En outre, le réseau humain que les Opposants utilisent est fascinant par sa multitude et sa diversité ; une vraie fourmilière. Des intervenants variables, remplaçables, qui transportent très peu d'information à la fois et empruntent des itinéraires tout aussi flous. Ces maillons interchangeables semblent avoir conscience qu'ils sont surveillés, comme si à chaque instant, ils se doutaient de notre présence. Cela rend l'identification de leur centre des opérations très difficile. Certains de nos agents émettent d'ailleurs l'hypothèse qu'il n'existerait aucun lieu physique, aucun siège de leur organisation.

— Cela se peut-il ?

— Difficile à dire… hésita la secrétaire d'État. Mais si tel était le cas, leur logistique et leur communication sont encore plus complexes et solides que nous le pensions. (Et, en se reprenant.) Toujours est-il que certaines personnes sous surveillance occupent des postes clefs dans la société.

— Au gouvernement, ici même ?

— Pas à ma connaissance, non, mais dans la recherche, les transports, l'industrie, et même l'enseignement.

Le silence qui suivit résonna un long moment dans les esprits.

— Et l'armement ? s'inquiéta l'une des élues présentes au premier rang.

— Vous vous doutez bien, chère collègue, que nos efforts se sont d'abord portés sur ce secteur. Nous avons augmenté les gardes et renouvelé les systèmes de codage aux points d'accès des armureries. La fréquence des bilans psychologiques de nos agents et de toute nouvelle recrue de la police ou de la Sécurité intérieure (elle baissa les yeux vers la ministre concernée) a été accentuée. Les nouveaux détecteurs de connivence synaptique sont réputés infaillibles ; je m'en remets entièrement à nos expertes. Comme vous le voyez, nous ne lésinons pas sur les moyens afin qu'aucun opposant ne puisse avoir accès à une arme quelconque. Mais impossible d'en être sûre à 100 %.

— Et nous vous renouvelons notre confiance, ponctua la présidente. Ces personnes que vous évoquez, représentent-elles un risque réel ?

— Certaines plus que d'autres, oui. C'est grâce à ces traîtresses qu'un article pareil a pu être diffusé, j'en reste persuadée. C'est pourquoi j'aimerais disposer de davantage de ressources humaines pour remonter leur réseau. Nous avons la technologie, il nous manque seulement des yeux, des mains et des esprits entraînés pour mettre à mal toutes leurs ramifications.

— Votre requête a été entendue et consignée. Soyez certaine que je m'investirai personnellement dans cette demande.

Au plus près de la coupole blanche et or, dans la coursive haut perchée réservée aux invitées, une jeune femme rousse se faisait toute petite. L'autorisation qu'on lui avait accordée pour assister à cette séance exceptionnelle l'avait, de prime abord, étonnée. Maintenant que les dirigeantes évoquaient ces citoyennes ralliées à l'Opposition, étroitement surveillées, elle commençait à douter de la pertinence de sa présence. Cela sentait la manipulation à plein nez. Les places étaient extrêmement chères ici, et l'on n'accédait pas à l'hémicycle sans l'appui et les relations d'une amie haut placée. Et pour une fois que sa demande était acceptée, Ana se sentait directement visée par leur discours.

Il n'y avait pas de coïncidences. Pas sous un régime à la propagande si bien maîtrisée, pas dans un gouvernement pensé dans ses plus infimes détails. On avait voulu qu'elle entende cela, on avait souhaité qu'elle assiste au débat d'aujourd'hui. Ce dernier avait-il été écrit spécialement pour elle ? Se pouvait-il que toutes ces intervenantes ne soient en réalité que des actrices ? Non, Ana en reconnut certaines. Une mise en scène alors ? Elle scruta aussi discrètement que possible les innombrables regards présents dans l'Assemblée – ainsi que ceux situés non loin d'elle, au balcon –, mais aucun ne sembla s'attarder sur elle ou guetter ses réactions. S'il s'agissait d'un complot destiné à la manipuler, le moins que l'on puisse dire c'est qu'elles avaient choisi d'opérer avec subtilité – et cela ne l'aurait guère étonnée.

La secrétaire d'État aux Renseignements s'adressait-elle directement à elle ? Ana n'osait plus trop se pencher au-dessus du balcon. Elle s'imaginait déjà en rétention, appréhendée dès sa sortie de la Chambre matricielle. Le plan des dirigeantes ne consistait peut-être qu'à inspirer la crainte, instiller la peur dans chacune de ses pensées. Observer ses réactions.

L'empêcher de commettre un acte répréhensible. L'inciter à abandonner l'Opposition. Un flou de pensées confuses vint brouiller son esprit. Elle devrait impérativement en débattre avec les autres. Réagir de façon appropriée pour ne pas laisser le gouvernement tuer dans l'œuf ce début de révolution !

— On nous a rapporté des incidents isolés, reprit la présidente à l'attention de la ministre de la Sécurité intérieure, notamment dans les quartiers masculins et les lieux de plaisir. Des phrases déplacées, des manquements à leur devoir de soumission, des regroupements non autorisés.

— En effet. Quelques contrevenants, a priori sans lien avec l'Opposition, ont été démasqués grâce à des actes citoyens de dénonciation. Les fautifs ont aussitôt été interpellés.

— Très bien. Je tenais à ce que chacune de nous en soit avisée. Ce qui nous dirige vers notre autre sujet du jour : l'extension des horaires d'ouverture des bars, clubs, bains et autres commerces de nuit. Motion proposée par le ministère du Divertissement et de la Culture, représenté ici par madame Saintlarc.

Le cérémonial bien rodé fit se lever l'intéressée tandis que la présidente s'asseyait. Dans une robe fendue qui suscita l'admiration de ses paires, Saintlarc commença à dérouler son discours avec une gestuelle dûment étudiée.

— Mesdames, vous avez toutes été notifiées de cette proposition que nous nous apprêtons à voter. Elle est partie d'un constat simple : nos concitoyennes ont parfois des vies éreintantes ou mentalement éprouvantes, et elles aiment pouvoir profiter de leur temps libre en se délassant et en évacuant le stress inhérent à leur quotidien. Ce ne sont pas les lieux qui manquent pour cela, car nous avons toujours tout fait pour assurer une libération optimale des tensions sociales et professionnelles. Il apparaît cependant, après une étude sur les populations urbaines, que bon nombre d'entre elles souhaiteraient accéder plus tardivement à certains services. Nos chercheuses en psychosociologie ont été très claires, cela ne ferait que contribuer à leur efficience au travail ainsi que dans leurs rapports humains.

La porte-parole du ministère du Divertissement marqua une pause préméditée pour mieux observer l'effet que cet avis d'expertes avait sur son auditoire, puis elle poursuivit :

— Il s'agira de donner aux propriétaires de ces lieux de loisirs l'opportunité d'étendre leurs heures d'ouverture jusqu'à l'horaire de leur choix. Aucune contrainte, chaque établissement sera libre de profiter ou non de cette décision. Les heures travaillées par le personnel masculin ne seront pas davantage majorées que ce que les tarifs de nuit exigent déjà, mais au contraire exonérées de charges. Le but étant d'inciter au maximum les propriétaires à rester ouvertes, afin que leurs clientes consomment et prolongent…

L'oratrice continua de présenter sa motion, qui serait sans nul doute approuvée à la plus grande majorité, mais Ana n'écoutait déjà plus. En bas, l'autre avait évoqué les bains, et des heures supplémentaires pour leurs employés. Cela avait fini d'entamer son moral. Déjà, cette triste mascarade qu'elle devrait analyser avec précaution pour mieux en discerner les tenants et les aboutissants, et maintenant ça ! Une puissante céphalée commença à poindre sur le côté de son crâne, ce qui annonçait une soirée pour le moins détestable.

En silence, et sans se soucier des regards qui remarqueraient sans doute son départ, l'enseignante se leva et se faufila jusqu'à l'issue qui donnait sur la coursive extérieure. De toute manière, le piège qu'on lui avait tendu était acté, et ces manipulatrices pernicieuses comprendraient sans doute qu'elle ne souhaite pas en entendre davantage. Alors qu'elle s'apprêtait à quitter le couloir, elle crut même percevoir une salve de rires étouffée par le plafond du grand hémicycle, et se demanda si son esprit ne lui jouait pas des tours. Une torture mentale dont seules celles qui se prétendaient féministes avaient le secret.

Sur le trajet retour, Ana repensa à Togan et à son antre si reposant. Au plus près de son lectorat, au plus près du peuple qu'il espérait toucher et éveiller, il vivait pourtant en reclus. Anonyme ermite, activiste de l'ombre, presque oublié. Que feraient les Maternalistes sans lui ?

Elle eut la sensation désagréable que l'État, le pouvoir ne prenait pas ses articles très au sérieux. Comme des armes un peu dérisoires qui venaient chatouiller leur propagande éprouvée. Mais elles avaient bien tort de sous-estimer la portée de ces mots. Cette parution dans *La Voix de la Cité* ne se contentait pas d'avoir déclenché des émeutes un jour donné. Non. Elle ancrait et faisait germer des idées dans des centaines de milliers d'esprits qui ne se reconnaissaient plus dans le schéma qu'on leur imposait. Il y aurait bien plus. Plus fort, plus percutant, plus nombreux, plus menaçants ! Ce n'était que le début ; une révolution ne s'élevait pas en quelques jours, mais en plusieurs décennies de grogne.

Dans le métro aérien, enfin, ses pensées se dirigèrent vers les siens, vers cette tendresse vitale qu'on leur interdisait pourtant. Qu'allait-on encore leur imposer ? Devraient-ils se voir encore moins ? Le pourraient-ils seulement ? Serait-ce une fois de plus à la nouvelle génération, à Hector, de trinquer et d'encaisser en silence, innocemment, les symptômes d'une société malade ?

Cette seule pensée lui fit oublier la migraine qui s'étendait à présent dans tout son hémisphère droit. Des nœuds à l'estomac prirent le dessus, pour une crainte plus viscérale. Une nausée presque incontrôlable qui faillit lui faire manquer son arrêt. On ne lui enlèverait pas son fils, on ne lui retirerait pas ses rêves de liberté, pour lui, pour eux. Elle n'avait pas le choix, la lutte devait aboutir, et au plus vite !

4

— À une époque très éloignée, la Terre était drapée de forêts verdoyantes. Des animaux de toutes formes et de toutes les couleurs cohabitaient, se partageaient cet environnement sauvage et évoluaient au rythme de la nature. Les océans étaient purs et riches de vie. Une sphère lumineuse, nimbée de blanc, de verts et de bleus changeants ; voilà ce que les oiseaux voyaient lorsqu'ils la survolaient. Quelques groupements d'humains, d'hommes et de femmes, y avaient également trouvé leur place. Ne prélevant dans cette diversité que les ressources indispensables aux besoins de leurs petites communautés, ils cueillaient les fruits et chassaient le gibier que leur environnement mettait à leur disposition. Toute leur vie s'articulait autour de la recherche de nourriture. Lorsqu'ils apprirent à se défendre des quelques prédateurs qui les menaçaient, ils purent enfin se sentir libres d'évoluer. Leurs pensées s'orientèrent naturellement vers des considérations plus futiles : l'observation de la nature, qu'ils apprirent à comprendre dans son extrême complexité, celle du ciel et des astres, qui les fascinaient autant qu'ils les inspiraient, l'imagination et le développement d'une forme de spiritualité, et par-dessus tout, cette connexion qu'ils entretenaient avec le monde du vivant, avec ce Tout auquel ils appartenaient.

— Nous sommes reliés aux étoiles ? demanda l'enfant, en levant des billes d'un bleu intense vers sa mère.

— Bien sûr. Autant que nous sommes reliés aux nuages, aux arbres et aux animaux qui parcourent encore notre planète. Nous sommes faits de la même matière, et dépendons les uns des autres.

Tandis que cette idée, sans doute abstraite, se frayait un chemin dans l'esprit du petit garçon, sa bienveillante conteuse poursuivit :

— L'être humain vécut pendant des millénaires de cette manière, en symbiose avec son environnement et avec toutes les formes de vie qu'il abritait. Ces groupes d'hommes et de femmes développèrent des techniques et des outils destinés à leur simplifier les tâches quotidiennes. Toutes et tous se mêlaient et adaptaient leur activité en fonction des besoins de la communauté. L'apprentissage ne se faisait pas dans une école ou dans un lieu quelconque, mais là où l'information s'appliquait directement. On apprenait en faisant les choses, à partir de l'exemple de tel ou tel membre de la communauté. L'école n'était donc pas un lieu, mais un état d'esprit qui invitait chacun à apprendre auprès de tous.

— Il n'y avait pas de familles ?

Un sourire illumina le visage encadré de boucles rousses.

— La communauté tout entière était la famille. On se fiait à l'intelligence et à la bienveillance des autres pour participer à l'éducation de nos enfants, en toute confiance. Nos voisins étaient parfaitement aptes à les nourrir ou à leur enseigner les connaissances utiles à leur développement. Nous évoluions comme un organisme unique, dont chaque membre agissait pour le bien commun, pour la survie du groupe.

— Comme une fourmilière ?

— Oui, comme une fourmilière, ou une ruche. Sauf qu'il n'y avait pas de reine unique. Dans la fourmilière humaine, toutes les femmes occupaient un rôle central. Et tous les hommes également, ajouta-t-elle presque en chuchotant. Toutes et tous savaient instinctivement qu'ils pouvaient se fier aux décisions des femmes. Toute leur volonté était naturellement tournée vers le bien-être et la pérennité du groupe. Plus que tout autre individu, elles possédaient cette connexion à l'environnement, à la Terre, et savaient anticiper une menace climatique ou prédatrice, tout comme les besoins à venir. Les hommes savaient cette prédisposition, et la comprenaient. Ainsi, ils n'émettaient aucune réserve à assurer la protection physique de la communauté ou à s'acquitter des activités dangereuses comme la chasse. Leurs vies étaient tout aussi essentielles que celles des femmes, mais ces dernières demeuraient indispensables. Tous en avaient conscience, et c'est exactement ce qui offrait l'harmonie à ces sociétés primitives.

— Les hommes faisaient confiance aux femmes ?

Un sentiment ému de fierté anima le regard de sa mère.

— Parfaitement ! Et la certitude de pouvoir compter les uns sur les autres leur offrait les meilleures chances d'évolution. À partir de ce qu'ils pouvaient ressentir au contact de la nature, ou encore d'après leurs rêves, ces humains commencèrent à construire certaines croyances. Ils interprétèrent la vie, la mort, commencèrent à ajouter du sacré dans ce qui, auparavant, ne les émouvait pas outre mesure, donnèrent une forme ainsi qu'une histoire au cosmos, et allèrent jusqu'à aduler des divinités qui leur envoyaient de temps à autre quelque signes de courroux ou de satisfaction. Ces idées, aussi fantasques qu'elles puissent paraître, ne faisaient de mal à personne. Jusqu'à ce que ces communautés bien différentes commencent à se faire la guerre au nom de ces dieux imaginaires.

— Les dieux le leur avaient demandé ?

— C'est le prétexte qu'ils avancèrent en tout cas. Toujours est-il que c'est à ce moment-là que l'évolution de l'être humain commença à décliner. Les volontés égotiques des hommes, désolidarisées de l'intérêt de leur groupe, commencèrent à prendre le pas sur les mises en garde bienveillantes de leurs partenaires de toujours. Malgré des millénaires de quiétude, cette quête de pouvoir les mena à s'imposer parmi leurs communautés, quitte à oublier les enseignements élémentaires détenus par les femmes. Peut-être les hommes étaient-ils tout simplement jaloux de la toute-puissance de ces dieux. Peut-être ne supportaient-ils pas l'idée que les femmes puissent les aimer autant qu'eux, simples mortels. Toujours est-il qu'ils ressentirent à leur tour le besoin de démontrer leur pouvoir. Si les dieux gouvernaient les Hommes, alors les hommes devaient forcément gouverner quelque chose. Il leur fallait à tout prix acquérir par la force, le seul argument biologique qu'ils croyaient posséder, le droit de gouverner leurs semblables. Les femmes n'eurent plus leur mot à dire, puisque la puissance était bien le seul registre où elles n'excellaient pas, et les guerres de territoires débutèrent.

— Avec Alexandre le Grand ?

— Tu as une excellente mémoire. Oui, Alexandre fut le premier grand conquérant de notre Histoire, même s'il y a eu quelques tentatives avant lui. Il y eut ensuite des individus comme Hannibal, Jules César, Attila, ou plus récemment Napoléon Bonaparte...

— Que des hommes ?

— Oui, que des hommes, mon amour, soupira-t-elle. Il semblerait que la guerre soit une affaire d'homme.

— Pourquoi faisaient-ils la guerre ? Pour prouver aux dieux qu'eux aussi étaient forts ?

— Peut-être y avait-il de cela au début. Mais la soif de possession territoriale a vite pris le dessus. Certains se réfugiaient derrière la volonté d'unir les territoires, d'apporter la paix, mais ils ne souhaitaient en réalité qu'étendre leurs royaumes. Posséder les terres et les hommes, tu comprends ? Les notions de propriété et d'asservissement des peuples sont très proches dans les faits. Ces quelques conquérants souhaitaient avant tout que l'Histoire retienne leur nom, et c'est le seul moyen qu'ils ont trouvé pour y parvenir, le seul qu'ils pensaient à leur portée.

— Il y en a d'autres ?

— Des quantités d'autres, ma lumière. Et sans causer de tort autour de soi. Tu vois, la soif de pouvoir des hommes a suffi à faire basculer les sociétés maternalistes ancestrales dans une ère paternaliste où l'intérêt individuel primait par-dessus tout.

— Et ce n'est pas bien ?

— Pas si l'on souhaite que notre espèce progresse, et surtout survive. Certains penseurs ont avancé que l'intérêt individuel conduirait forcément à la réussite collective, mais ceux-là n'avaient aucune vision globale, ils ne se bornaient qu'à leur domaine d'expertise, à savoir l'économie. L'homme, et par extension l'espèce humaine a ensuite très vite eu soif de richesses. En abolissant les systèmes d'échange, en créant des monnaies qu'eux seuls contrôlaient, les puissants sont parvenus à asservir les peuples. Cet avilissement des valeurs humaines s'étendit rapidement à la valeur du travail, qui perdit sa caractéristique principale, à savoir la liberté, pour finalement devenir une marchandise comme une autre. On n'employait plus son énergie pour tirer profit de ses terres, de son jardin, pour la faire fructifier là où bon nous semblait, mais on l'échangeait bêtement contre de l'argent afin d'enrichir un tiers. Ce système a définitivement corrompu la nature humaine. Après le pouvoir, l'argent et le travail, l'Homme s'est empressé d'accaparer la dernière liberté de ses semblables : ses croyances. Il avait trouvé là un levier inébranlable pour mobiliser, apaiser et contrôler la population. L'instrumentalisation de la religion, des religions, a apporté un souffle nouveau à la manipulation de l'Homme par l'Homme. Le pire étant que les femmes y ont pris goût.

Disant cela, elle croisa le regard interrogateur de l'enfant, qui l'écoutait la bouche entrouverte, mais continua à animer son discours de gestes amples et énergiques.

— À partir de ce moment, la place de ces dernières leur a été dictée par les hommes. Le patriarcat se voulait protecteur, mais il n'a consisté qu'en une énième limitation des libertés individuelles. Au nom de la sécurité, au nom du progrès, et au nom de la foi, nous avons cédé à la facilité et accepté les termes de notre dépendance au système. La pensée paternaliste s'enracina profondément dans chaque recoin d'esprit. Elle avait fini d'enterrer le maternalisme originel qui avait pourtant fait ses preuves. Seul un soulèvement au moins aussi perfide pouvait renverser ce système de pensées...

Ana prit soudain conscience que son auditoire n'était autre qu'un enfant d'à peine huit ans. Son fils. Si elle avait eu en, première intention, la volonté d'utiliser un conte pour diffuser quelques parcelles de mémoire, sa profession et son dégoût pour cette partie de l'Histoire avaient vite transformé son récit en une triste fresque sociétale. Un moment de silence et de gêne dont Hector s'empara pour exprimer sa curiosité :

— Nous sommes en sécurité, ici ?

Attendrie par l'air ingénu mêlé d'inquiétude de son fils, la jeune femme savait pertinemment qu'une grosse part de son discours avait pu lui échapper. Certains mots clefs restaient, cependant, et le fait que son jeune esprit puisse avoir conscience que leur situation présente n'était pas naturelle la rassura un peu.

— Tant que nous serons près de toi, tu resteras en sécurité, mon petit fouisseur.

À ces mots, et sous les assauts empreints de douceur des mains de sa mère, le jeune garçon se réfugia sous sa couette, en un paquet compact et inatteignable.

— Il est temps de dormir, mon ange. Demain, je te raconterai la suite de notre Histoire.

— La colère des Féministes ? émit la petite voix avant qu'une tête n'émerge de son cocon.

— Oui. Pense à notre belle planète, à ses couleurs et à toutes les formes de vie qui l'ont parcourue.

— Comme dans mon livre sur la faune et la flore ?

— Voilà. Tu vas rêver de petits lémuriens et de grenouilles bondissantes. Boing boing !

Hector s'élança spontanément vers le cou de sa mère et l'embrassa. Une étreinte qui serra tout autant le cœur d'Ana.

— Et papa ? Il va venir me dire bonne nuit ?

— Il viendra t'embrasser dès qu'il sera rentré, je te le promets. En attendant, fais de beaux rêves, petit animal.

Le gamin colla une bise bruyante sur la joue de sa mère, puis remonta la couette jusque sous son nez.

Ana se perdit un bref instant dans ses prunelles hypnotiques, puis se leva avant de baisser l'intensité de la veilleuse au minimum et de commander l'ouverture de la porte coulissante. Le brouhaha extérieur pénétra pendant quelques secondes dans leur logement, mais l'insonorisation reprit presque aussitôt le dessus, emportant Hector vers des songes apaisés.

L'agitation qui régnait dans le couloir sortit la jeune femme de la torpeur confortable partagée avec son fils. Ces hommes et ces femmes qui vaquaient à leurs occupations, à leur engagement commun au sein de l'Opposition, lui insufflèrent immédiatement leur énergie. Non qu'elle en manquât pour s'occuper convenablement d'Hector, mais il y avait un gouffre entre l'énergie maternelle, nimbée de cet amour inconditionnel, et la rage qu'elle était capable de déployer avec les Maternalistes. Un coup de fouet revigorant qui la dirigea vers la salle de travail d'un pas engagé.

Tout semblait si bien rodé ici, dynamique et orienté vers un idéal commun. À des lieues de l'atmosphère délétère qui régnait au-dehors. Les Féministes se complaisaient dans leur domination vengeresse, laissant les années s'écouler sans se soucier de l'état moral de la population – comme l'auraient fait leurs prédécesseurs –, tandis que les Maternalistes, Ana et les siens, faisaient jouer le grand échiquier social avec pour seul objectif le progrès, la cohésion et l'intérêt général. Chacun sa place, mission par mission, ils œuvraient telle une ruche au potentiel dissimulé par la multitude. Le régime les ignorait presque ; leur soulèvement n'en serait que plus frappant.

Dehors, on s'abandonnait aux plaisirs divers, on travaillait, consommait et se divertissait sous la houlette millimétrée des dirigeantes. En vérité, la société stagnait tout autant qu'à l'ère postindustrielle du début du siècle. La situation des femmes avait effectivement progressé, c'était indéniable, mais au détriment de celle des hommes et de l'avenir potentiel de l'espèce. Le déséquilibre entre gouvernants et gouvernés persistait ; celui entre les riches, les patrons, les investisseurs, et la force de travail également. Depuis les paternalistes, le modèle n'avait pas changé d'un iota, on exploitait toujours pour s'enrichir, et cela ne contribuait au bonheur que d'une infime portion de privilégiées. Si la guerre était effectivement un hobby typiquement masculin, la quête de pouvoir et la soumission de ses semblables étaient tout aussi répandues chez les femmes. Ça, Ana l'avait compris depuis bien longtemps.

Si elle s'était un peu emportée au cours de son histoire du soir, Ana n'aurait pas pu exprimer à son fils toute sa déception, toute la haine qu'elle vouait à ses contemporaines. Elle aurait été bien incapable de dresser un portrait fidèle de l'état de la société et de son avenir probable. Trop sombre, trop vicié, trop aliénant. Il fallait préserver l'optimisme naturel qui baignait sa jeune âme. C'est précisément cela qui changerait la donne. Par chance, Hector avait un penchant inné pour la vérité et la franchise de ses parents. Il adorait ces moments où il apprenait, où il comprenait grâce à leurs histoires et leur expérience. Sans détour, ils l'éclairaient sur tous les sujets qui l'intéressaient (ou presque) et savaient déceler l'ombre dans son regard dès qu'ils enjolivaient trop les choses. Pourtant, parfois, il fallait bien éluder quelques points douloureux, afin qu'il ne grandisse pas trop vite.

Elle ne pouvait pas entrer dans les détails des guerres de religion, ni lui expliquer comment des millions de vies avaient été sacrifiées pour soumettre les païens à une croyance unique, uniforme, globale. Elle n'aurait jamais su lui expliquer ce soi-disant péché de chair, souhaité par une entité maléfique et présentant toutes les femmes comme des tentatrices, de simples créatures du Mal. Hector en aurait sans doute ri, mais il lui était impossible d'admettre devant lui que l'Homme s'était abaissé à présenter l'acte charnel, l'un des plus beaux qui soient, comme une corruption de l'âme. Il était bien trop jeune pour comprendre ces concepts. Il aurait été compliqué aussi de dépeindre toutes les frustrations qui découlèrent de cette sordide idée, autant que de la soumission de la Femme à son père, puis à son époux, et de l'abstinence souhaitée par l'Église. Combien de vies brisées au nom de principes d'emblée malsains ? Qu'aurait-elle pu dire à son unique enfant au sujet des innombrables connaissances ancestrales enterrées au nom de la foi, puis au nom du progrès technique et scientifique ? Les médecines naturelles, les énergies de la Terre, de l'espace, le rythme des saisons, calé sur celui des astres, et leur influence subtile sur nos organismes. La spiritualité, la puissance de la méditation, celle de l'amour. Autant de savoirs que l'on avait progressivement oubliés et qui peinaient à retrouver leur place. Comment lui expliquer que l'on avait brutalement et consciemment renoncé à tout cela pour embrasser l'illusion de sécurité offerte par un souverain, ou par une idée abstraite ? Le réel s'était tu devant des concepts virtuels. Le bonheur devant la possession. Mais cela, Ana devait le garder pour elle, afin de ne pas salir son fils.

Juste avant de rejoindre son groupe d'action, alors qu'elle allait pénétrer dans l'espace où l'attendaient ses partenaires, Deyan l'attrapa par les hanches et l'attira contre le mur. Elle ne se débattit pas, car elle reconnut instantanément sa poigne. Qui d'autre ici se serait risqué à un tel geste ?

— Comme tu m'as manqué ! J'ai cru que je ne pourrais jamais rentrer.

Il se pressait à présent contre son corps, et enfouissait son visage dans son cou. Une étreinte ferme, sincère, qui rejoignait amplement ses paroles. Autour d'eux, personne ne s'offusqua de cette proximité soudaine. Ana prit son visage entre ses mains et l'embrassa, longuement, calmement, avant de déclarer :

— J'avais peur que tu ne puisses venir ce soir. À cause des réformes du ministère...

Elle laissa sa phrase en suspens, les yeux noyés de confusion. Il la regarda, son front contre le sien, puis soupira.

— Alors tu es au courant.

— J'étais à la Chambre matricielle aujourd'hui, mais c'est une autre histoire. On dirait que les patronnes n'ont pas tardé à appliquer la réforme.

— Tu les connais. Alors oui, on a prolongé ma journée jusqu'à minuit, mais Tobias a accepté de me remplacer pendant une petite heure. Je ne voulais pas que tu t'inquiètes.

— Je me doutais bien de la raison de ton retard. Mais tu ne devrais pas prendre un tel risque.

— Ne t'inquiète pas, ce bon vieux Tob est fiable, il va me couvrir. Et puis, je voulais voir notre petit homme avant qu'il ne s'endorme.

— Alors tu ferais mieux de te dépêcher, il t'a réclamé.

La mâchoire de Deyan se contracta comme par réflexe. Elle y lut de la colère, bien sûr, mais aussi une certaine forme de regret. Elle déposa sa paume sur ses muscles contractés, ce qui l'apaisa aussitôt, puis l'embrassa encore, soulagée de le sentir près d'elle.

— Il doit certainement déjà dormir, mais je lui ai assuré que tu viendrais.

— Tu as bien fait. Comment va-t-il ?

— Oh, lui ça va. Il est plus solide que nous deux réunis, admit-elle dans un éclat de rire.

— Elles vont me rendre fou, je te jure. Je vais travailler en coupure dorénavant, et je ne finirai jamais avant minuit. Deux heures du mat le week-end. Comment va-t-on faire ?

— On va s'organiser, mais ce n'est pas le moment d'en parler. L'important est qu'il ne risque rien ici, il y aura toujours quelqu'un pour s'occuper de lui.

— Tu as raison. On réglera tout ça demain. Et toi, comment te sens-tu ?

Ana hésita moins d'une seconde. Elle était fatiguée, mais motivée comme jamais. Sans compter la présence de ses hommes qui la gonflait de volonté.

— Impeccable. Je pense avoir été suivie hier, mais je l'ai semée. Le gouvernement prépare quelque chose, nous allons tirer ça au clair ce soir.

— Non, Ana, l'interrompit-il. Toi. Comment vas-tu ?

Impossible de lui cacher quoi que ce soit. Il savait pertinemment qu'à l'évocation de son travail, sa partenaire se braquait. Quoi de plus naturel ? Ana était inquiète. Inquiète qu'elles puissent l'atteindre en passant par Deyan. Inquiète de le savoir avec d'autres femmes, bien qu'il n'ait pas vraiment le choix, ni la possibilité de s'y opposer. Et surtout, inquiète que sa sécurité et celle de sa famille puissent être menacées. Si les Renseignements avaient un doute sur sa trahison, la police ne prendrait aucune pincette. Mais elle ne devait pas l'inquiéter avec tout cela, son homme avait suffisamment à supporter.

— Tu sais que ça ne me plaît pas, ce n'est pas nouveau. Toutes ces idiotes… Et puis toi et moi ne faisons que nous croiser. Si en plus tu ne peux plus être présent pour embrasser ton fils avant qu'il n'aille se coucher. (Elle marqua une pause pour observer alentour.) Ce n'est pas de la jalousie, Deyan, mais la seule idée qu'elles puissent te toucher… ça me rend malade. Je voudrais toutes les noyer dans leur jacuzzi.

Il se contenta d'esquisser un sourire. Tout cela n'était pas récent, en effet, mais il devait avouer que ses nouveaux horaires ne faciliteraient pas les choses. Il releva le menton de sa compagne et plongea son regard fiable, solide dans le sien.

— Ça ferait désordre, tous ces cadavres. Et puis les gars et moi aurions encore plus de ménage à faire.

Ils partagèrent un rire complice tout en s'embrassant.

— Maintenant, tu dois rejoindre ton groupe de travail, tu sais bien qu'ils ne peuvent rien faire sans toi. Moi, je vais faire un gros câlin à Hector, et j'y retourne.

Leurs mains se lièrent au rythme d'un dernier baiser, et même si Ana eut quelques difficultés à lâcher son compagnon, ils se séparèrent enfin et Deyan disparut à l'angle du couloir.

Attristée pour de multiples raisons, la jeune femme laissa échapper un profond soupir. Néanmoins, le contact de son homme, aussi bref fût-il, lui avait redonné la motivation nécessaire à cette nouvelle réunion stratégique. Elle se présenta devant la porte et pianota son code d'accès.

— Ah ! Ana, enfin. Nous t'attendions. Comment va cet éternel scribouillard ?

5

Tous étaient déjà là, et l'attendaient pour commencer.

Son petit groupe de révolutionnaires, qu'elle connaissait pour ainsi dire par cœur. Sylvie, la coordinatrice de l'équipe, assurait la liaison entre le centre opérationnel et la cellule Communication à laquelle Ana appartenait. À l'extérieur, leur doyenne n'était qu'une simple restauratrice. D'un geste direct, mais avec son inébranlable bienveillance, elle l'invita à s'asseoir. Samiah, leur spécialiste en déplacement, apportait au groupe son expertise en matière de filature, d'itinéraires de fuite, et d'évitement des systèmes de vidéosurveillance. Elle tira la chaise voisine de la sienne afin que la retardataire puisse y prendre place. À côté d'elle, Pierre manipulait la console et le projecteur holographique. Cet ancien programmeur de logiciels espions au compte du gouvernement était parvenu à se faire passer pour mort – au moins virtuellement – et avait aussitôt rejoint l'Opposition. Désormais, il était l'un des hackers les plus efficaces des Maternalistes ; on lui devait d'ailleurs leur dernière publication dans *La Voix de la Cité*. En bout de table, Eleni conservait cette posture droite, d'apparence rigide, qui tranchait radicalement avec ses connaissances en communication et en psycholinguistique. Experte en manipulation mentale et en propagande, elle travaillait en freelance et effectuait la plupart de ses contrats pour tel ou tel ministère. Amir, réfugié israélien arrivé en France trois ans auparavant, savait, bien avant de mettre les pieds dans son pays d'accueil qu'il rejoindrait l'Opposition. Après quinze années de combat dans les rues de Beer-Sheva[10], il était bien décidé à servir enfin une cause, qui elle, n'était pas perdue. Tacticien militaire, il possédait sa propre filière d'approvisionnement en armes, et connaissait sur le bout des doigts les procédures de la police. À l'extérieur, il se faisait passer pour un modeste employé de ménage. La cellule était renforcée par deux journalistes indépendantes, Lilia et Magli, jumelles encore plus solidaires depuis que leur jeune frère Léo avait été incarcéré parce qu'il aspirait lui aussi à la même profession. Marie-Line, enfin, représentait les yeux et les oreilles du groupe. Cadette de cette équipe hétéroclite, son activité d'escort-girl lui offrait l'opportunité d'être témoin d'affaires potentiellement utiles à l'Opposition, sans compter qu'elle excellait dans l'extorsion de renseignements. Par ailleurs, sa patronne, sans toutefois s'impliquer personnellement, était largement ralliée à la cause ; ils pouvaient donc compter sur elle et sur ses nombreuses employées pour leur fournir des informations précieuses.

À eux neuf, et en concertation avec les autres cellules de l'Opposition, ils assuraient la communication des Maternalistes. Au sein de leur réseau, d'abord, afin que tous tendent vers les mêmes objectifs, les mêmes échéances, mais surtout à destination de la population. Ces millions d'hommes et de femmes n'en avaient peut-être pas conscience, mais ensemble, stimulés par les mots appropriés, ils étaient capables de paralyser le système, de vraiment changer les choses. Togan écrivait, et eux se chargeaient de tout le travail préparatoire ainsi que de la publication. Entre investigations et compilation de données, témoignages et recherches juridiques, comparaisons historiques, sondages officieux et publicité numérique, leurs tâches étaient aussi variées qu'interminables.

Leur groupe représentait l'atout majeur de l'Opposition, celui que les Féministes devaient craindre par-dessus tout. Il existait de nombreuses autres cellules, respectivement chargées du ravitaillement, de l'armement, de l'espionnage, de l'éducation des enfants illégaux, ou encore de la médecine, et toutes étaient disséminées dans différentes caches de la ville. Il fallait que chaque cellule, en cas de crise majeure ou de démantèlement de l'une d'elles, puisse se suffire à elle-même, évoluer en autonomie. Cela justifiait la présence d'Amir notamment, dont les contacts à l'étranger leur permettraient de pourvoir à leurs besoins en armes. Une équipe aux compétences multiples, dont les membres partageaient absolument toutes les informations et les tâches nécessaires à leur mission.

Pour Ana, ces quelques individus relevaient plus d'une famille – celle qu'elle n'avait jamais eue – que de simples collègues de travail. Si cela était nécessaire et permettait à l'Opposition de survivre, chacun d'entre eux était capable de donner sa vie pour sauver l'un des leurs. Par-dessus tout, c'est l'égalité entre les hommes et les femmes qui la rassurait, preuve que cela n'avait rien d'illusoire. Toutes et tous liés et ligués contre un ennemi commun, ils bénéficiaient de la même liberté de parole, et aucune forme de sexisme, dans un sens comme dans l'autre, ne venait troubler leurs réunions. Aussi, lorsqu'elle prit place autour de l'épais plateau en verre, l'enseignante sentit une certaine pression quitter ses épaules. À l'extérieur, elle restait en permanence sur le qui-vive ; ici, elle pouvait se détendre et réfléchir au meilleur de ses capacités.

À cette heure tardive, c'était une seconde journée qui débutait, consacrée au soulèvement des Maternalistes.

— Je vous prie de m'excuser de mon retard, petit contretemps d'ordre familial.

— Nous sommes au courant.

La réponse vive et sereine de Sylvie ne l'étonna pas tant que cela. La nouvelle de cette fichue réforme avait dû faire le tour des discussions, et tous ici connaissaient le métier de Deyan. Ana ne tarda pas à embrayer sur l'un des sujets du jour :

— Pour te répondre, Sylvie, Togan va très bien. Pour celles et ceux qui ont eu la chance de le rencontrer, notre précieuse relique est inusable, et il se réjouit de l'impact de son dernier article.

Tous sourirent avec une pensée affectueuse pour le vieil ami de l'Opposition.

— Je lui ai livré les dossiers, comme convenu, et il m'a promis d'étudier tout ça pour, je cite, “nous pondre” un prochain article tout aussi percutant.

— Lui en as-tu touché deux mots ? questionna Sylvie.

— Affirmatif. Je lui ai bien fait comprendre qu'il s'agissait de démonter leur mascarade démocratique, en appuyant là où ça fait mal. Les lobbies industriels en premier lieu, auxquels nos gouvernantes obéissent ; les conflits d'intérêts qui en découlent, mais qui sont devenus la norme ; l'enrichissement personnel des membres du gouvernement ; et les inégalités de traitement entre elles et le peuple, devant la justice notamment.

— Avec tous les relevés bancaires et les échanges de mails que je lui ai dégotés, il ne manquera pas de matière, grinça Pierre.

— Sans parler des croisements généalogiques et patrimoniaux qu'on lui a dressés, abonda Magli, très vite complétée par sa jumelle.

— Cette fois, je ne vois pas comment elles pourraient faire face.

— Ernest a tout ce qu'il lui faut, soyez rassurés. Nous avons un peu discuté et… il est prêt à aller plus loin. Tout cela a assez duré, ce sont ses mots, et il ne crèvera pas avant d'avoir vu le peuple éradiquer ce virus.

— Pas de précipitations cependant !

Samiah avait à cœur de toujours rappeler la prudence.

— S'il a besoin de quoi que ce soit, rappelle-lui de faire appel à nous, selon le protocole habituel, et de ne pas risquer la moindre communication non sécurisée.

— On ne pourra pas l'empêcher de sortir, tu sais.

À ces mots, la stratège du déplacement grinça des dents. Elle connaissait le caractère buté de leur allié, mais espérait simplement qu'il s'en tiendrait aux précautions d'usage.

— Bien, fit Sylvie. Nous avons réveillé les consciences avec cette tribune. Nous allons bientôt enfoncer le clou en révélant leurs tromperies, leurs tractations. Nos concitoyennes auront la preuve que rien n'a changé, que ce gouvernement féministe a conservé tous les travers de celui qu'il prétendait remplacer. À quelles réactions devons-nous nous attendre de leur part ? Eleni ?

— Des démentis, dans un premier temps, de façon à semer le doute dans les esprits.

— Nous avons déjà demandé à Togan d'inclure un contre-argument dans son article, rappela Ana.

— Ensuite, il y a fort à parier qu'elles feront un exemple. Elles n'hésiteront pas à sacrifier l'une des leurs, à dénoncer ses manigances et à l'exclure du gouvernement – voire la traduire en justice.

Eleni articulait calmement, sûre de ce qu'elle avançait.

— Pour écoper finalement de sursis ? Tu parles… railla Lilia.

— Non. Étant donné les accusations que l'on s'apprête à publier, elles ne feront pas dans la dentelle. Elles lui mettront tout sur le dos et feront en sorte que la peine prononcée calme la grogne du peuple. C'est un vieux truc, elles n'y manqueront pas.

— Comment peut-on répliquer à cela ?

— En préparant une contre-attaque. Si elles décident de s'essuyer les pieds sur l'une, il faut dévoiler des informations gênantes sur une autre, et ainsi de suite. Nos documents doivent être prêts à être diffusés aussitôt que leur réaction paraîtra. On ne doit pas les laisser nous endormir, répondre du tac au tac.

Les jumelles firent s'illuminer les touches de leurs claviers holographiques et, parfaitement synchrones, annoncèrent :

— On s'en occupe !

— Entendu. Prévoyez quatre ou cinq dossiers solides sur celles qui occupent les fonctions les plus hautes ! Elles commenceront par dénoncer les moins indispensables à leur manège.

— Bien. Quoi d'autre ?

Sylvie fixait Amir, comme si elle s'attendait à son intervention. Avec son habituel rictus en coin, celui-ci ne se débina pas :

— Après tout ça, ces vipères vont se sentir acculées. Je parierais sur une véritable chasse contre l'Opposition.

— Nous nous en sommes plutôt bien sortis jusqu'à présent.

— Non, Eleni. Une vraie vendetta cette fois. Si elles ne trouvent pas d'autre solution, elles nous traqueront jusque dans nos familles.

— La police prendrait part à cela ?

— Ne sois pas naïve, intervint Samiah. La ministre de la Sécurité intérieure ne fait qu'obéir aux volontés de la majorité. Il n'y a qu'à regarder comment les forces de sécurité ont réprimé les dernières manifestations. Doit-on s'attendre à beaucoup de violence, Amir ?

— La question serait plutôt : avec quel degré de violence accepterons-nous de répliquer ?

Un silence morbide s'installa à la suite de la question soulevée par l'ex-milicien. Les regards inquiets, apeurés, se croisèrent au centre de la table. Amir s'avança en soupirant et appuya ses avant-bras sur le verre, en croisant ses mains.

— Il faudra faire usage de la force lorsqu'elles viendront, au moins pour nous défendre.

— Prendre les armes ? s'insurgea Ana. Jamais !

— Alors nous tomberons. L'Opposition faillira.

— Il doit y avoir un autre moyen.

— La lutte non violente ne fonctionne qu'avec des gouvernements passifs, soucieux de la morale. Tu crois vraiment que c'est le cas des Féministes ? (Puis, en prenant la main que la jeune femme avait abandonnée sur le plateau.) Lorsque la police viendra, nous serons armés, Ana, et nous répliquerons.

— Si nous ne parvenons pas à les raisonner, nuança Eleni. Dans ce cas-là, alors oui, nous ouvrirons le feu. Et la rue s'embrasera.

Un regret palpable teintait sa voix. Amir acquiesça dans une moue tout aussi grave. Ses souvenirs de guérilla n'avaient rien de stimulant, mais s'il fallait en passer par là, il était le plus indiqué pour guider ses frères et sœurs révolutionnaires. Sylvie lâcha ce qu'il n'avait pas osé évoquer.

— Ça ne m'étonnerait pas qu'elles finissent par instaurer la loi martiale, faute de résultats.

Une fois de plus, Ana se sentait dépassée et démunie.

— Pour quel motif ?

— Terrorisme, pardi ! dit Magli comme une évidence. Elles peuvent brandir cette excuse pour justifier n'importe quelle action. Inutile de vous rappeler ce qui a pu être commis au nom de la lutte antiterroriste.

— Avec l'armée contre nous, nous n'avons aucune chance, affirma Amir.

— Alors, espérons ne pas en arriver là !

Sylvie proposa de prendre un moment pour se changer les idées et s'hydrater. L'idée fut accueillie avec soulagement. Après quelques minutes de discussions d'ordre privé et de déambulation dans l'espace réduit attribué ce soir-là à la cellule, ils abordèrent le deuxième sujet de travail. C'est là que le rôle d'Ana fut mis sur la table.

— Comment s'est déroulée cette séance exceptionnelle à la Chambre matricielle ? questionna Eleni. Avions-nous raison de nous méfier de cette soudaine autorisation ?

— Je crois que oui.

Ana énuméra ses multiples demandes passées, toutes refusées, avant de mettre en relief la terrible coïncidence qui la faisait enfin assister à cette réunion au sommet, le jour précis où les dirigeantes votaient la réforme.

Pierre exprima tout haut l'évidence que la petite assemblée avait encore du mal à comprendre :

— Nous croient-elles à ce point idiots pour ne pas flairer leur petit jeu ? On les voit venir à des kilomètres. De plus, ce type de décrets fait habituellement l'objet de plusieurs moutures avant d'être ou non adopté. Or, je n'en ai trouvé aucune trace dans leurs archives, comme si elles avaient décidé cela au dernier moment. Moi, je dis que c'est du pipeau.

Ana objecta que les bains dans lesquels Deyan était employé avaient déjà embrassé ces changements. Sa patronne ne se risquerait pas à se mettre hors-la-loi seulement pour satisfaire quelques clientes tardives.

— Et tu ne les trouves pas extrêmement rapides pour appliquer un décret prononcé l'après-midi même ? A-t-on vérifié que d'autres établissements faisaient de même ?

Confuses, Lilia et Magli baissèrent les yeux, à l'instar d'Ana qui n'en revenait pas de s'être fait berner à ce point. Se pouvait-il que l'employeuse de Deyan soit complice du gouvernement ?

— C'est tellement énorme que c'est très certainement voulu, jugea Eleni. Elles n'auraient pas organisé une telle mise en scène si elles ne souhaitaient pas que tu captes leur message.

— Quel message ? Me faire peur ? Me manipuler ?

— Ou te pousser à la faute. Il fallait que tu saches qu'elles t'avaient à l'œil, qu'elles pouvaient t'atteindre. (Et, plus en sourdine.) Par lui notamment. C'est en semant le doute dans l'esprit de son adversaire, en lui mettant la pression, que l'on augmente son risque de dérapage. Elles espèrent peut-être que tu commettras une erreur, que tu baisseras ta garde, ou que tu les mèneras à nous.

Amir acquiesça, le regard sombre. Un nouveau silence confirma les propos d'Eleni. C'était l'évidence même, une guerre psychologique déjà bien entamée entre Féministes et Maternalistes. L'article de Togan avait bien mis le feu aux poudres, mais dans les deux camps. Le moins que l'on puisse dire, c'est qu'elles étaient réactives. Si le gouvernement avait pris Ana pour cible, l'avait conviée à assister à cette réunion exceptionnelle, et affichait ouvertement vouloir jouer avec ses nerfs, c'est qu'il était déjà persuadé de l'implication de l'enseignante dans l'Opposition. À partir de maintenant, elle pouvait considérer que sa vie ne tenait qu'à un fil ; on pouvait l'appréhender à n'importe quel moment, dès lors qu'elle mettrait les pieds dehors. Ou alors, on la surveillerait d'encore plus près, jour après jour et sans intervenir, jusqu'au premier faux pas, jusqu'à ce qu'elle mette elle-même sa famille en danger. L'idée lui effleura l'esprit, et très certainement celui de chacune des personnes assises avec elle ce soir. Ils se consultèrent d'un œil soucieux. Le risque était bien trop grand. Devait-elle se retirer ? En pareille situation, les protocoles de l'Opposition étaient très clairs : on ne prenait aucun risque et on renvoyait la menace potentielle à la vie civile. Une menace pour les siens ? Cette seule éventualité relança ses nausées.

À moins que… à moins qu'ils ne décident d'entrer dans le jeu des Féministes, de prendre leurs services de Renseignements à leur propre piège. Étant donné les esprits tordus qui servaient l'Opposition, ils avaient de quoi faire tourner le gouvernement en bourrique. Cela méritait d'être débattu, avant de se résigner.

— Une diversion !

L'affirmation de Samiah vola au-dessus de la table et vint se planter là, comme un espoir en plein cœur de leur angoisse commune.

— Elle a raison, lança Amir. C'est ce qu'ont toujours fait les gouvernements totalitaires. Un appât pour mieux attirer l'attention, divertir, ou concentrer les efforts de l'ennemi. C'est la meilleure manière d'avoir les mains libres.

— Vous pensez qu'elles préparent autre chose ? s'inquiéta Lilia.

— Il n'y a qu'un seul moyen de s'en assurer.

— Non, Pierre, nous ne tenterons pas une nouvelle incursion sur leur serveur interne. La dernière fois, nous avons frôlé la catastrophe.

— Pourtant…

— Il te faudrait combien de temps ? risqua Amir.

— À partir du moment où vous branchez la clef, mon logiciel espion s'implante en quelques secondes, et vous repartez aussi sec.

— Ce n'est pas une question de timing, tu le sais bien, tonna Sylvie. Et Amir ne parviendra jamais jusque là-bas, il se ferait trop remarquer. Non, ce doit être une femme, obligatoirement.

— Je suis d'accord.

Marie-Line eut à peine prononcé ces mots qu'Ana ferma les yeux en soupirant, imaginant déjà le pire. Elle ne pouvait pas plus qu'un autre s'opposer à la décision de l'un des membres du groupe. Pourtant, une telle opération d'infiltration frôlait l'inconscience. Tous connaissaient les risques, mais il n'y avait pas d'autre moyen de les prendre de court.

— Je crois que je pourrai me rendre utile, chanta la voix charmeuse de la jeune femme. Je connais du beau monde, vous savez, et il n'est pas rare que certaines d'entre elles aient besoin de compagnie sur leur lieu de travail. Rebecca m'en doit une ; si je lui demande gentiment, le prochain contrat est pour moi.

Amir fixa gravement Samiah.

— Si on l'envoie là-bas, il va falloir monter un plan aux petits oignons.

— À la hauteur de l'enjeu, répliqua-t-elle. Tu peux me faire confiance, l'infiltration, c'est mon hobby.

— J'ai déjà quelques pistes, annonça Marie-Line en se rapprochant de sa partenaire de mission, tandis qu'Amir se retournait vers Pierre.

— Hé, l'as du clavier ! Tu brieferas la gamine au détail prêt. Une fois là-dedans, je ne veux pas qu'elle ait à hésiter une seule seconde.

— Compris.

Ana assistait à leurs échanges, interdite. Elle n'appréciait pas vraiment la tournure que prenaient les événements, mais avaient-ils seulement le choix ? Les jumelles-journalistes pianotaient sur leurs claviers à la recherche de sources capables de les renseigner sur les activités douteuses et le patrimoine de leurs cibles. Par chance, les rangs de l'Opposition comptaient des effectifs nombreux et opérants à des postes très variés. Elles ne tarderaient pas à étoffer leurs dossiers.

Ce qui indisposait l'enseignante par-dessus tout, c'était que les Féministes aient décidé de s'en prendre à elle. Pourquoi elle en particulier ? Devait-elle tenir une place particulière dans leur plan sournois ? Toujours est-il qu'il ne lui tardait pas de le découvrir. Lorsque Deyan l'apprendrait...

Elle avait déjà fait part à ses alliés de la filature dont elle avait été l'objet la veille. Ana ressentit pourtant le besoin d'apporter quelques précisions à cet événement, de partager les détails encore imprimés dans sa mémoire.

Elle évoqua cette sensation de gêne qui l'avait envahie dès la fin de son cours, dans l'amphithéâtre, et qu'elle avait attribuée à la vidéosurveillance. Elle tenta de dresser un portrait fidèle de sa poursuivante, à travers le campus. Sa combinaison noire et ample, aussi morne qu'indifférenciable, se fondant dans les reflets mouvants des façades vitrées. Ses cheveux raides et longs, blonds, peut-être blancs. Un déplacement plus proche du glissement que de l'habituelle démarche saccadée d'un quidam. Samiah confirma alors qu'il s'agissait bien d'une professionnelle ; les services de Renseignements employaient des espionnes redoutables qu'il convenait de ne pas prendre à la légère. Même elle, toute experte martiale qu'elle était, ne se risquerait pas à les affronter. En revanche, si celle-ci l'avait laissée l'apercevoir, c'est parce qu'elle l'avait voulu. Une énième mise en garde sans doute.

Ils évoquèrent la possibilité que ces surveillances puissent durer depuis un certain temps, et que d'autres membres du groupe puissent en être l'objet. Le gouvernement possédait peut-être une foule d'informations à leur sujet, et attendait le bon moment pour en faire usage. Famille, vie professionnelle, loisirs, contacts privés… Il faudrait tout envisager. Quoi qu'il en soit, ils devraient rester sur leurs gardes et continuer à brouiller les pistes, prendre des détours, quitte à mettre des heures pour rentrer chez eux, et surtout, quoi qu'il en coûte, être certains de ne jamais les conduire ici.

Puisqu'il était question d'espionnage, la conversation s'orienta rapidement vers Samiah et son rôle privilégié au plus près du gouvernement. Numéro deux dans l'équipe de protection qui encadrait quotidiennement la ministre de la Sécurité intérieure, elle avait l'opportunité de la suivre dans ses déplacements et, parfois, l'occasion de saisir des bribes de conversations. Elle informa le groupe des opérations de police dont elle avait eu connaissance, et put également témoigner des tensions au sein même du gouvernement.

La ministre était en froid avec ses homologues des Renseignements, ce n'était un secret pour personne. Ce qui s'ébruitait moins, en revanche, concernait les raisons de cette animosité. À l'instar de nombreuses personnalités du gouvernement, la secrétaire d'État aux Renseignements sombrait trop facilement dans l'extrémisme radical. Par exemple, elle faisait partie des votantes qui avaient validé, à l'époque, la PUMA comme unique moyen de reproduction. De façon à contrôler le rythme des naissances, et surtout le sexe des nouveau-nés, toute fécondation issue d'un rapport sexuel femme-homme était punie par la loi. Parmi les autres décrets qui avaient reçu sa voix, on comptait notamment l'interdiction des marques d'affection ou d'amitié en public, entre une femme et un homme. Et cela ne plaisait pas à la ministre de la Sécurité intérieure. Torvin était pour ainsi dire une Féministe modérée, et identifier la gent masculine comme l'ennemi à abattre et à brimer n'était clairement pas son objectif principal. Pour elle, ce genre de décisions conduisait clairement à la disparition tragique de la notion d'amour au sens le plus large. Même si les femmes avaient toujours le droit, entre elles, de se manifester leur amour, elles ne pouvaient entretenir de relation avec un homme qu'en privé, à l'abri des regards. Une hypocrisie sociale flagrante qui, d'un côté, représentait le sexe opposé comme une chose indigne, dangereuse, mais qui de l'autre permettait toujours les relations hétérosexuelles. Preuve en était : les services proposés dans les bains et autres établissements dédiés aux sens. On pouvait difficilement faire plus contradictoire. Il existait donc des nuances au sein même du régime, et peut-être même des failles à exploiter.

— La ministre a beaucoup de rencontres prévues ces prochains jours, informa Samiah. J'en saurai très vite davantage sur ses alliées, celles qui partagent ses réticences, et sur nos leviers potentiels.

— Est-ce qu'on ne lui offrirait pas un joli mouchard ? lança Pierre, l'air de rien.

— Indétectable ?

— 100 % organique, aucun risque.

— Alors banco ! Je sais exactement où le placer.

Tandis que Lilia et Magli planchaient consciencieusement sur les dossiers compromettants et passaient quelques coups de téléphone, Pierre ébauchait déjà la structure du virus que Marie-Line serait chargée d'implanter. Cette dernière, en compagnie de Samiah, réfléchissait à une stratégie de progression dans l'un des bâtiments les plus sécurisés du pays. De son côté, Amir se mit en liaison avec ses homologues des autres cellules, afin d'organiser un plan de défense de leur réseau, à grande échelle. Eleni voguait des uns aux autres afin de leur apporter son expertise de communicante. Ana préparait quant à elle les dossiers qu'elle apporterait à Ernest lors de sa prochaine visite, pour anticiper et contrer les démentis du gouvernement. À mesure que les uns avançaient, les autres pouvaient approfondir leurs plans et leurs recherches, étoffer leurs stratégies ; une complémentarité qui s'exprimait d'autant mieux que l'urgence s'en faisait sentir.

Alors que Sylvie, en digne procédurière, récapitulait les missions et les échéances de chacun, un poing tonique frappa contre la porte. Elle se présenta devant le panneau de contrôle et activa la transparence de la cloison. Katy, la messagère habituelle, semblait plus essoufflée qu'à l'accoutumée. Sylvie n'attendit pas davantage et ouvrit la porte. Elle n'eut pas le temps d'accueillir la jeune femme que cette dernière leur remettait déjà son message :

— Le gouvernement s'en prend aux hommes. Il y a déjà plusieurs dizaines de morts. La police prétexte des agressions et des actes de complot. D'après nos renseignements internes, les victimes sont les conjoints, les frères ou les pères de celles qui ont pris part aux manifestations. Tous les coordinateurs sont attendus à minuit sur la plate-forme d'urgence. Merci de votre attention.

Katy balaya la pièce du regard, adressant à chacun un regard compatissant, puis tourna les talons.

— Ça commence, grogna Amir en serrant les dents.

6

— Mademoiselle De Conti. Il semble que votre première tentative soit une réussite. Vous avez là un terrain fertile.

La doctoresse finissait d'interpréter les chiffres fournis par son ordinateur, tandis que sa patiente gardait le regard fixé sur le minuscule pansement au creux de son coude.

— Votre hémogramme est parfait. Toutes mes félicitations !

Dans la salle d'examen, Ana avait toutes les raisons de se sentir piégée. Par chance, une simple analyse sanguine, à ce stade, ne pouvait aucunement révéler le sexe de son futur bébé, auquel cas la médecin aurait immédiatement mis un terme à ce qu'elle aurait qualifié d'erreur médicale. Pire, si cette dernière avait poussé plus loin les analyses et découvert l'ascendance génétique du fœtus, la jeune femme aurait pu être accusée de grossesse illégale, et emprisonnée. Elle se contenta d'un sourire sobre à l'adresse de son interlocutrice.

À cet instant précis, Ana n'avait pas la moindre idée de cette caractéristique pourtant déterminante ; du moment que l'institut déclarait qu'on lui avait bien inséminé un œuf femelle, c'était tout ce qui importait. Elle se contenta de se soumettre docilement au protocole légal de la déclaration de grossesse, en feignant la surprise.

Pourtant, l'obstétricienne ne lui apprenait rien. Non, elle avait dû simuler la joie inhérente à l'annonce d'une telle nouvelle. Une vie grandissait en elle, il fallait faire bonne mesure. La conviction qu'elle ressentait depuis trois jours, ces changements subtils déjà perceptibles, elle pouvait désormais les assumer officiellement. Elle et Deyan étaient parvenus à passer entre les mailles d'un système drastique et d'une biologie réglée à la perfection. À une journée près, peut-être même quelques heures, l'équipe d'insémination aurait pu détecter qu'une grossesse était déjà entamée. Mais il n'en était rien. Ils avaient eu de la chance, si bien qu'Ana portait le véritable fruit de leur amour.

— La mission de l'Institut s'achève ici. Vous êtes libre de choisir le médecin qui vous suivra au cours de votre grossesse.

Ana ne se ferait pas prier. Le médecin référent des Maternalistes était tout désigné. De toute manière, elle n'avait pas vraiment le choix. Dès la septième semaine, une obstétricienne déclarée et mandatée par le ministère des Familles pouvait, si elle faisait du zèle, renouveler la prise de sang et confirmer le sexe attendu du bébé. Un simple prélèvement, et Ana courrait un risque inenvisageable. La plus petite trace de chromosome Y dans l'ADN du fœtus – présent dans le sang de sa mère –, et son monde s'écroulerait.

Leurs précautions s'avérèrent utiles puisque le bébé se trouva être un petit garçon. Évidemment, ils auraient préféré une fille, tout aurait été plus simple, sa vie aurait pu être normale – si une telle chose était encore possible. Mais Ana et Deyan s'étaient préparés à cette éventualité. Ils accueillirent donc la nouvelle avec autant d'enthousiasme que celle de la grossesse elle-même. Ils aimeraient leur petit gars de la même manière que si son existence avait été légale. Pour eux, cette conception naturelle en marge des contrôles du gouvernement tenait du miracle. Ils étaient bénis, et soutenus par l'immense majorité de leurs amis au sein de l'Opposition.

Cependant, les semaines qui suivirent révélèrent toute l'anxiété de Deyan.

— Tu réalises que nous devrons le tenir éloigné de tout contrôle biométrique, et ce, toute sa vie durant.

— Certains s'en sortent très bien. L'Opposition est une société à part entière, mon amour, il ne manquera de rien

— Alors il ne sortira jamais d'ici ?

— Des substituts biométriques sont en développement, afin que les illégaux puissent se rendre à l'extérieur. Et puis, notre combat finira par aboutir, j'en suis certaine.

Si Deyan avait d'abord cédé à une panique somme toute compréhensible, la joie liée à l'arrivée de ce petit être qui l'unirait davantage à sa partenaire prit rapidement le dessus. Ana dut l'apaiser et le rassurer du mieux qu'elle put. Par la suite, c'est Deyan qui deviendrait le socle inébranlable dont elle aurait besoin.

Élever un enfant illégal n'était pas une mince affaire. Certes, quelques couples parmi les Maternalistes avaient déjà ouvert la voie, mais ils étaient loin de représenter la majorité d'entre eux. La plupart préféraient sacrifier cette envie, ce besoin viscéral qu'ils portaient en eux pour se consacrer pleinement à leur combat. Ana et Deyan, eux, se sentaient capables de mener ces deux aventures de front, et ils savaient pouvoir compter sur leur communauté.

C'est une perte soudaine d'équilibre qui la sortit de sa torpeur. Son souvenir fut recouvert par le son strident des freins, tandis que sa projection vers l'avant provoqua la crispation de tous ses muscles. Un homme robuste en bleu de travail, probablement un ouvrier, la retint d'un bras ferme mais attentionné.

— Merci, souffla-t-elle en prenant appui sur son torse.

Le métro aérien venait de stopper avec une brutalité inédite. Le message qui suivit renseigna les voyageurs sur les motifs d'une telle secousse.

Chers passagers, nous vous prions de bien vouloir excuser cet arrêt inopiné. Suite à une opération de police dans le Quartier Latin, les transports publics ont reçu l'interdiction de le traverser. Nous espérons que l'immobilisation de la rame sera brève, et nous vous tiendrons informés dès que votre trajet pourra reprendre. Merci de votre compréhension.

Des soupirs exaspérés mais résignés furent les seules réactions émanant des passagères. Les hommes, eux, s'abstinrent de toute réflexion. Malgré une clarté matinale encore ténue, on distinguait au loin la silhouette des plus hautes tours du quartier d'affaires.

En regardant par les parois en polymère végétal, Ana comprit que le métro avait interrompu sa course sur le passage Foster, l'un des plus hauts de la ville. Perchés à quelque trente-cinq mètres de hauteur, les passagers n'avaient d'autre choix que d'attendre que la situation se débloque. Aucune issue ou échelle de secours, et le pilote à distance ne déclencherait jamais les toboggans à cette hauteur. Avec les derniers restes de brume, l'enseignante peinait même à distinguer le sol.

Une angoisse palpable l'envahit aussitôt. L'habituelle bouffée de chaleur, impossible à dissimuler, des rougeurs au niveau du cou, et des jambes qui flageolent ; ce que son voisin prit aussitôt pour un signe de vertige.

— Mademoiselle, vous vous sentez bien ?

L'homme semblait visiblement inquiet, mais osait à peine la regarder dans les yeux.

— Nous ne tarderons pas à repartir, j'en suis sûr. Vous devriez vous asseoir.

Ana lui fit signe que tout allait bien, mais son esprit était déjà tourné vers le sujet réel de son inquiétude. Et si cet arrêt de la rame n'avait rien à voir avec une quelconque intervention dans le quartier ? Et si l'opération de police la concernait elle, directement ? Son regard se porta de part et d'autre de la rame, vers le fond de cet immense tube aérien, entre les têtes de ses occupants. Elle scanna la plupart d'entre eux, s'attardant davantage sur les femmes vêtues sobrement, tout en se remémorant l'entraînement reçu au sein de l'Opposition. Si les forces de police, pire, si les agents des Renseignements étaient déjà dans le métro, ils ne tarderaient plus à la rejoindre.

Dissimulé derrière la carrure imposante de l'ouvrier, son regard fusa par-dessus l'épaule de ce dernier. À cet instant précis, Ana se fichait éperdument de passer pour une illuminée. Son âme tout entière était orientée vers sa survie, et ses pensées ne pouvaient plus quitter Hector.

Si elle devait lutter pour sa liberté, ici même, aujourd'hui, pourrait-elle compter sur ces dizaines d'anonymes qu'elle côtoyait presque tous les jours, sans toutefois les connaître ? Se joindraient-ils à elle dans un effort commun contre l'oppression, ou se soumettraient-ils une fois de plus ? Certains faisaient peut-être déjà partie de l'Opposition, elle ne pouvait pas connaître chacun des membres qui en gonflaient les rangs, ce qui n'empêcha pas la majorité des passagers de l'observer curieusement.

Après de longues secondes de panique, Ana dut se rendre à l'évidence que le calme et le silence régnaient d'un bout à l'autre de la rame. Il ne s'y passerait rien. Par-delà les parois semblables en tous points au verre dont on parait les transports publics un siècle plus tôt, l'enseignante discerna, aux coins des rues qui bordaient la ligne de métro aérien, des groupes de personnes tentant de fuir. Ils paraissaient si petits à cette hauteur, si négligeables. Peut-être était-ce la vision que le gouvernement avait du peuple.

Des vibrations inhabituelles parvinrent jusqu'aux observateurs perchés sur le rail magnétique. Cela n'avait rien à voir avec un éventuel redémarrage du métro. Non, ces tremblements diffusés par l'air extérieur venaient bien du centre-ville. Des détonations très éloignées qui n'en demeuraient pas moins sinistres. Les manifestants en étaient-ils à l'origine – les bombes artisanales pouvaient faire bien des dégâts –, ou la police libérait-elle encore son potentiel létal ? À travers les derniers reliquats de brume, Ana distingua des colonnes de fumée plus sombre qui s'élevaient au-delà des plus hautes tours. Les mines effondrées et impuissantes de ses voisins, hommes comme femmes, reflétaient sans commune mesure le mal qui rongeait la société.

Une fois raisonnée la crainte pour sa personne et sa famille, les pensées d'Ana se dirigèrent vers Togan. Leur vieil allié était là-bas, au cœur de ces affrontements, et probablement barricadé dans son appartement. Qu'adviendrait-il si elles prenaient d'assaut le bâtiment où il vivait presque en sérénité depuis maintenant 20 ans ? Non seulement les Maternalistes perdraient un atout des plus précieux, mais ce serait la voix de l'Opposition elle-même qui s'éteindrait. Si quelqu'un d'autre devait reprendre le flambeau, la verve de leurs tribunes s'en verrait diminuée, à n'en pas douter. Il s'agirait là d'un coup fatal porté par les Féministes.

Son inquiétude était-elle légitime ? La police n'avait aucune raison de mener l'assaut sur son adresse. Quand bien même, l'esprit alerte d'Ernest et le système d'alarme perfectionné qu'on lui avait installé suffiraient à le faire anticiper sa fuite. L'éternel combattant ne se laisserait pas prendre aussi facilement. Ana se surprit à prier pour son ami.

Elle eut tout le temps de songer à ces hommes qui allaient probablement mourir aujourd'hui, et aux nombreux autres qui finiraient leurs jours dans les prisons-usines, loin de celles qui avaient commis l'erreur de les aimer. La perfidie des Féministes lui noua l'estomac, et une remontée acide l'incita à déglutir. Elles utilisaient l'instinct protecteur des femmes contre elles-mêmes. Le meurtre soi-disant justifié de leurs compagnons ou leur détention n'étaient rien d'autre qu'un moyen de pression. Toutes les suspectes, toutes celles qui étaient tombées dans le collimateur des Renseignements verraient leurs conjoints appréhendés. Ces hommes n'avaient strictement rien fait. Bien sûr, il y avait dans le lot quelques Maternalistes avoués qui clamaient haut et fort leur opposition au régime, mais il ne s'agissait là que de cas isolés. L'immense majorité d'entre eux se conformait à la docilité aliénante que la société leur imposait. Ils avaient été éduqués dans ce sens, et très peu étaient capables de se défaire de ces chaînes. Puisqu'il était inconcevable que les Féministes s'en prennent aux leurs, elles les atteindraient par l'intermédiaire de leurs conjoints. Dans cette manipulation ignoble résidait toute la nécrose de la société, mais aussi la faiblesse du gouvernement. C'est là que son vrai visage se révélait, et c'est ce qui causerait sa perte.

L'enseignante pensa brièvement à cet ancien monde, à la fin de la 5ème République. On ne cessait de promulguer des lois et des décisions favorisant l'équité, l'égalité, mais les femmes n'en restaient pas moins inférieures aux hommes, moins considérées, moins payées, souvent dénigrées. Tout au plus quelques étendards brandis avec fierté, des figures de proue, des carrières, des réussites, fiertés du féminisme de l'époque ; le strict nécessaire pour adoucir les esprits, tempérer la grogne de celles qui continueraient de s'identifier au succès de quelques élues.

Rien n'avait vraiment changé. Les élues étaient au pouvoir, et la population souffrait toujours du même manque de considération. Ana était plus que lasse de cette hypocrisie répugnante. Elle savait au fond d'elle que seules une cohabitation des genres et une entente complémentaire pourraient les mettre sur la bonne voie. Mais cet idéal demeurait inaccessible, presque illusoire.

Éreintée par la double vie qu'elle menait depuis près de neuf ans, lorsqu'elle avait rejoint les Maternalistes et rencontré Deyan, elle s'efforçait jusqu'ici de faire bonne figure. Mais dans ces moments-là, le poids des dissimulations, la pression sociale, les nuits écourtées, la somme de ses fardeaux s'abattait sur ses épaules. Un sentiment d'affliction profonde s'empara d'elle lorsqu'elle vit une silhouette tomber, en bas, dans une ruelle, et sa famille énergiquement prise en charge par les forces de police. À nouveau, le bras de son voisin ne fut pas de trop pour la soutenir.

La simple idée de bonheur collectif était-elle aussi inenvisageable ? L'utopie d'harmonie et d'amour universel répandue dans les années 1970 pouvait-elle seulement se concrétiser ? Ana, elle, rêvait fréquemment d'insouciance, de communion, de liberté, mais se gardait bien de partager cela avec quiconque. Même son homme ignorait les espoirs immenses qu'elle plaçait en l'Opposition. Même son équipe n'avait pas idée de la foi qu'éveillaient en elle les

Maternalistes. Cette cause ne pouvait tout simplement pas avorter. Elle était leur unique espoir. Après le fourvoiement des paternalistes, après le féminisme autoritaire viendrait l'ère des Maternalistes. Ce ne pouvait être autrement. C'était en tout cas la seule chose qui comptait à ses yeux, la seule rédemption possible. Ana était prête à donner sa vie si on l'assurait que le régime actuel tomberait. En attendant, Hector avait besoin d'elle ; elle devait se montrer forte.

Près d'une heure venait de s'écouler. Le métro flottait toujours au-dessus de la ville tumultueuse, théâtre de scènes qu'aucun des passagers n'aurait osé imaginer. Lorsqu'un message sobre annonça la reprise du trafic, son ton mécanique, comme épuré de toute conscience, trancha avec la situation dramatique qui se jouait plus bas. Une ambiance irréelle flotta dans la rame durant de longues minutes, et poursuivrait les voyageurs tout au long de leur journée.

Ana vogua frêlement jusqu'au campus, interdite et vidée de son dynamisme habituel. Elle oublia même de prêter attention à une éventuelle suiveuse, et continua son chemin machinalement, les yeux dirigés vers le sol.

***

— Comme nous venons de le voir, résuma l'enseignante, l'archaïsme du régime monarchique de droit divin fut tenu responsable de l'extrême pauvreté du Tiers-État et de nombreuses famines, éléments précurseurs de la déclaration d'une Assemblée constituante, puis de la prise de la Bastille. Deux siècles et demi plus tard, la prise de pouvoir des Féministes obéit aux mêmes mécanismes sociaux. Quelles nuances pouvons-nous apporter ?

— Ce n'est plus la concentration des richesses à la tête du pouvoir qui provoque la grogne des femmes, mais la concentration du pouvoir lui-même.

L'engouement que faisait naître le sujet réjouit Ana. D'un signe de la main, elle encouragea son étudiante à approfondir sa pensée.

— En 1789, le pouvoir absolu existait déjà, bien sûr, et ne dissimulait pas son faste ni ses excès. Mais ce n'est pas ce qui provoqua le soulèvement du peuple.

— Quoi donc dans ce cas ?

— La faim ! intervint une autre, avant d'être complétée par la première.

— La population obéissait à des besoins dits primaires, ceux de satiété et d'habitat en priorité. Au 21ème siècle en revanche, ces besoins étant assouvis pour la majorité d'entre eux, la grogne se reporta sur des besoins moins élémentaires, à savoir l'estime, la reconnaissance et l'accomplissement personnel.

— À quelle théorie fais-tu référence ?

— À la pyramide de Maslow[11], Mademoiselle. Or, avec les droits acquis un siècle plus tôt par les premiers combattants féministes, les femmes se trouvaient légitimes pour devenir les prochaines révolutionnaires.

— Quelqu'un d'autre peut-il nous expliquer pourquoi ?

— L'incohérence entre ces droits, acquis de longue date, et le régime paternaliste ?

— Mais encore ?

— Dans les faits, l'égalité femme/homme n'a jamais été appliquée. À l'exception de la parité dans certaines instances politiques, la détention du pouvoir et sa légitimité restèrent entre les mains de la population masculine. Dans le secteur privé par exemple, rares étaient les femmes placées à la tête de grandes entreprises.

— Sans parler des agressions diverses, verbales comme physiques, compléta une autre jeune femme. Elles ont perduré malgré la promulgation de lois punissant ces dérives.

Ana interrompit l'échange.

— Et ne serait-ce pas ce point précis qui détermina la révolution féministe ? Le pouvoir de décider par nous-mêmes, le droit à disposer de notre corps, celui de ne pas subir la volonté, pire, les pulsions des hommes ? D'après vous, pourquoi les femmes, malgré leur accès progressif à l'enseignement, malgré le droit de vote, et même après mai 1968, le droit à l'avortement, celui de se vêtir comme bon leur semblait, celui de leur épanouissement sexuel… pourquoi sont-elles restées sous le joug d'une pensée machiste visant à commander leurs actes, sous prétexte de les protéger ?

Un bref flottement parcourut l'amphithéâtre, avant que ne fusent quelques timides réponses :

— Une histoire d'habitude ?

— C'était ancré dans les mœurs ?

— Les mentalités, l'éducation ?

— Vous avez raison, Mesdemoiselles. On ne défait pas des millénaires de patriarcat et de domination machiste en quelques décennies. Un autre élément est l'hypersexualisation des corps. Trop de tabous et de barrières ont été dressés. La nudité est devenue immorale. Nous avons déjà étudié combien il était difficile, à l'époque, d'allaiter en public sans soulever l'indignation. Selon vous, quel autre décideur a pu engendrer tant de freins à nos droits fondamentaux, à nos libertés ?

Ana put lire une hésitation, somme toute compréhensible, sur les visages de son auditoire. Elle leur laissa le temps qu'il fallait pour oser dénoncer l'héritage qui était le leur. Une voix fluette émergea des regards attentifs :

— L'Église, Mademoiselle ?

— Précisément. L'Église était la première dépositaire de la pensée paternaliste. Elle enferma très tôt la gent féminine dans sa fonction procréatrice, comme si nous n'avions pas d'autre but sur Terre. Comment s'y est-elle prise ?

— Grâce au péché originel.

— Belle trouvaille, n'est-ce pas ? Depuis ces très jolies enluminures, l'être humain serait corrompu et aurait la fâcheuse tendance à commettre le mal. D'aucuns assimilèrent Ève au fruit défendu, à la tentation…

— Le péché de chair ?

— Oui. Ce qui identifia assez commodément la femme comme l'origine de tous les maux. À partir de là, l'acte sexuel, l'union charnelle hors mariage devint elle aussi un péché. Quel était l'objectif d'une telle propagande ?

— Placer les femmes sous l'égide de leur époux.

— Et de leur père avant lui.

— La surveiller, l'enfermer, la museler, afin d'éviter que tous les péchés de l'humanité ne s'expriment à travers elle.

Ana s'interrompit, réalisant qu'elle allait peut-être un peu loin. Certaines vérités étaient gênantes, pourtant, ses élèves devaient déjà en avoir conscience.

— Vous comprenez pourquoi cette libération a été si progressive et nuancée.

Un acquiescement collégial flotta dans l'assemblée.

L'enseignante se déplaça d'une extrémité à l'autre de l'estrade, favorisant le changement d'orientation des pensées de ses étudiantes.

— On n'efface pas des milliers d'années de jugement et de brimades en quelques promulgations de lois, en brandissant soudainement des droits pourtant originels. Le paternalisme, pour être renversé, avait besoin d'actions plus efficaces, de symboles plus forts. Qu'est-ce qui, selon vous, a participé au succès de cette révolution ?

— Comme pour la Révolution française, clama l'une des jeunes femmes assises au premier rang. Par le nombre et l'occupation.

— Pas exactement. Quelqu'un pour apporter des précisions ?

— Par un positionnement stratégique et une prise de pouvoir progressive. Il ne s'agissait pas d'un coup d'État traditionnel, mais d'une révolution démocratique, opérée dans les règles.

— C'est exact. Dans le strict respect des lois et usant d'une synchronisation exemplaire, les Féministes sont parvenues à évincer les hommes du pouvoir. Ainsi, toutes les décisions jugées néfastes pour la société furent annulées ou amendées.

Là, Ana s'arrêta. Conditionnée par des années de précaution vis-à-vis de la propagande et de la surveillance vidéo, elle réalisa qu'elles abordaient là un sujet délicat, voire dangereux. Non pas pour ses élèves, mais pour sa propre sécurité. Peu importait qu'elle soit déjà surveillée de près par le gouvernement, il ne fallait pas ajouter d'huile sur le feu. Elle devait choisir chaque mot avec justesse et intelligence, faire passer ses idées sans paraître critiquer le régime en place. C'était là que tout se jouait, dans la vision globale de ces jeunes esprits, dans leur compréhension de la société. Cependant, son cours ne pouvait pas faire l'objet d'une interprétation controversée. Elle devait employer des détours et faire preuve de subtilité. Se montrer plus maligne que l'État, c'était le leitmotiv des Maternalistes.

— La décision d'agir s'imposa d'elle-même. Au nom du bien commun – initialement, je crois que les intentions étaient louables. L'écologie pour commencer. Les femmes y ont toujours été plus sensibles que leurs pendants masculins. Il était urgent d'offrir un avenir aux générations futures, et cela passait évidemment par la planète sur laquelle nous vivons. La politique s'empressa donc de se mettre au service de l'environnement. Le temps de l'intransigeance était venu, celui, entre autres, de la fin des lobbies industriels. L'effort de guerre et le budget colossal de la défense furent redirigés vers la santé et l'agriculture. Une prise en charge médicale optimale et des sciences tournées vers le progrès, voilà ce qui était au cœur du programme de cette 6ème République. La recherche de profits ne devait plus orienter les décisions des grands secteurs dont dépendait notre avenir. Les féministes avaient à cœur de protéger notre espèce, et c'est pour cette raison que la population les suivit.

— Ces bonnes intentions cachaient-elles quelque chose ? risqua une étudiante qui avait bien conscience que son enseignante marchait sur des œufs avec tous ces concepts.

— Dans les premiers temps, bien sûr que non. Leurs décisions étaient animées des meilleures intentions. Pour le bien de la société, les hommes furent progressivement cantonnés à des postes subalternes, éloignés des prises de décision afin qu'ils ne répètent pas les erreurs du passé qu'on leur attribuait. Ils furent soumis à la pensée féministe, disciplinés à obéir, pour leur bien et celui de la communauté, aux directives des gouvernantes, mais aussi de leurs égales. Les femmes sachant instinctivement ce qui était bon pour l'espèce, ils devaient se conformer à leurs décisions. L'accès à l'enseignement leur fut considérablement limité...

— Mais cet instinct que vous évoquez, Mademoiselle, ne s'en est-on pas éloigné au fil des millénaires et de cette longue période paternaliste ?

Ana sourit, soulagée de voir que son enseignement portait ses fruits et que leur esprit critique, en dépit de toutes les barrières dressées par la propagande féministe, n'avait de cesse de se construire.

— S'il existe effectivement une dimension instinctive inscrite en chacune de nous, concernant la protection des nôtres et de notre avenir, il demeure une grande part de raisonnement et de travail quotidien. Il s'agit là d'un conditionnement de chaque instant, un système de pensée que les psychosociologues qualifient de culturel, et non d'héréditaire. Nous devons réapprendre à apprivoiser cette partie de notre esprit, ce que les Féministes ont pour le moment échoué à réaliser.

Un frisson gênant parcourut la colonne vertébrale de l'enseignante. Les algorithmes comparatifs ne pouvaient pas l'avoir là-dessus. Elle énonçait là une vérité incontestable. Effectivement, à l'heure actuelle, le gouvernement n'avait pas encore prouvé sa capacité à assurer la survie de l'espèce, même s'il se targuait d'y travailler sans relâche. Cela ne se vérifierait que dans un futur lointain, aussi, l'ordinateur consacré à l'étude des mots ne verrait dans ses propos aucune propagande antiféministe. Ce genre de pirouettes démonstratives, Ana les employait avec facétie ; seuls les esprits éveillés de son auditoire en saisissaient la finalité.

Elle semait ainsi, petite touche par petite touche, et dans des milliers de consciences depuis qu'elle enseignait, la réalité de leur société et les prémices d'une révolution. Ana était persuadée qu'elle n'était pas la seule à agir de la sorte, et que d'innombrables professeures, mères et sœurs à travers le pays devaient en faire autant. Elles étaient le roc inusable contre lequel viendrait se fracasser la rage écumeuse des Féministes. Les vraies féministes, elles, étaient partout. Elles n'étaient ni un parti, ni une mode, elles n'avaient pas besoin de lois ou de justification. Le féminisme était cette conviction, cette note évidente qui occupait le cœur de tous les Maternalistes, ce supplément d'âme, ni féminin, ni masculin – non, le féminisme était parfait dans sa neutralité – qui devait faire leur fierté, et non causer leur perte.

7

La façade majestueuse avait de quoi intimider. Avec la tombée de la nuit, l'éclairage dirigé vers les colonnes et les moulures donnait à la Chambre matricielle un aspect solennel, presque noble. Pourtant, ce faste et ces dépenses superflues – assumées par la population – représentaient tout ce que Marie-Line avait en horreur. Mais elle s'était portée volontaire. Alors elle devrait se faire une alliée de son appréhension, pour mener à bien sa mission.

La société d'accompagnement dans laquelle elle travaillait – c'était comme cela qu'on les nommait – n'avait pas eu à attendre longtemps pour un nouveau rendez-vous dans ces murs. Comme promis, Rebecca, son adorable et protectrice patronne, l'avait positionnée sur ce contrat. Cela tombait plutôt bien, car la jeune femme connaissait déjà sa cliente. Cela lui enlèverait un poids considérable ; elle pourrait ainsi se concentrer sur le véritable motif de sa visite.

Saficae avait pignon sur rue, en particulier auprès des clientes exigeantes, riches industrielles ou femmes de pouvoir. Les politiques ne dérogeaient pas à la règle. Si de nombreuses autres sociétés proposaient les services d'hommes tous plus beaux et habiles les uns que les autres, Rebecca avait choisi de spécialiser son entreprise dans l'accompagnement exclusivement féminin. Il y avait là un marché sans précédent, et la femme d'affaires avisée l'avait compris avant tout le monde.

Ses employées, de tous âges, tailles, corpulences ou origines étaient triées sur le volet et particulièrement soignées. Leur employeuse prenait en charge leur suivi de santé et, par le truchement d'un secret médical très arbitraire, le corps de ses recrues n'avait plus de secrets pour elle. Elle veillait à proposer la gamme la plus large possible, qu'il s'agisse des langues parlées par ces séduisantes jeunes femmes, de la couleur de leurs yeux à celle de leur peau ou de leur pilosité, de leur capacité à se fondre ou non dans une soirée mondaine, ou encore des pratiques que ces dernières étaient disposées à accepter. Rebecca avait pensé à tout, et elle tenait à rester l'interlocutrice privilégiée de ces dames fortunées.

Ainsi, lorsque la jeune Marie-Line était venue la voir, avec ses yeux de biche et sa voix tremblotante, elle n'avait pas su refuser. Si elle pouvait, dans la même soirée, satisfaire l'une de ses meilleures clientes tout en participant à l'action des Maternalistes, elle ne s'en priverait pas. Rebecca faisait partie de ces nombreux soutiens de l'ombre que comptait l'Opposition. Elle y prenait donc part avec grand plaisir, mais de loin, et jamais directement.

À peine le rendez-vous fut-il confirmé qu'un pass d'accès numérisé fut émis par le bureau de sécurité de la Chambre matricielle à l'attention de *Saficae*, et aussitôt transféré sur le bracelet de Marie-Line.

Immobile sur le trottoir, cette dernière levait les yeux vers la cour pavée, baignée de silence. Juste derrière le portail imposant, le premier poste de surveillance l'attendait. Certaines de ses collègues étaient déjà venues ici, et avaient témoigné de l'impressionnant dispositif de sécurité qui gouvernait les lieux. Samiah le lui avait confirmé, en la mettant particulièrement en garde de ne sortir sous aucun prétexte de l'itinéraire qu'on lui indiquerait. Les gardes républicaines, ces combattantes affûtées et peu enclines à la négociation ne se laisseraient pas émouvoir par sa robe fendue et ses talons hauts.

Lorsqu'elle présenta son poignet devant le capteur, une ouverture se créa dans la structure même du portail. Quelques barreaux coulissèrent et, d'un pas, la jeune femme s'engouffra dans l'antre de leurs ennemies.

— Mademoiselle ? fit l'imposant cerbère posté devant la guérite.

— Bonsoir. Amélia, pour madame Campelle.

Elle mit dans la prononciation de son pseudonyme toute la suavité et la séduction dont elle était capable, mais l'autre resta de marbre. Cette masse de muscle la considéra d'un regard hautain – au sens propre comme au figuré, car elle dépassait la petite Marie-Line de deux bonnes têtes –, détailla sa tenue d'un œil lubrique, ce qui aurait pu mettre la visiteuse mal à l'aise si elle n'y était pas déjà habituée, puis la gratifia d'un rictus dédaigneux.

— Votre bras.

L'amabilité de la garde était inversement proportionnelle à la jalousie que Marie-Line décela dans l'attitude de cette dernière. Peut-être aurait-elle apprécié pouvoir séduire l'une ou l'autre des dirigeantes qu'elle était chargée de protéger, mais ses caractéristiques physiques comme son manque de subtilité ne lui ouvraient que cette seconde opportunité. Le cerbère ne bouda donc pas son plaisir en jugeant implicitement le métier de l'escort, et en affirmant son autorité.

La garde se contenta d'approcher son terminal portatif du bracelet qu'on lui tendait, puis de lire les informations que l'écran affichait. Avec une gestuelle exprimant autant son dynamisme que sa lassitude, elle fit un pas en arrière afin de pénétrer dans la guérite, décrocha un badge plastifié d'un tableau que la visiteuse ne pouvait pas voir, le scanna à son tour, puis l'accrocha au décolleté de la jeune femme, en ne manquant pas d'effleurer la poitrine sur laquelle elle louchait depuis le début de leur échange.

— Écoutez-moi attentivement !

Marie-Line leva vers elle des yeux faussement effarouchés, lui accordant ainsi le maigre et unique plaisir qu'elle pouvait tirer d'elle.

— Vous pénétrez par la porte centrale, là, en face de nous. La porte vitrée, vous la voyez ? Elle est déverrouillée. Ensuite, vous empruntez la coursive ouest, sur votre gauche. Elle suit le tracé du bâtiment. Vous ne pouvez pas vous perdre, vous suivez la galerie, c'est tout.

— Porte centrale. À gauche. Et je suis la galerie. Comp...

— Je n'ai pas fini !

Le ton employé par la garde fit naître en Marie-Line des pulsions violentes, qu'elle s'efforça de réprimer.

— À chaque fois qu'une porte ou un sas de sécurité vous arrêtera, scanneur, bracelet, désigna-t-elle de son index grossier. Même chose si vous croisez l'une de mes collègues. Ne vous fatiguez pas à lui causer, elle a autre chose à faire. Tendez-lui simplement votre poignet, et tout se passera bien. Le bureau de la ministre Campelle porte le numéro 38. Ils sont dans l'ordre, alors soyez attentive !

— Bien, rassura la visiteuse avec un large sourire forcé.

— Et n'oubliez pas de frapper avant d'entrer, on ne sait jamais, elle pourrait déjà être occupée.

La géante attendait certainement une réaction de la part de sa victime, mais rien ne vint. Ni gêne, ni agacement. Elle n'avait pas su prendre l'ascendant, et Marie-Line ne manqua pas de déceler cette pointe de rage dans leur dernier échange visuel. Avant de lui tourner le dos, elle lui lança :

— Je n'y manquerai pas. Merci pour toutes ces précisions, Mademoiselle.

En employant ce substantif, la visiteuse lui affirmait clairement que tout son numéro, sa démonstration d'autorité n'avait pas de prise sur elle. Une tentative de domination avortée qui ne manquerait pas de la faire réfléchir à sa position dans la société. La séduisante escort-girl s'éloigna en faisant onduler sa robe sombre et moulante, tandis que ses talons claquaient sur le pavé.

Lorsque la double porte vitrée s'ouvrit à son approche, Marie-Line prit une grande inspiration et souffla afin de calmer ses nerfs. Elle était entrée. Jusqu'ici, tout se passait bien. Devant elle, au fond du hall gigantesque, se dressaient les entrées multiples de l'Assemblée. Les escaliers dessinaient deux coudes imposants qui menaient au balcon. Quelques jours plus tôt, Ana s'y était tenue ; c'était la raison de sa présence en ce lieu. À cette heure avancée, presque tout l'effectif politique avait quitté la Chambre matricielle ; seules quelques retardataires pouvaient faire preuve de zèle ou s'accordaient une pause voluptueuse. Il y avait en tout cas très peu de chance pour qu'elle croisât l'une de ces Féministes, et cela convenait parfaitement à la concentration nécessaire à sa mission.

Comme indiqué par la garde républicaine, elle s'orienta vers sa gauche et la coursive ouest. À mesure qu'elle progressait vers son objectif, la cadette de leur groupe se remémorait les mots de ses alliés Maternalistes. Elle visualisait déjà la salle des serveurs. Dans le bureau numéro 38, elle ferait ce qu'elle avait à faire, puis elle remplirait les attentes de l'Opposition, coûte que coûte.

La ministre du Travail était non seulement une amatrice de jeunesse, mais particulièrement exigeante. *Saficae* restait la seule société de services à la personne qui parvenait à lui fournir des jeunes femmes qui lui plaisaient. Rebecca savait qu'en décommandant Cynthia et en lui envoyant Marie-Line – alias Amélia –, elle ne prenait pas un gros risque. La femme d'État aimait également la nouveauté.

Marie-Line ne croisa pas la patrouille dont lui avait parlé la sentinelle postée à l'entrée, mais dut effectivement déverrouiller plusieurs portes à l'aide du code d'accès qu'on lui avait accordé. La dernière s'ouvrit sur un couloir plus sombre dont l'une des portes, entrouverte, laissait filtrer un trait de lumière crue. Une petite plaque avec le nombre 38 en ornait le coin supérieur gauche. Encore une longue inspiration, et elle fit résonner ses ongles sur les boiseries de l'encadrement. Une voix tonique, visiblement impatiente, lui répondit aussitôt :

— Entrez, Mademoiselle, entrez !

***

— Elle y est.

Pierre informa l'équipe de la progression de leur protégée. Il pouvait la suivre grâce au traqueur codé par ses soins dans son bracelet. Tous concernés, ils lui adressèrent un regard cohésif, signe qu'ils comptaient sur lui, puis retournèrent à leurs tâches respectives. Une bonne heure passa sans que la position de la cadette n'évolue. Sur le plan que le programmeur avait devant les yeux, le point de référence qui la symbolisait ne quitta pas le rectangle dans lequel il avait pénétré.

Malgré ses efforts pour rester concentré et prêt à intervenir, Pierre ne put lutter contre la puissance de son imaginaire. Marie-Line était une jeune femme particulièrement sensuelle et attirante, pour sûr, mais il n'avait jamais osé tenter le coup avec elle. Son âge, ou sa profession peut-être. Elle lui semblait inaccessible. Il se plaisait néanmoins à l'imaginer dans l'exercice de ses fonctions, et bien qu'il ait parfaitement connaissance du physique ingrat de la ministre Campelle – l'une des cibles prioritaires de ses recherches –, il visualisa l'escort Amélia en pleine union avec une femme aussi jeune et séduisante qu'elle.

Le mouvement du point clignotant dans le couloir le sortit de ses rêveries, rapidement éludées par la voix de la jeune femme.

— On se réveille, Pierre. Elle m'a remerciée, mais je doute qu'elle reste encore longtemps dans son bureau.

— Bien, ma belle. Tu sais où aller.

— La porte au fond du couloir, puis les escaliers de l'aile de service, deuxième sous-sol, compartiment droit.

— Contente-toi de placer ton bracelet sous le capteur, et je me charge du reste.

Pierre vit le point s'immobiliser à l'extrémité de ce qui s'apparentait à un cul-de-sac, et un onglet "Accès requis" s'afficha presque aussitôt sur son écran. Une ligne de code rédigée en moins de dix secondes suffit à activer son algorithme. Le codage n'y résista pas longtemps et l'onglet clignota bientôt en vert.

— Quel magicien ! chuchota l'infiltrée en poussant la porte.

Tous suivaient désormais sa progression. Samiah se permit d'intervenir :

— Joue la discrétion, Marie-Line ! Je te rappelle qu'une garde patrouille dans les couloirs.

— Reçu.

Les membres de la cellule étaient suspendus aux paroles et aux mouvements de leur amie. Leurs cœurs battaient à l'unisson. Lorsqu'elle s'arrêta en haut des escaliers, tous retinrent leur souffle. Le programmeur leva les mains de son clavier en regardant Samiah, d'un air interrogateur.

— Marie-Line ? risqua cette dernière.

— ...

Silence radio. La seule chose qu'ils percevaient était la respiration rapide de la jeune femme. Mais elle ne prononçait aucun mot. À cet instant précis, Samiah comprit qu'elle devait prendre les choses en main.

— Écoute-moi attentivement ! Si tu as repéré la patrouille, trouve une planque au plus près de l'endroit où tu te trouves.

Le point glissa en diagonale, lentement, et vint se positionner sur le côté des escaliers. Le plus angoissant pour eux, qui la suivaient sur un simple plan administratif, était qu'ils n'avaient pas la moindre idée du mobilier ou des éventuels obstacles auxquels elle était confrontée.

— OK, ma belle. Tu restes invisible, et consciente de ton environnement. Détends-toi maintenant ! Calme ta respiration.

— Elle est dans les escaliers...

Ils distinguèrent à peine ses mots. Tout en chuchotant, sa voix tremblait. Samiah et Amir avaient largement conscience des risques qu'une pareille situation impliquait : le stress et la peur pouvaient occasionner une perte de contrôle de la modulation de la voix. À tout moment une syllabe pouvait être amplifiée et attirer l'attention sur elle. Marie-Line n'avait pas encore reçu l'entraînement d'infiltration. L'Israélien serrait les poings sur la table en dirigeant un regard nerveux vers Samiah.

— Ne dis plus un mot ! poursuivit cette dernière, consciente que le son de sa voix dans l'oreille de sa protégée pourrait bien être l'élément décisif de sa survie. Silence, jolie brune. Où que tu sois cachée, tu fais partie du décor. Les belles plantes ne parlent pas, n'est-ce pas ? Aie confiance, et laisse passer la tempête. Écoute-moi ! Tu vas la voir monter les escaliers, passer dans la pièce et emprunter la porte par laquelle tu es arrivée. Tu n'as plus qu'à attendre en restant immobile et silencieuse. Allez, je te donne mon astuce, ma belle : si jamais tu l'as en visu, ne regarde pas son visage ! On sent ce genre de choses. Contente-toi d'observer ses pieds, et attends qu'elle soit sortie. Nous sommes tous là, avec toi, on sait que tu es à la hauteur.

***

Dans son oreille, les conseils de Samiah continuaient à lui parvenir. Ce que ses amis ne pouvaient savoir, en revanche, c'était que la garde avait déjà franchi les volées de marches et déambulait à présent dans ce qui s'apparentait à une aire de stockage. Ainsi, avant que Samiah ne l'en dissuade, Marie-Line avait pu observer le visage étonnamment doux de la garde. À l'inverse de sa collègue, celle-ci possédait une silhouette fine et athlétique, face à laquelle la jeune femme n'aurait jamais eu le dessus.

L'espionne en herbe s'était glissée entre le mur et l'une de ces machines distributrices de repas lyophilisés. Elle remercia d'ailleurs son petit gabarit qui, pour une fois, lui était fort utile. La pénombre omniprésente dans le fond de la pièce lui permettait d'observer sans être vue. Sa paire de talons dans une main, elle gardait désormais les yeux fixés sur les chaussures de marche de l'unique menace du périmètre. Tout en restant concentrée sur les mots que son alliée soufflait dans son oreille, elle gardait à l'esprit que le temps était compté ; si elle se présentait au poste de sécurité après la ministre, on l'appréhenderait aussitôt.

Dès que la menace disparut dans le couloir attenant, Marie-Line bondit hors de sa cachette et glissa jusqu'à l'escalier. À pas de loup, elle descendit les deux étages qui la séparaient de la salle des serveurs. Un froid sec saisit tous ses muscles lorsqu'elle se présenta devant les cloisons vitrées. De l'autre côté, des centaines de témoins lumineux parsemaient les colonnes de stockage et les ordinateurs gardés sous clef.

— Il va falloir faire vite, annonça-t-elle tout en gardant une oreille attentive sur la cage d'escalier.

La voix de Pierre prit immédiatement le relai de celle de Samiah :

— Je n'attends plus que toi.

À nouveau, la jeune femme présenta son poignet devant l'interface de sécurité. Mais celle-ci était d'une tout autre nature que les modestes codes d'accès assurant le verrouillage des couloirs.

— Je suis dedans, fit Pierre, dont le ton évoquait toute la concentration. Bigre ! Il va me falloir un peu plus de temps...

Marie-Line pouvait entendre ses doigts pianoter sur le clavier de son fidèle ordinateur. Une machine d'un autre temps, assemblée par ses soins, et dont les cryptages archaïques semaient la confusion dans les programmes de traçage modernes.

— Qu'est-ce qu'elles peuvent bien cacher là-dedans pour faire appel à de tels codages ? Verrou d'identifiant... ouvert. Authentification biométrique... contournée. Bien, il ne me reste plus qu'à...

— Fais vite ! lui intima l'espionne, qui commençait à greloter sous les assauts de la climatisation.

— Un instant, ma belle. J'anticipe ta sortie. Tu ne voudrais pas rester bloquée dans ce frigo, n'est-ce pas ? OK. Génération mot de passe provisoire... je te l'envoie et...

Moins de deux secondes d'attente, et le verrou numérique émit un son aigu.

— À toi de jouer !

Sans dire un mot, Marie-Line tira la lourde porte. L'épaisseur du verre lui confirma qu'il ne fallait pas espérer sortir d'ici sans les talents de son ange gardien. Un couloir de quelques mètres seulement séparait deux compartiments où ronronnait l'équipement informatique. Elle se dirigea vers celui de droite, où était inscrit, à même le carrelage : "Baie n° 2".

— Qu'est-ce que je cherche ?

— Tu dois avoir une console centrale, probablement au centre de l'espace.

— Vu, informa-t-elle en déposant ses chaussures sur le sol. Cela ressemble étrangement à ton ordinateur du siècle dernier.

— Ça m'arrange. S'il s'agit du serveur que j'imagine, tu devrais trouver des connectiques en façade, peut-être même au niveau de tes jambes.

— Bien vu.

— Parfait. Repère le port USB, un rectangle assez fin, et insères-y la clef que je t'ai donnée !

Marie-Line s'étonna de ces connexions qui n'avaient plus cours, puis identifia celle correspondant à la description que lui en faisait Pierre. Elle ouvrit la pochette qu'elle portait en bandoulière, puis en sortit l'objet d'à peine quelques centimètres. Sans attendre, elle le brancha sur l'imposant ordinateur, et le signifia à son ami.

Tandis qu'elle levait les yeux en direction des escaliers, elle put entendre le programmeur commenter ses interactions avec la machine. Un onglet d'authentification s'afficha sur l'écran, rapidement contourné. Dès lors, Pierre sembla ouvrir plusieurs fichiers afin de rechercher l'emplacement idéal pour son programme. Il fallut un peu plus d'une minute à la sphère de chargement pour se remplir, à la suite de quoi l'écran redevint noir.

— C'est bon pour moi, mon espionne préférée. Je peux continuer tout seul à présent. Tire-toi de là !

Marie-Line ne se fit pas prier. Elle arracha presque la clef de son support, attrapa ses chaussures, et fila en direction de l'entrée. Comme promis, la porte laissa échapper son cliquetis significatif dès qu'elle eut présenté son bracelet devant le capteur. Elle s'y appuya de tout son poids puis vint se placer en bas des marches, l'ouïe à l'affût.

Alors que ses alliés continuaient à la suivre à distance, et Pierre à extraire un maximum de données du serveur central, la jeune femme monta en silence, marche après marche, en prenant garde d'éviter toute rencontre inopinée. Face à une garde républicaine, ses cours de combat rapproché seraient d'une efficacité restreinte.

Quoi qu'il en soit, elle pouvait déjà être fière de son incursion dans l'un des lieux les plus sécurisés de l'État. L'objectif de la mission était atteint. Les algorithmes de Pierre et les fouines de journalistes qui l'assistaient éplucheraient bientôt quantité de mails et échanges divers, ainsi que des conversations avec un peu de chance, leur permettant ainsi de décrypter les intentions des Féministes. Comprendre leurs plans, à commencer par les opérations de terreur psychologique menées sur certains effectifs – y compris Ana –, leur offrirait un avantage significatif, un temps d'avance.

Avant même d'être tirée d'affaire, Marie-Line se décontracta un peu. Elle avait soudainement une pleine confiance en son bracelet, qui lui ouvrirait toutes les portes, ainsi qu'en son équipe, qui l'avait amplement préparée et la soutiendrait jusqu'au bout.

Elle traversa de nouveau le vaste espace où aboutissaient les escaliers et se présenta devant la porte empruntée plus tôt. Sans surprise, le code d'accès attribué par la sécurité de la Chambre matricielle fonctionnait toujours. Elle referma l'accès derrière elle puis traversa ce même couloir, toujours coupé en deux par le rai de lumière émergeant du bureau de Campelle.

La ministre s'était-elle endormie ? Il fallait dire que leur activité récente avait largement dû la détendre. L'infiltrée eut du mal à réprimer son envie d'entrer pour vérifier, mais elle se contenta de passer discrètement devant la porte.

— J'y suis presque, informa-t-elle à voix basse en arrivant devant le scanneur suivant.

Mais lorsqu'elle avança son bras pour déverrouiller la porte, un son grave et strident résonna pour la première fois. Elle réitéra le mouvement, sans succès.

— Heu... Pierre ? J'ai un souci ici. Mon autorisation d'accès ne semble plus fonctionner.

Les regards inquiets de Samiah, Amir, Sylvie, Eleni, Lilia et Magli se braquèrent instantanément sur le hacker.

— Qu'est-ce que tu racontes ? Il a fonctionné sur la première porte, il y a moins d'une minute. Laisse-moi vérif...

Sa phrase, restée en suspens, provoqua l'impatience d'Amir :

— Quoi ?

— Les codes viennent d'être réinitialisés.

Si Pierre semblait ne rien y comprendre, le sang de Samiah ne fit qu'un tour. Elle eut l'intuition qu'un énième piratage s'avérerait inutile, et que chaque seconde, au contraire, était bel et bien décisive. Affolée, elle hurla presque dans le micro :

— L'autre porte, Marie-Line. Fonce !

À ces mots, l'espionne franchit la longueur du couloir en quelques enjambées, avant de retenter l'opération devant le capteur. Même résultat.

— Ça ne s'ouvre pas. Pierre...

La détresse dans sa voix chamboula la petite assemblée. Leur impuissance n'avait d'égal que le danger que leur cadette courait. Alors que Samiah s'apprêtait à lui suggérer une issue par l'un des bureaux attenants, la respiration saccadée de Marie-Line s'interrompit. Suspendus à ses lèvres, tous purent percevoir une voix lointaine articuler :

— Voyons ! Amélia... Ou devrais-je dire Marie-Line ?

Sur le seuil du bureau 38, à contre-jour, se dessinait la silhouette massive de Leoni Campelle, visiblement déçue. À l'autre extrémité de la coursive, la porte s'ouvrit d'un geste ample et sans à-coup, pour laisser émerger la garde aperçue en haut des escaliers. Son visage avait tout perdu de sa douceur, et elle avançait sereinement dans leur direction. Figée par la crainte et la stupeur, l'espionne tentait en vain d'activer la poignée de cet accès désormais clos, de ce piège fatal.

Au sein de la cellule Communication des Maternalistes, un silence morbide s'installa.

8

L'arrestation de Marie-Line avait jeté un froid sur l'ensemble de la cellule.

Sur le moment, un sentiment terrible d'impuissance les avait saisis. Après plusieurs minutes à rester ainsi, silencieux et interdits, le visage dans les mains ou les larmes au bord des yeux, ils s'activèrent à nouveau. Leur pragmatisme, plus que jamais nécessaire, prit vite le dessus. Tandis que Pierre exploitait au mieux la maigre fenêtre que la jeune femme leur avait offerte, Eleni, Lilia et Magli s'employèrent à suivre sa trace grâce à des sources côtoyant les forces de police. Samiah, avec l'aide d'Amir, dut monter une couverture crédible pour Rebecca et son entreprise, afin qu'elles ne soient pas inquiétées. Rien ne devait impliquer la patronne ; Marie-Line devrait absolument avoir agi seule. Aux yeux du gouvernement, tout du moins.

Évidemment, une simple fouille suffirait à mettre à jour les intentions de l'espionne. L'étude minutieuse de la clef USB les conduirait assez rapidement à la salle des serveurs, que leurs ingénieures s'empresseraient de réinitialiser. L'Opposition serait identifiée comme l'instigatrice de l'acte d'espionnage, et tout cela ne resterait certainement pas impuni.

Au cours des heures qui suivirent son arrestation, ils durent donc faire abstraction du danger que la jeune femme courait. Du fait de son arrestation, et bien qu'ils les aient tout de même anticipées, ces nouvelles priorités ne purent attendre. Tous connaissaient les risques, et les avaient acceptés. Seulement, voilà, elle était leur cadette, leur petite sœur à tous pour ainsi dire, et il leur appartenait d'éviter un tel incident. Ils avaient échoué. Ils n'avaient pas su la protéger.

Lorsqu'Ana put enfin les rejoindre, à la fin de sa journée de travail, elle se heurta douloureusement à leurs mines contrites, désabusées. L'enseignante n'eut besoin d'aucun mot pour comprendre que l'issue de la mission n'était pas celle espérée. Il planait entre eux une atmosphère de reproches réciproques et de colère confuse.

De nombreuses histoires circulaient au sujet des camps d'internement, et il y avait fort à parier que Marie-Line aboutirait dans l'un d'eux. Puisque idéologiquement, une femme ne pouvait pas aller à l'encontre des valeurs féministes, en servant l'Opposition ou en commettant un acte de trahison, un tel comportement ne pouvait obéir qu'à une forme de démence. La folie, comme à toutes les époques de l'humanité, était la réponse pratique à ce que l'on ne pouvait admettre.

Pas de prison, donc, puisque l'espionne n'avait pas conscience de son acte criminel. Mais l'internement, la camisole chimique, le déconditionnement et la reprogrammation neuronale. Tout un programme que ses frères et sœurs de la cellule n'imaginaient pas pouvoir endurer. Nombreuses étaient celles qui y avaient réellement perdu la tête. Plus nombreuses encore étaient celles dont on avait perdu la trace. Dans ces maisons médicalisées présentées comme l'ultime remède aux comportements déviants et à la déraison, des femmes disparaissaient. Des femmes ! Lorsqu'on abattait les hommes sans vergogne, les femmes, elles, sans autre forme de procès, se voyaient proposer une aide médicopsychiatrique. Elles iraient mieux, très bientôt, le ministère de la Santé y veillerait.

Togan avait d'ailleurs écrit un pamphlet, de nombreuses années auparavant, au sujet de ces établissements. Une loi promulguée dans la deuxième décennie du 21ème siècle caractérisait toute revendication ou attitude anticonformiste comme relevant de la maladie mentale. Voilà qui était bien commode, déjà à l'époque, pour écarter tout contrevenant à la pensée globale. Déjà bien avant cette date, les lobbies pétroliers, pharmaceutiques ou financiers avaient abusé de ces pratiques inhumaines. Donner un cadre légal à ces atteintes à la libre concurrence et à la liberté de pensée était bien ce que l'État pouvait faire de mieux. Une démocratie se devait d'être exemplaire.

Pierre débusqua pas moins de 24 dossiers internes susceptibles de les intéresser, intitulés par exemple *Opérations d'intimidation*, *Recensement Maternalistes*, *Répression des manifestations*, ou encore *Décrets et lois pro-misandres*. En outre, quelque 2 700 échanges de mails comportant les mots-clefs "Maternalistes", "Opposition", "propagande", "manifestation", "Togan", "opération", "plan" ou "projet" sortirent des milliers de téraoctets passés au crible. Un tri draconien et des recoupements stratégiques suivirent.

Ses algorithmes eurent vite fait de répertorier puis de copier ces fichiers sensibles, après validation de leur créateur. La cellule, et toute l'Opposition avec elle étaient désormais correctement armées pour faire face à ce gouvernement répressif. Comme Amir ne cessait de le leur rappeler, les Renseignements étaient le nerf de la guerre ! Car il s'agissait bien d'une guerre. Et si les Féministes utilisaient cette arme depuis déjà plusieurs années, il était grand temps d'en faire de même.

Un plan à grande échelle semblait se dessiner dans l'ensemble des ministères, mais également dans leurs innombrables ramifications. Journaux, sécurité privée, services de transport, vidéosurveillance, etc., toutes les sphères de la société étaient mises à contribution. Les grandes patronnes n'hésitaient pas à mettre leurs ressources à la disposition de l'État, contre des promesses de rétribution ou des réformes avantageuses.

Ce plan ? Une pure et simple disparition progressive des embryons mâles. À terme, la PUMA deviendrait monosexuée, et cela avait déjà commencé. Les rapports de l'Institut National Procréatif faisaient état de ratios en baisse constante. On ne "produisait" que le contingent strictement nécessaire au maintien de l'activité économique et aux plaisirs de ces dames.

La première étape prévoyait la multiplication des effectifs robotisés au sein des chaînes de production, dans les activités de services, dans la construction, et la diminution simultanée des hommes dans ces secteurs. La deuxième étape, déjà bien entamée, concernait la stérilisation systématique de tous les hommes. À ce stade, seuls les spécimens les plus recherchés, robustes, élégants, dotés d'un système immunitaire parfait, avaient échappé aux campagnes du ministère de la Santé. On les gardait sous le coude, pour les besoins de l'espèce, jusqu'à ce que la science soit capable de les remplacer. La troisième étape, elle, promettait l'inauguration de nouveaux laboratoires capables de dupliquer les gamètes mâles. À ce jour, il y en avait trop peu. Ainsi, à partir d'un matériel génétique stabilisé, aux caractéristiques satisfaisantes et suffisamment variées, on produirait et stockerait indéfiniment et, par mesure de sécurité, en de multiples endroits du pays, les précieuses reliques reproductrices. À ce moment-là, les derniers "reproducteurs" vivants passeraient eux-aussi sous la coupe des lasers. Les androïdes et autres jouets dévolus au plaisir trouvaient progressivement leur place dans les foyers et les bains ; l'organe mâle n'avait plus d'utilité. À terme, les chromosomes Y disparaîtraient de la circulation, et ne survivraient que plongés dans des cuves d'azote liquide, en prévision d'un besoin éventuel d'une société intégralement féminine. La société XX.

— Les connes ! lâcha Amir, évidemment touché dans son ego d'être humain.

Ses mots n'exprimaient que trop bien l'hérésie d'un tel projet, et aucune des personnes présentes autour de la table, hommes comme femmes, ne pouvait le nier. À la révélation de ce plan séquencé à la perfection, c'est l'horreur qui s'était emparée d'eux. L'Opposition n'était plus seulement nécessaire, mais indispensable. Tous les moyens d'action seraient bons pour contrer la disparition progressive de l'espèce humaine. Il n'y avait plus aucune hésitation à avoir. Les affrontements qui suivraient seraient décisifs.

Car ce que les Féministes ne prévoyaient pas, dans leur "vision" progressiste, était l'évidente dépendance de la science et de la technique aux aléas énergétiques. L'alimentation électrique de ces laboratoires et sites de stockage serait pour ainsi dire la seule garantie de la survie de l'espèce. En cas de perte d'approvisionnement électrique, le matériel génétique se décomposerait en quelques jours. Évidemment, les décideuses et techniciennes en charge du projet se targuaient de pouvoir pallier toute éventualité. Des groupes électrogènes, des générateurs photovoltaïques, et même des piles nucléaires propres pourraient compenser une déficience ou une panne du système principal. Mais qu'en était-il des perturbations électromagnétiques ? Leur rapport n'en faisait pas état. Seulement, tous ces dispositifs faisaient appel à une forme de technologie électronique, si ce n'est électrique. En cas de bouleversement climatique majeur, ou dans l'hypothèse tellement crainte et jamais écartée d'une remise à zéro de la société, toutes ces technologies ne leur seraient d'aucune aide. Il ne demeurerait alors que les représentantes féminines de l'espèce, désormais incapables d'assurer, seules, la perpétuation de l'être humain.

Parmi les dossiers classifiés extraits des serveurs du gouvernement, Pierre révéla des études scientifiques, démographiques et sociales falsifiées, attestant du danger que représentait l'homme pour sa propre espèce. Un "frein à l'évolution", une "charge superflue pour la société", des "êtres pulsionnels et destructeurs"... Des chercheuses de renom, probablement Féministes enragées, étaient prêtes à apposer leurs noms sur ces rapports erronés dans le seul but de justifier les réformes à venir. Les documents étaient déjà prêts, certains antidatés de plusieurs mois, voire années, pour servir le totalitarisme en marche.

— Le paroxysme de la misandrie...

Toutes les têtes se tournèrent vers Ana, avant que celle-ci ne développe :

— Togan nous avait prévenus, il y a plus de quarante années de cela. Il a écrit qu'elles en arriveraient à ces extrémités. Leur haine envers les hommes les a conduites à penser qu'elles pourraient se passer d'eux. "L'aliénation féministe aura alors dépassé depuis longtemps celle de sa source, la société paternaliste révolue", allégua-t-elle d'une voix grave.

Le trouble jeté par son observation fut de courte durée, puisque les premiers résultats de recherche la concernant commencèrent à tomber. Ana et de nombreuses autres citoyennes étaient non seulement surveillées – il aurait été difficile de l'ignorer –, mais faisaient également l'objet de mesures de manipulation ciblées et étonnamment personnalisées. Comme l'ensemble de leur cellule s'y attendait, les services de Renseignements avaient bien fait leur travail. En face de son nom, voilà ce que l'on pouvait lire :

Ana De Conti – née le 11 mars 2060, de Patricia De Conti et de Martial Transec. Mère chercheuse en sciences humaines, psychologue des sociétés. Géniteur ouvrier du bâtiment, incarcéré le 4 septembre 2069 pour avoir contrevenu au code sur les contacts ascendants/descendants. Décédé au cours de son transfert en camp de travail.

Un silence gêné abaissa les regards de ses alliés. Ana, elle, se souvenait encore du visage de son père, dissimulé derrière un arbre imposant, en face de l'entrée de l'école. Son sourire malicieux, puis sa terreur lorsque la police lui était tombée dessus. Les détails, les autres n'en avaient pas besoin.

Professeure d'Histoire des Civilisations à l'Université d'État de Paris 1.

Renseignements approfondis : confirmation de grossesse le 29 juillet 2085, au Centre de procréation national de Paris Ouest. Aucune déclaration de naissance répertoriée. Interactions fréquentes avec Deyan Tross, employé de plaisirs aux bains du Quartier Latin, sans constatation de contacts physiques en public. Plusieurs relevés de propos controversés, notamment pendant ses cours, classés sans suite. Attitude méfiante, dissimulatrice. Vie sociale connue presque inexistante. Ne fréquente pas les établissements de plaisirs.

Conclusions : forte présomption de liens avec l'Opposition. Propension au complotisme et à la paranoïa. Idées politiques et confiance en nos dirigeantes à éprouver…

À l'issue d'une interminable séance de travail, harassée et profondément atteinte par l'interpellation de Marie-Line, l'enseignante se retira. Le reste de l'équipe ne tarderait pas à faire de même.

En regagnant l'exigu deux-pièces que les Maternalistes essayaient d'allouer à chaque famille, elle s'efforça de laisser toutes ces considérations derrière elle ; Deyan et Hector devaient dormir depuis un bon moment.

Lorsque la porte se referma sur un couloir presque désert, le calme de leur logement l'apaisa presque instantanément. Impossible pour son esprit d'éluder les récents événements, ou même la cause qui les habitait tous, mais ses pensées se tournèrent spontanément vers ses hommes. Comme à son habitude, son partenaire était allongé sur le côté, dos au mur, lui laissant ainsi tout le loisir de le rejoindre dans le lit, et de se glisser contre lui. À cet instant précis, Ana n'aspirait qu'à cela en réalité. Dans l'autre pièce, dont la porte restait constamment entrouverte, elle pouvait entendre la respiration régulière de son fils. Elle laissa tomber ses vêtements sur le sol, et rejoignit la chaleur du lit conjugal, écrin précieux que seuls les Maternalistes pouvaient leur offrir.

Il était extrêmement rare qu'Ana cède à ses émotions, mais cette nuit-là, elle se laissa aller dans un torrent de larmes. Dans les bras de Deyan, encore à demi assoupi, elle craqua, autant de tristesse que de colère. La douce tiédeur du corps de son homme, dans son dos, contrastait violemment avec l'absence glaciale de Marie-Line, avec les tendances mortifères de cette société qu'ils s'efforçaient tous deux de combattre.

Par la force des choses, son partenaire se réveilla totalement, avant de l'embrasser fermement et de couvrir sa nuque de baisers. Les mots étaient inutiles. Il savait. Il connaissait leur plan et le risque potentiel pour la cadette, à laquelle Ana était très attachée. Ce ne pouvait être que ça, associé à toutes les autres pressions exercées sur eux par les Féministes, qui la faisait craquer. À cet instant, elle avait simplement besoin de sa présence. Leurs jambes s'enlacèrent, les bras de Deyan étreignirent Ana dans un cocon réconfortant, et ils finirent par s'endormir ainsi, exténués par leurs journées respectives.

9

Togan déambulait dans le Quartier Latin depuis bientôt une heure.

La nécessité pour lui d'éviter les artères principales, ainsi que les détours inhérents aux systèmes de vidéosurveillance impliquaient qu'il couvre une distance colossale, quand une citoyenne libre se serait acquittée de ce trajet en moins d'un quart d'heure. L'âge avancé de ses articulations rendait chaque sortie plus difficile, mais l'écrivain s'efforçait de maintenir un certain niveau d'activité, aussi faible soit-il. Affublé de son long manteau et d'un couvre-chef d'un autre temps, il longeait les façades familières, passant d'un coin d'ombre à l'autre, et saluant quelquefois un visage connu. Le reste du temps, il maintenait la tête baissée. Sa posture naturelle, courbée par les années, l'y invitait de toute manière assez spontanément.

— Bien l'bonsoir, marmonna-t-il en poussant la porte de chez Mayah. Ou la bonne nuit, remarquez...

— Regardez qui voilà, émit la voix feutrée de la propriétaire.

Mayah, quarantenaire aux vêtements colorés et à la coupe afro démesurée, semblait ne jamais dormir. Avant même l'autorisation de laisser son commerce ouvert de jour comme de nuit, celle-ci s'était toujours efforcée de répondre aux attentes de ses rares clients. En tout cas, Ernest n'avait jamais trouvé porte close, même à une heure aussi avancée de la nuit.

Elle fit le tour du comptoir pour venir le saluer. Malgré ses semelles compensées aussi épaisses que sa chevelure, la jolie métisse restait plus petite que son client.

— Je désespérais de te revoir. Je commençais à croire que tes aventures avaient eu raison de toi.

— Mon œuvre ici-bas n'est pas terminée, très chère. Tu m'auras sur le dos encore quelque temps.

— C'est toujours un plaisir, dit-elle en ricanant. J'espère que tes amis prennent soin de toi.

Elle avait mis dans ce mot toute la méfiance qu'elle vouait à l'Opposition. Pour Mayah comme pour beaucoup de citoyennes, les Maternalistes ne représentaient qu'un groupuscule douteux, une idée abstraite aux accents d'extrémisme. Toutefois, si un être aussi avisé et bienveillant qu'Ernest les soutenait, c'est qu'ils ne devaient pas être si mauvais.

Le vieil homme reçut l'embrassade chaleureuse de son hôtesse comme un influx d'énergie positive, puis parcourut la petite boutique d'un œil curieux. Çà et là, des vieilleries presque aussi poussiéreuses que son appartement. Mayah vendait essentiellement des produits artisanaux, d'importation pour nombre d'entre eux, miel, thé, produits cosmétiques, spiritueux, bijoux, plantes, décorations en tout genre, vaisselle, vêtements du monde, musique de petits labels, etc. En lien direct avec les producteurs ou les fabricants, elle avait le don de dénicher des objets qu'on ne voyait nulle part ailleurs. Dans la bibliothèque en pin massif, quelques titres du début du siècle sortaient du lot, probablement signés d'auteurs indépendants inconnus au bataillon et désireux de marquer leur époque. Ernest devina la rareté de ces ouvrages authentiques, éveillés et, pour la plupart, clairvoyants sur l'avenir de leur société.

Des guirlandes de LED tout à fait kitsch pendouillaient le long d'étagères bien fournies, formant des halos multicolores et jetant leur clarté ténue sur les articles proposés à la vente. Une musique tribale sortait de haut-parleurs invisibles, tandis que l'habituelle et enivrante fumée d'encens s'insinuait partout. Magellan, un chien minuscule au poil hirsute, dormait sur le dos dans un panier d'osier garni de coussins. Un joyeux chaos que Togan trouvait rassurant. Une véritable caverne aux merveilles, pour peu que l'on se donne la peine de fouiner.

— Tu as encore besoin d'encre, pas vrai ?

— Je n'ai plus aucun secret pour toi, ma fleur des îles, répliqua Ernest en ôtant son chapeau.

— Combien de fois devrais-je te répéter que le Bénin n'est pas une île ?

— Je sais bien, mais je m'évade tellement chez toi, que tout cela m'évoque les tropiques, l'eau turquoise, des chapelets d'îles en forme de cœur…

— Ouh… gloussa la petite patronne qui fouinait à présent dans le large tiroir d'une commode massive. 87 balais, et toujours aussi rêveur.

— Hé, il n'y a pas d'âge pour l'évasion. Et puis, toutes les terres ne sont-elles pas entourées d'eau ?

— Tu marques un point. Tiens, des armes pour la révolution !

Mayah brandit au-dessus de sa tête deux cartouches d'un gris métallisé rutilant.

— Tu sais, je finirai par tomber en rupture de stock. Pourquoi refuses-tu toujours d'écrire à l'ordinateur ?

Ernest inspecta les tubes métalliques gorgés d'encre, puis rétorqua d'un air malicieux :

— Je n'ai aucune confiance en ces engins. Une machine à écrire, à la limite, mais on ne trouve plus un seul réparateur compétent. La mienne a rendu l'âme il y a bien longtemps maintenant. Non, jolie fleur, le stylo, l'encre, et un bon coup de poignet, voilà le nerf de la guerre !

La propriétaire des lieux l'observa avec tendresse. Son combat lui paraissait tellement abstrait. Pour elle, le gouvernement était de son côté. À court terme, cela suffisait, et elle ne ressentait pas le besoin d'en savoir davantage. L'Opposition souhaitait simplement réhabiliter les hommes ; c'était du moins ce que le pouvoir leur laissait entendre. Parmi ces considérations, le destin de l'humanité était encore assez flou.

Après avoir glissé ses recharges de stylo dans la poche intérieure de son manteau et réglé la modique somme demandée par Mayah, Togan ressentit le besoin d'argumenter sa méfiance.

— Je m'en passe très bien de leurs bidules. Oh, j'en ai eu des appareils de ce genre, dans mes jeunes années, fit-il en désignant un ordinateur portable posé dans la vitrine. C'était bien pratique de leur dicter mes livres, de ne pas avoir besoin de correction, et même de les laisser me suggérer telle ou telle modification, un ajout ici ou là. Mais on vit bien mieux sans, crois-moi ! Tous ces pseudo progrès sont une vraie plaie pour notre esprit. À force d'être assistés de la sorte, nous devenons incapables de penser par nous-mêmes, de mémoriser, de synthétiser, de décider, de réagir, etc. Quel est le nom de ce neurologue, déjà ? Si, tu sais bien, celui qui a chiffré la perte des facultés cognitives de l'être humain à 60 %, depuis son point culminant au milieu du 20ème siècle ?

— Je ne sais...

— C'est prouvé, ma vahiné. Notre espèce périclite depuis déjà bien longtemps, et ce ne sont pas quelques fossiles tels que moi qui inverseront la tendance.

— Si seulement tu pouvais te reproduire...

Mayah s'interrompit, réalisant la gravité du sujet qu'elle soulevait.

— Pardon, Ernest.

— Oh, mais je pourrais, s'exclama le vieillard. Mais quelle est l'inconsciente qui accepterait de porter un bébé illégal ? Dis-moi !

Il en connaissait bien une, et pas des moindres, mais toutes les citoyennes ne pouvaient pas être aussi fortes qu'Ana. Il réorienta bien vite la conversation vers le sujet initial :

— Sans parler des risques d'espionnage. Les sbires du gouvernement sont partout, dans chaque programme, chaque caméra, micro ou composé technologique. Non, sans façon, je m'en remets entièrement au papier.

Ernest flâna dans les rayons étroits, observant à droite à gauche si des objets nouveaux pouvaient lui rappeler une époque révolue. Il se pencha vers le mur de cartes postales, au risque de réveiller Magellan, et contempla les paysages qu'il aurait tant aimé pouvoir visiter. Le petit chien se rétablit d'un coup sec, renifla les chaussures du visiteur, puis se recoucha en boule dans un soupir disproportionné compte tenu du volume ridicule de son petit corps.

Mayah avait seulement connaissance qu'Ernest prêtait main-forte aux Maternalistes. Persuadé qu'elle ne le trahirait jamais, pour la simple et bonne raison qu'elle n'avait que faire de la politique, il avait fait le choix de le lui dire. Les confidents étaient rares dans son repaire sous les toits, et ses plantes vertes manquaient quelquefois de repartie. Elle n'avait pas besoin d'en savoir davantage. D'ailleurs, elle ignorait totalement qu'il était ce Togan dont les journaux parlaient, celui que la police peinait à retrouver. Comment aurait-elle pu s'en douter ? Son plus vieux client. Celui qui claudiquait jusqu'à sa boutique et peinait à en pousser la porte. Comment aurait-il pu menacer tout un régime ?

Non. Au lieu de cela, sa fournisseuse officielle d'encre, sa revendeuse de matière première pour son entreprise de démantèlement des hautes sphères restait persuadée qu'il se contentait de rédiger des missives et autres messages codés, transportés par coursiers et participant à l'organisation bancale de l'Opposition. Et c'était très bien ainsi.

Avait-elle d'ailleurs la moindre idée de ce que les Maternalistes accomplissaient ? Qu'est-ce que ce terme pouvait bien évoquer pour elle ?

Soudainement, devant la boutique et dans la rue, des pas de course retentirent sur le pavé synthétique. Effrayé, Togan se dissimula tant bien que mal derrière un portant de vêtements. Sa réaction amusa Mayah plus qu'elle ne l'étonna. Elle comprenait certainement que la collaboration de l'écrivain avec l'Opposition pouvait être répréhensible, mais elle était à des lieues de se douter des châtiments qui lui seraient infligés s'il se faisait prendre.

Tous deux purent observer les hautes silhouettes des policières passer à toute allure devant la vitrine, puis s'éloigner en direction d'un fuyard sans doute déjà condamné. Le vieil homme ne tarda pas à se rétablir et, quelque peu gêné, finit par sortir de sa cachette. Ils n'échangèrent pas sur ce bref incident, et se contentèrent d'une moue confuse.

— Hum, je ferai mieux d'y aller.

— Oui, ce n'est pas prudent. À une heure aussi tardive...

— C'est moins risqué pour moi de sortir la nuit. Et puis, je finirais par devenir fou si je ne m'offrais pas ces escapades pimentées.

— Je comprends, dit-elle dans un sourire à nouveau décontracté. Prends soin de toi, mon vieil ami, et reviens vite me rendre visite !

Ernest tira la porte, jeta un coup d'œil vigilant à la rue déserte, puis se retourna une dernière fois en direction du comptoir, tapotant sa précieuse cargaison à travers l'épais tissu de son pardessus.

— Merci.

Mayah vit alors disparaître dans la nuit le mystérieux justicier lettré, muni du maigre soutien qu'elle était en mesure de lui apporter. Elle ne parlerait jamais de leurs entretiens, ils s'étaient entendus sur ce point. Pourtant, sans qu'elle ne sache tout à fait pourquoi, la silhouette d'apparence si fragile d'Ernest cédait chaque fois la place à un vent d'espoir, une aura d'optimisme dans sa boutique aux mille merveilles.

S'il appréciait ordinairement flâner des heures entières dans les ruelles les moins exposées, afin de prendre la température de sa ville, de son époque, et se sentir ainsi plus proche de ses contemporains, quelque chose dans l'atmosphère, cette nuit-là, l'incita à prendre la direction de son repaire. La chasse à l'homme lancée par le gouvernement, que tout le monde relatait et dont il venait encore d'être le témoin, n'y était sans doute pas étrangère.

Non loin de l'entrée de son immeuble, quelqu'un semblait s'impatienter. Lorsqu'il se rapprocha, progressivement, le profil digne d'Ana se dessina et le rassura. Il l'aurait reconnue entre mille, même en pleine nuit et à cette distance. Son amie avait le don de l'apaiser ; c'étaient tous leurs alliés, tous les Maternalistes qui se dressaient derrière son regard énergique et sa mâchoire robuste. Cependant, sa présence ici, sans rendez-vous préalable, n'augurait rien de bon. Togan imagina tout de suite le pire. Aux pieds de la jeune femme, posé sur le trottoir inégal, un sac rectangulaire renforcé semblait contenir un quelconque matériel fragile. Auraient-ils avancé l'enregistrement en omettant de le prévenir ? Ce ne pouvait être que ça. L'urgence se devinait dans toute sa posture.

Après avoir observé attentivement les deux extrémités de la rue, il s'avança vers la grande porte cochère en prenant soin de ne pas regarder dans la direction de l'enseignante. À une vingtaine de mètres du bâtiment, elle sembla l'ignorer également. Ernest activa la serrure d'époque avec une clef dentelée noircie par le temps, entra, et repoussa la porte sans toutefois la claquer. Ana devait attendre plusieurs minutes. Cela laisserait à son hôte le temps de se rafraîchir un peu.

Lorsqu'elle pénétra chez l'écrivain quelques instants plus tard, elle put sentir le parfum familier dont Ernest avait coutume de s'asperger à chaque fois qu'elle venait lui rendre visite. Elle sourit, flattée, ferma la porte et s'avança vers le séjour sommairement éclairé.

— Des complications ? questionna-t-il d'une voix tonique avant même qu'elle ne soit en mesure de le voir.

Ernest faisait du tri dans ses notes, penché au-dessus de son bureau, et leva vers elle un regard inquiet. Ana posa le sac dans le fauteuil et s'avança pour le saluer.

— Comme tu peux t'en douter. Elles sont passées à la vitesse supérieure. Les arrestations vont bon train, elles mènent une campagne de désinformation inégalée et…

Elle ne trouva pas les mots. Encore largement meurtrie par la disparition de Marie-Line, elle ne sut pas bien comment en informer Togan. Mais ce dernier perçut son trouble. Ernest avait cette sensibilité-là.

— Que s'est-il passé, ma tendre ?

— Leurs projets sont complètement déments, sembla-t-elle éluder avec une agitation inhabituelle. Selon elles, les hommes n'ont pas vocation à survivre. Elles préparent leur disparition progressive, et tout ce chahut n'est finalement destiné qu'à attirer l'attention. Elles veulent donner l'illu...

— Ana, qu'est-il arrivé ?

L'insistance de son vieil ami ne lui laissait pas le choix. Elle interrompit le flot de paroles nerveuses qui ne demandait qu'à être évacué, et regroupa ses pensées, ses mots, ses douleurs.

— Marie-Line s'est fait prendre.

Sa voix tremblante céda la place à des sanglots étouffés, si bien qu'Ernest délaissa sa paperasse pour se rapprocher d'elle. Le front large d'Ana heurta l'épaule du vieil homme, qui s'empressa d'enlacer sa jeune amie, visiblement touchée par cette disparition.

Il aurait aimé lui dire qu'elle s'en sortirait, que leur cadette serait bientôt libérée, mais il n'y croyait pas lui-même. Un acte de trahison ne restait pas impuni. Il connaissait trop bien leur politique, leur intransigeance. Dans sa jeunesse, Togan avait couvert de nombreux affrontements, civils ou armés, et il avait conscience que les causes les plus nobles ne s'accomplissaient pas sans certains sacrifices, aussi douloureux soient-ils. Dans ces cas-là, les mots restaient bien impuissants ; seule sa présence infaillible pouvait aider Ana à surmonter son chagrin.

— Elles ne s'en sortiront pas comme ça. Tu verras.

Son ton se voulait doux et rassurant. Il pouvait sentir la chaleur des larmes de l'enseignante irradier dans son cou ; une proximité sincère qui, à cette heure de la nuit, le regonfla d'énergie.

— Tu sais que j'ai failli prévenir les nôtres, tout à l'heure ? annonça-t-elle en s'écartant de l'écrivain et en s'essuyant les yeux. Comme je ne voyais aucune lumière à ta fenêtre et que tu ne répondais pas à la sonnerie lumineuse, je m'imaginais le pire.

— Un besoin urgent ! allégua Ernest en désignant les cartouches d'encre posées sur son bureau. La police n'ennuiera pas un vieillard tel que moi, elle a d'autres chats à fouetter. Que m'apportes-tu là ?

Ana se retourna vers la valise souple posée sur le fauteuil et entreprit d'en sortir le matériel vidéo.

— Je sais que nous n'avions pas prévu d'enregistrer ton intervention avant plusieurs jours, mais les choses évoluent trop vite. Nous devons nous adapter. Tu t'en sens capable ?

Ernest retirait déjà son veston. Ces vêtements d'une autre époque avaient le don de charmer l'historienne.

— Nous ferons au mieux, ma tendre. Et où prévoyez-vous de diffuser ce message ?

— Pierre a trouvé une entrée dissimulée dans les pare-feux des chaînes nationales...

La moue interdite du vieil homme l'incita à reformuler, amusée :

— Pardon. Il va utiliser la télévision cette fois, il faut voir plus grand. Tous les dispositifs intégrant un système vidéo sont connectés au réseau télévisé, des écrans domestiques aux bracelets holographiques. Nous toucherons ainsi dix à vingt fois plus de citoyens.

— Bien, bien. Le nombre est notre force. Où souhaites-tu que je m'installe ? Le fauteuil conviendra ?

— Où tu seras le plus à l'aise, j'adapterai l'éclairage en fonction.

Ana déployait déjà la petite parabole blanche, avec, en son centre, une lumière crue qui révéla les traits fatigués de Togan. Après quelques aménagements précautionneux, l'échange d'ultimes informations complémentaires, quelques gorgées d'eau et autres exercices vocaux, l'enregistrement débuta.

***

Mes très chers concitoyens.

Oui, comme il était encore d'usage lorsque j'appris notre belle langue, à l'école, et que le masculin l'emportait – une fois n'est pas coutume –, je m'adresse affectivement à vous tous, femmes et hommes du peuple, qui savez en votre for intérieur combien l'unité est importante. Dans les moments que nous vivons, d'ailleurs, elle est absolument vitale et décisive.

Qui de mieux placé qu'une relique telle que moi pour vous parler de notre histoire ? Ici Togan, la plume des Maternalistes. Certains d'entre vous m'auront peut-être déjà lu par le passé – du moins je l'espère. Inutile de vous fier au visage que vous voyez, des traitements numériques ont largement modifié ses traits et, j'ai bon espoir, rajeuni son aspect. Je suis venu au monde en 2006, sur une planète ravagée par l'activité humaine, et dans un pays en proie aux divisions. Depuis, j'ai vu passer des progrès et des excès, de l'engagement comme de la désillusion, de l'inconduite comme des actes honorables ; j'ai assisté à de nombreuses formes d'extrémisme ; je me suis investi de bien des manières dans des combats humanitaires, politiques, écologiques ou encore plus spirituels ; je fus et reste le témoin des mentalités fluctuantes de mes contemporains, de leurs vices comme de leurs espoirs, de leurs croyances, de leurs doutes, mais surtout aujourd'hui, de leurs souffrances.

Inutile de palabrer pendant des lustres sur l'état de fait qui plonge la condition masculine dans la précarité que nous connaissons. Inutile de dénoncer une fois de plus l'extrême aigreur de ces Féministes aveuglées par leur haine des hommes. Leur haine apparente, du moins, car purement idéologique et intéressée. Comme vous pourrez le constater à la fin de mon intervention, documents à l'appui, les écarts de conduite et l'hypocrisie de nos gouvernantes sont légion. Je vous invite d'ailleurs à lancer vos enregistreurs mémoriels dès maintenant, afin que ces mots et les preuves de leur duplicité ne s'évaporent pas dans le tourbillon de leur propagande et de leur censure massive. Merci de votre implication à tous.

Vos récentes mobilisations prouvent que l'appel de l'Opposition a été entendu, et que nous sommes nombreux et nombreuses à partager cette méfiance, voire ce malaise vis-à-vis du gouvernement et de ses abus. La trop longue ère paternaliste qui précéda notre époque fut d'ailleurs responsable de troubles au moins aussi violents, dépressifs, mortifères et contraires à l'évolution. Des récits ancestraux tendent à démontrer que les débuts des grandes religions monothéistes furent laborieux, car rejetés en masse par les sociétés païennes bien ancrées dans un équilibre mûr et abouti. Jonchés de décisions stratégiques, d'ententes entre souverains et de règles de plus en plus formelles, les balbutiements du paternalisme témoignent en réalité d'une méfiance globale à l'égard de la société qui s'annonçait, et d'un nécessaire autoritarisme pour ceux qui voulaient l'imposer. Pendant des décennies, peut-être des siècles, la sagesse et la non-violence des Maternalistes ont lutté en vain contre les esprits avides des nouveaux rois. Ces derniers ont d'ailleurs longtemps craint le retour en force de la pensée Maternaliste. Mais celle-ci a fini par s'étioler. La tradition orale est bien peu de chose face à l'endoctrinement évangélique, les écoles militaires et les manuels scolaires. La bienveillance de l'âme, l'esprit tourné prioritairement vers la nature, la vie et l'équilibre ont donc cédé la place aux conquêtes territoriales, à la soumission – à un souverain, à une loi, à un père –, ainsi qu'à l'opposition systématique des clans, des idées, des croyances, au nom d'une hégémonie et du pouvoir d'une minorité gouvernante. L'harmonie, l'entente et la conciliation n'étaient plus. Une fois prémunis de ce potentiel réveil des Maternalistes, nos ancêtres ont eu le champ libre pour développer les idées néfastes de concurrence, de finance, de contrat de travail et, par-dessus tout, l'illusion de sécurité.

Car cela est bien le trait commun à ces deux types de société : le besoin de tout contrôler, sécuriser et légiférer. Sur ce point précis, le paternalisme et le féminisme moderne font preuve du même extrémisme. Troquer notre liberté au nom de la sécurité n'a jamais été bénéfique, jamais. Les sociétés païennes, elles, acceptaient la réalité de ne pouvoir tout contrôler. Elles s'efforçaient de se prémunir contre les dangers vitaux, mais ne bâillonnaient aucunement la vie, pas plus que les idées ou la force d'entreprendre.

Nous n'avions pourtant plus de prédateur naturel. Cela aurait pu être une aubaine, un élan colossal pour notre évolution, mais non. Cette recherche perpétuelle de prédateur de substitution représente un frein à notre progrès civilisationnel. Nous voyons le danger partout, et en créons même lorsque le besoin s'en fait sentir. Quand la menace est-elle devenue la préoccupation numéro un de l'espèce humaine ? Est-ce là un défaut de nos gènes ? Le fruit de l'ennui peut-être ? Je ne saurais dire si cette inquiétude persistante, cette épée de Damoclès virtuelle est ce qui nous a poussés à nous transcender dans bien des domaines, à créer, innover, imaginer. Peut-être aurions-nous évolué d'une tout autre manière sans cette fâcheuse tendance à craindre le voisin, à asseoir notre autorité, à affirmer notre propriété. Qui sait ? Je me plais à imaginer une évolution plus spirituelle qu'industrielle ou technologique. Un monde où l'imagination se mettrait au service du bien-être et de l'harmonie générale, un monde où, pour ne citer que cet exemple déterminant, la fission et la fusion nucléaire auraient davantage tendu vers une énergie illimitée, propre et maîtrisée, que vers un armement destructeur. Là est tout le paradoxe de nos sociétés : sous couvert d'un besoin de protection irraisonné – envers sa propre espèce ? –, on crée des choses capables d'anéantir toute vie sur la planète qui nous abrite. Encore saurait-on en tirer certains enseignements... Tant qu'il restera aussi détaché de ses racines spirituelles, aussi peu à l'écoute de son âme en formation, l'Homme n'apprendra jamais ! Cela est bien la seule chose dont je sois sûr.

En 2040, j'accueillis donc l'arrivée au pouvoir des Féministes avec beaucoup d'optimisme. Mais comme bon nombre de mes concitoyens, je ne tardai pas à déchanter. Imaginez un gouvernement impliqué dans la solution écologique, accomplissant le miracle de rendre notre monde à nouveau habitable pour les générations futures, réduisant même considérablement les inégalités, la misère, la faim, les épidémies, et qui, dans un même élan, réalisa l'ultime et déplorable scission des genres. Les femmes et les hommes n'en étaient plus au stade des inégalités, non, une guerre était déclarée. La méthode avec laquelle les Féministes ont pris le pouvoir, démocratiquement certes, mais d'une manière infiniment vicieuse et manipulatrice, aurait dû nous mettre la puce à l'oreille. Elles avaient la ferme intention d'étouffer l'homme, ses droits, ses aspirations, et ce dès les balbutiements de la 6ème République. Et elles y parvinrent en assez peu de temps en vérité. Après tous les bénéfices apportés à la société et à la planète, elles commirent l'absurde erreur de nous diviser encore davantage, alors qu'elles auraient dû nous réconcilier. Ce rôle leur était dévolu. Ces millénaires de paternalisme étouffant auraient-ils déteint sur la justesse de leur jugement, sur leur bienveillance naturelle ?

Les femmes laissèrent alors s'exprimer leurs penchants les plus extrêmes, leur goût pour la revanche, si bien qu'en dehors de la solution écologique, leur instinct maternel ne s'exprimât jamais plus dans les décisions politiques, les seules qui comptaient vraiment. Cet instinct demeurait cependant au sein de chaque citoyenne, peut-être même de chaque reliquat de foyer – et demeure encore aujourd'hui –, latent, attendant l'incontournable réveil citoyen.

J'ai assisté à la fin des privilèges masculins, à leur inversion aussi. Les instincts naturels des hommes ont été bridés, socialement, physiquement et chimiquement, leurs droits civiques bafoués, supprimés, et les Féministes se sont attribué le droit de les gouverner comme jamais les hommes n'ont gouverné les femmes. Mes amis et moi-même nous sommes battus contre un degré de totalitarisme encore jamais atteint ; même les gouvernements corrompus de la première moitié du 21ème siècle n'ont jamais atteint de telles extrémités. Nous ne nous attendions pas à une telle violence, à une telle haine. Certains d'entre nous sont tombés sous les coups, sur les pavés, d'autres ont choisi la soumission à leurs règles inhumaines. D'autres encore se sont cachés et se cachent toujours aujourd'hui ; je suis d'ailleurs le témoin et la preuve de cet exil forcé, téméraire, militant.

Le temps n'est pourtant plus à ce jeu de cache-cache, car le gouvernement prépare notre espèce à un destin funeste. Vous aurez tout le loisir de faire ce constat par vous-mêmes dans quelques instants. La mobilisation a commencé. Elles sentent la menace peser sur leur hégémonie et leurs avantages. Cette menace n'est autre que nous, citoyens souffrant de cette emprise morale, et concernés par notre avenir. De nombreuses femmes ont déjà montré leur grogne. Il ne faut pas faiblir. Continuez de vous mobiliser ! Le combat s'annonce âpre, mais c'est de notre survie dont il est question. Elles feront pression sur vous et sur vos hommes, n'ayez aucun doute là-dessus ! Car oui, en dépit de ces lois sans fondement, nous avons toutes et tous un être aux côtés duquel et pour lequel se battre. Femmes et hommes restent liés, et ce malgré la volonté aliénante de ces extrémistes. Les Féministes vous menaceront à travers eux, c'est un fait. Pourtant, vos hommes aussi doivent s'investir. Faites-leur comprendre qu'une lutte sociale ne se remporte pas sans l'adhésion de tous ses représentants. Aidez-les à dépasser leur amorphie, transcendez vos craintes et unissez-vous dans cette lutte. Les hommes doivent impérativement être intégrés à nos manifestations et autres blocages. C'est l'une des conditions indispensables à notre réussite. Plus nous serons nombreux et unis, plus leur marge de manœuvre sera réduite.

***

Sur les écrans de tous les cafés, sur les dispositifs portatifs, les écrans domestiques et les panneaux télévisés installés sur les façades des immeubles, le visage doux mais engagé de l'orateur attirait l'attention du plus grand nombre. Ceux qui avaient pu rencontrer Togan par le passé auraient pu le reconnaître, mais le travail délicat des Opposants professionnels de l'image rendait ses traits absolument différents de la réalité. Il s'exprimait dans un français impeccable et articulait chaque syllabe afin que son message soit entendu de tous. La "plume des Maternalistes", dont on dévoilait l'apparence – factice – pour la première fois, possédait cette bonhomie rassurante, cette sincérité qui appelait au regroupement. C'est du moins ce que des millions de téléspectateurs ressentirent simultanément.

Tandis que les techniciens de l'Opposition relayaient le faisceau de diffusion de leur signal, Pierre et quelques autres hackers empêchaient la police virtuelle et ses redoutables chasseurs d'entrer dans leur réseau. Ils avaient, en amont, tissé une toile suffisamment complexe pour permettre à l'intégrité du message d'être diffusée. En temps réel, la cellule Communication se gratifiait du nombre de partages et d'enregistrements de leur émission. L'opération était un franc succès.

Du côté du gouvernement, un vent de panique souffla pendant toute la durée de l'intervention de Togan. Leurs efforts pour couper le signal émetteur restèrent vains. Lorsque certains écrans ne recevaient plus la silhouette amicale et les mots rassérénants du vieil homme, d'autres prenaient le relai, par milliers, par vagues inarrêtables. Cette diffusion ébranla les hautes sphères, jusqu'à suspendre les opérations de police en cours. Tous les effectifs se concentraient sur la source du signal, qui semblait s'évaporer en une multitude de nuages intraçables, parfois à l'étranger. Non, cette fois, les Maternalistes avaient eu un coup d'avance.

Alors que l'homme s'était tu, des documents compromettants se succédaient à l'image, agrémentés d'une musique classique extrêmement douce, afin de marquer le décalage. Des cessions d'action dans de grands groupes boursiers, attribués à telle ministre ou telle autre secrétaire d'État ; des promulgations officielles de décrets, quelques jours ou semaines après lesdites cessions, et avantageant les entreprises bienfaitrices ; plusieurs relevés bancaires, révélant des salaires autrement plus indécents que ceux dont on avait connaissance ; des photographies d'ordre très intime, où l'on voyait ces femmes de pouvoir en train d'humilier des employés de plaisir, hommes comme femmes ; et à la toute fin, comme un point d'orgue à cette débauche d'abus et d'ententes douteuses, les lois et décrets anticipés – pas encore votés ni publiés – tendant à faire disparaître la gent masculine du territoire. En les rédigeant à l'avance, les Féministes avaient en quelque sorte monté leur propre pilori, et alimenté les attaques de l'Opposition.

Ana et son équipe avaient décidé de tout révéler en bloc. Plutôt que d'attendre la décision des Féministes de désigner leur bouc émissaire, ils étaient eux aussi passés à la vitesse supérieure, espérant que cela éveillerait et haranguerait la population. Tout le travail de recherche de Lilia et Magli, toutes leurs sources mises à contribution, associées aux précieuses données récoltées grâce à Marie-Line ainsi qu'aux services d'espionnage de l'Opposition permettaient aujourd'hui de faire la lumière sur le véritable visage de celles qui les gouvernaient. Eleni s'était quant à elle appliquée à ordonner toutes ces informations afin qu'elles percutent au mieux l'œil et l'esprit des téléspectateurs. Une vraie réussite, selon Sylvie, qui ne boudait pas son plaisir en voyant dérouler tout cela et en consultant leur taux d'audience.

Les dernières secondes de retransmission mirent en scène un profil féminin, d'apparence sévère et renfrognée, en face duquel en apparut un autre, plus jeune et engageant. Toutes deux se fixaient ardemment, avant qu'une poignée de silhouettes, puis des dizaines, des centaines d'hommes et de femmes n'apparaissent aux côtés de la seconde jusqu'à occuper toute l'image, à mesure que la figure autoritaire rétrécissait, puis disparaissait.

Un classique fondu en noir mit fin à l'animation, laissant l'ensemble de la population face à ses conclusions.

10

Dans les rues adjacentes, les tirs résonnaient presque sans interruption. Des salves régulières, coordonnées par une police organisée et désormais bien rodée. Amir, qui connaissait leurs méthodes d'intervention, imaginait à distance les rideaux de femmes dans leurs tenues pare-balles, épaule contre épaule, s'agenouiller afin de permettre au second rideau de décharger ses fusils.

Si le gouvernement n'utilisait plus d'armes à feu, jugées destructrices et primitives, les armes de poing et autres fusils à impulsions n'en demeuraient pas moins létaux. Tirées dans un membre, les décharges provoquaient des traumatismes invalidants, sans toutefois détruire les tissus, muscles ou artères. Mais si par malheur elles touchaient leur cible à proximité d'un organe vital, l'implosion des viscères – estomac, cœur ou encore cerveau – s'avérait fatale. Bien que la police ait reçu la consigne officielle de viser les jambes, la répression était loin d'être une science exacte, et les dommages que le ministère de la Sécurité intérieure nommait toujours des "accidents" étaient plutôt fréquents. Déplorés, mais aucunement sanctionnés.

Pas de déflagration donc, comme dans les guérillas urbaines que l'Israélien avait pu connaître dans son pays d'origine, mais des souffles vrombissants qui se diffusaient dans l'atmosphère à la manière d'une onde de choc. À plusieurs centaines de mètres, Amir et son escouade pouvaient déjà ressentir les assauts acharnés des forces de l'ordre. Au coin de la ruelle, le soldat expérimenté leva le poing.

— On attend.

L'amplitude de sa voix, suffisamment modérée pour ne pas attirer l'attention sur eux, figea sur place les femmes et les hommes qui l'accompagnaient. En se retournant brièvement, il put constater les visages concentrés, néanmoins terrorisés qui le fixaient. Ils s'en remettaient totalement à lui. Évidemment, certains avaient déjà participé à des opérations de ce genre, et quelques-uns étaient même des soldats confirmés ayant servi sous ses ordres, mais la grande majorité n'avait encore jamais utilisé ni même tenu un fusil – en dehors du bref entraînement au tir dispensé la veille. La responsabilité de ces vies l'aidait à se transcender, à faire appel à tous ses sens afin de réussir la mission, mais la récente disparition de Marie-Line ajoutait une pression supplémentaire. Amir était anormalement nerveux.

Aussi primitives qu'elles puissent être, les armes de guerre qu'ils avaient entre les mains représentaient un réel danger pour les forces de l'ordre. Les femmes solides présentes dans les rangs ennemis en auraient bien conscience, c'est là que résidait toute la stratégie des Opposants. Là, et dans l'effet de surprise.

— On les devance d'un bloc supplémentaire, dicta l'Israélien dans son collier-micro.

Une réponse plus tard, dans son oreillette, et il ordonna à l'escouade de reprendre la progression.

Amir couvrit lui-même la rue perpendiculaire, au cas où des policières zélées les remarqueraient, et la vingtaine de soldats civils remonta la ruelle au pas de course.

Lorsqu'ils arrivèrent au croisement suivant, aux abords du square d'où montait la grogne de la population, une vision terrible attisa leur haine à l'égard des Féministes. La cohue des manifestants battait en retraite devant les charges et les tirs incessants de la police. Dans la foule, des silhouettes tombaient çà et là. Les plus chanceux gémissaient, tant la douleur occasionnée était intense ; d'autres demeuraient étendus là, piétinés par celles et ceux qui tentaient de fuir pour sauver leur vie.

Les manifestants étaient exceptionnellement nombreux – le moins que l'on puisse dire c'est que l'intervention de Togan avait porté ses fruits –, et beaucoup trop regroupés, ce qui facilitait d'autant plus le travail de la police. Une véritable exécution publique ! Un spectacle devant lequel Amir peina à calmer ses nerfs.

Ce qui le marqua particulièrement ne fut pas cette scène d'une tristesse absolue, mais bien le cadre dans lequel celle-ci survenait. Le contraste perturbant entre cette place épurée, propre, les façades de pierre taillée, de verre, de revêtements végétaux, les brumes matinales, les couleurs pastel du ciel, bref, la douceur d'un environnement propice au bonheur, et cet acharnement d'un groupe sur un autre, ces armes, leurs impulsions vrombissantes, ces corps chahutés, cette foule désorganisée, dépossédée de son humanité. Sifflets, insultes, cris de panique, chaussures résonnant sur le pavé, membres disloqués, visage distordus, inanimés, morts, sacrifiés. Un tel gaspillage de ressources humaines ! Tant de siècles et de millénaires d'évolution, d'apprentissage et de leçons foulés au pied ! Tellement d'amour, et pourtant...

Une énième onde de choc, plus proche celle-ci, le sortit de sa contemplation affectée. Un regard pour son équipe, puis vers la rue parallèle à la leur, à l'autre extrémité du square. L'escadron de police ne tarderait plus à émerger sur la large place.

— Escouade 1, en position.

— *Escouade 2, parée*, reçut-il immédiatement en réponse.

Devant ses yeux, des dizaines de citoyens continuaient d'être touchés. Il n'y avait plus un instant à perdre. Le responsable de mission ordonna :

— À l'assaut. Go, go, go !

Les deux groupes d'Opposants convergèrent alors vers l'artère principale où se trouvaient les policières. Juste avant que ces dernières ne débouchent sur le square, Amir et les siens seraient prêts.

— On se déploie.

Comme deux vagues coordonnées se rejoignant, et tout en braquant l'ennemi de leurs fusils d'assaut, ils s'étendirent et formèrent deux lignes compactes qui bloquaient la largeur de l'avenue. Les forces de l'ordre cessèrent immédiatement leur progression, pétrifiées à la vue des armes que les Opposants tenaient.

— Personne ne tire. Maintenez vos positions ! éructa Amir.

La quarantaine de Maternalistes faisait désormais face à un escadron deux fois plus nombreux, et l'empêchait d'avancer, couvrant ainsi la retraite des manifestants.

Les belligérants se fixèrent longuement, armes braquées et œil dans le viseur. La peur était visible, d'un côté comme de l'autre. La police n'était pas préparée à une telle réponse, à un tel potentiel létal. Jusqu'ici, elles n'avaient eu à encaisser que des jets de pavés, coups de bâtons, ou, dans le pire des cas, des explosifs artisanaux incapables de briser leurs formations. Mais cette fois, c'était différent. On leur opposait de vraies armes, aussi dépassées soient-elles, et une franche détermination habitait les regards de certains. Si ces hommes et ces femmes étaient prêts à tirer et à donner leurs vies pour leurs convictions, pouvaient-elles en dire autant ?

Après plusieurs minutes à se jauger, les femmes à la solde du gouvernement semblèrent enfin vouloir réagir. Lorsqu'elles entamèrent une marche arrière prudente et cadencée, Amir donna l'ordre suivant :

— Escouades 3 et 4, à vous.

Dans le dos des policières, au carrefour précédent, le reste des Opposants se déploya de la même manière, bloquant ainsi toute retraite à leurs cibles. Le chef d'équipe eut un sourire. La mission était un succès. La première partie, tout du moins. Il fallait maintenant veiller à ce que cela ne dégénère pas, car les troupes étaient nerveuses.

Prises en tenaille, les femmes policières commencèrent à s'agiter. Avant que la situation ne s'embrase, Amir décida de prendre les devants, et se détacha des siens. Deux pas en avant, puis il se redressa en pointant son arme vers le sol, en signe d'apaisement. Il continua à avancer, prudemment, jusqu'à ce qu'il ait couvert la moitié de la distance qui les séparait d'elles. Lorsqu'il s'immobilisa enfin, une policière, probablement leur capitaine, entreprit de venir à sa rencontre, avec infiniment plus d'hésitations et dictant à son escadron ses ultimes consignes. Fusil à impulsions en bandoulière, elle marchait vers cet homme d'apparence décontractée, cet homme qui, à mesure qu'elle s'en approchait, lui faisait penser à son amour de jeunesse, pas tout à fait oublié, cet homme dont, par la force des choses, elle avait dû se détacher.

— Je m'appelle Amir, lança-t-il avant qu'elle n'arrive à sa hauteur.

Il devait à tout prix se montrer sûr de lui et convainquant. Elle stoppa à quelques pas et répondit :

— Capitaine Bianqui.

— Vous avez bien un prénom ?

La policière hésita.

— Nous sommes des humains, capitaine, pas des cibles mouvantes ou un objectif sur un ordre de mission.

— Hélène, dit-elle, sur la défensive.

— Bien, voilà qui est fait. Enchanté Hélène. Est-ce que vous souhaitez rentrer chez vous ce soir ?

— ...

— Vous, ainsi que toutes vos recrues ?

Amir n'était pas du genre à palabrer des heures. En la prenant de court de la sorte, il tuait dans l'œuf toute sa rhétorique sur les lois et le travail de la police. Elle se retrouvait devant un choix simple : se retirer, ou subir de très lourdes pertes. À présent, les deux camps se trouvaient en nombre équitable, et les rafales des fusils d'assaut ne demandaient pas de temps de charge, elles. Le capitaine Bianqui pouvait déjà voir se profiler le carnage, et c'est précisément ce que souhaitait son interlocuteur.

— Où vous êtes-vous procu... Laissez tomber ! Que voulez-vous ?

— Le réveil de la population. Notre message est suffisamment clair, il me semble. Et il a été entendu par un grand nombre de citoyens.

— Vous les condamnez en faisant cela.

— Détrompez-vous ! C'est vous qui les condamnez, capitaine, en obéissant docilement aux ordres de ce gouvernement d'extrémistes. Et si le réveil commençait par vous autres, représentantes de l'ordre et de la sécurité. Tout ça vous semble-t-il légitime ? Ordonné ? Sécuritaire ?

Il embrassa les deux camps d'un geste ample de son bras libre.

— On ne nous demande pas de remettre en question les dé…

— C'est bien commode, n'est-ce pas ? Alors elles peuvent vous demander n'importe quelle exaction, vous vous exécuterez ? À aucun moment votre sens moral, mieux, votre sens civique et communautaire n'entre en ligne de compte ? Où pensez-vous que cela va s'arrêter ? Allons, Hélène ! Et si vous enleviez vos œillères ? Cela fait longtemps que leurs ordres ont dépassé vos convictions, n'est-ce pas ? À moins que vous ne soyez comme elles…

Un éclair d'amertume traversa le regard de la gradée. Visiblement, Amir venait de mettre le doigt sur un point sensible, une douleur refoulée.

— Je me disais bien…

— Ne parlez pas de ce que vous ne connaissez pas ! Vous, les hommes, ne…

— Je connais tout ça aussi bien que vous, Hélène. Nous sommes tous touchés par cette dictature – n'ayons pas peur des mots. De près ou de loin, nous sommes toutes et tous concernés. Il n'est pas question d'hommes ou de femmes, haussa-t-il le ton. Nom de… Mon… mon fils est resté en Israël, il n'avait aucun avenir ici. Sa mère s'est fait tuer peu de temps après mon arrivée ici. Une amie l'a pris en charge, et je ne peux plus le rejoindre.

La policière baissa les yeux, pour le moins gênée par cet aveu de la part de son adversaire.

— Écoutez, reprit-il, j'ignore si votre homme a été tué, emprisonné, ou si le régime vous a simplement empêché de vivre votre histoire. Mais cela est le lot de la majorité des femmes. Vous en avez conscience ? Ce gouvernement a-t-il contribué à vous rendre plus heureuses ? Cet acharnement misandre vous offre-t-il un réel accomplissement ? J'en doute fortement. Il est temps de vous réveiller, Hélène. Certaines ont ouvert la voie, et n'attendent plus que vous. Ne les laissez pas vous prendre, nous prendre notre dernier sursaut d'humanité !

Bianqui resta figée durant d'interminables secondes, hésitante. Son fusil à impulsions pesait sur son épaule, elle n'aspirait qu'à retrouver le semblant de foyer que l'État lui autorisait. L'homme qu'elle avait en face d'elle ne renvoyait plus aucune hostilité. Elle devinait qu'il était capable de se muer en un soldat redoutable, mais ce n'étaient clairement pas ses intentions. Elle se retourna vers son escadron, attentive à ce que lui renvoyaient les visages de ses recrues, puis constata les mêmes expressions, mêlées de crainte et d'espoir, que dans les rangs adverses. Des citoyens et des citoyennes, unis dans la détresse d'une situation inextricable, dans le choix funeste de devoir peut-être abattre son prochain.

— Que proposez-vous, Amir ?

— Vous faites volte-face, et chacun de nous retrouvera les siens ce soir.

— Demain, tout recommencera.

— Et vous pourrez compter sur nous.

Hélène serra la mâchoire, piégée entre son sens du devoir et un dilemme moral encore jamais vécu. Sa responsabilité envers les vies de ses recrues pesa largement dans sa décision. Elle reprit son fusil à deux mains, adressa un bref signe de tête à son interlocuteur, avant de se retourner.

Alors qu'elle entreprenait d'aller retrouver son escadron, Amir l'admonesta :

— Non, Hélène ! Vous laissez vos armes ici.

— À quoi bon ? Elles sont codées sur les génomes de chaque agent.

L'Israélien esquissa un sourire sarcastique.

— Ne vous en faites pas pour cela ! Nous aussi avons des petits génies dans nos rangs. Réfléchissez bien à celles qui sont pointées sur vous !

— Bien, finit-elle par capituler. Aujourd'hui, vous gagnez.

— Je crois que nous y gagnons tous un peu, capitaine.

La voix d'Amir était à la fois pleine de reconnaissance et de soulagement.

Tandis qu'elle les rejoignait, Bianqui fit signe à ses recrues de déposer les armes, après quoi elles redescendirent l'avenue en direction des deux autres escouades d'Opposants, qui s'écartèrent sur leur passage.

Pas un seul coup de feu. Amir pouvait être satisfait de la tournure des événements. Ses troupes se détendirent un peu, elles aussi soulagées de n'avoir pas eu à tirer. Le combat psychologique était déjà assez éprouvant, et les femmes qui composaient les forces de l'ordre ne méritaient pas cela. Elles étaient tout bonnement perdues entre un gouvernement autoritaire et un peuple aux revendications proches des leurs.

Au loin, à l'autre extrémité du square, un grondement de hourras et de sifflets fit écho à la déroute de la police. Postées sur les genoux d'une statue plusieurs fois centenaire, Lilia et Magli filmaient toute la scène. À leurs côtés, d'autres journalistes tentaient de couvrir l'événement. Après la débâcle des manifestants, ces dernières assistaient là à un retournement de situation plutôt inattendu. Citoyens et citoyennes rassemblaient leurs effectifs, largement amputés par la charge précédente, et semblaient vouloir se joindre aux escouades armées des Opposants.

— Ramassez leurs armes ! On ne peut pas permettre aux civils de s'en emparer, je crois qu'ils n'en feraient pas un très bon usage.

Amir put constater l'effervescence qui régnait partout autour de lui, mais ne se relâcha pas pour autant ; il savait qu'un théâtre d'opérations pouvait receler bon nombre de dangers. Le soleil émergea enfin, derrière les hautes façades du coin est, et vint poser ses rayons sur le visage tendu de l'Israélien.

Alors qu'il se dirigeait vers le flot de manifestants, bientôt suivi d'Opposants qui portaient haut leur fierté, il remarqua plusieurs individus dont l'attitude tranchait par rapport à celle, euphorique, de la majorité. Plusieurs binômes, au moins trois, encadraient la foule de manière trop stratégique. Ces femmes se tenaient droites, ne témoignaient aucun enthousiasme ni excitation, et se contentaient de suivre la marche de leurs voisins. Les postures ne trompaient pas. Strictes, sûres d'elles, et très observatrices. Il ne s'agissait pas de policières en civil, mais bien d'agents des Renseignements. Amir en eut la certitude. Elles portaient toutes des lunettes, trop ressemblantes pour être de vrais dispositifs de correction visuelle, d'autant qu'une simple et bénigne opération corrigeait la plupart des troubles visuels. Des caméras !

— Agents infiltrés au sein des manifestants, soyez prudents !

Amir continua d'avancer, sans trahir sa découverte. Les agents s'approchaient eux aussi, balayant la foule, les Opposants et les journalistes d'un regard scrutateur. L'équipe située sur la gauche du rassemblement semblait d'ailleurs observer Lilia et Magli avec un peu trop d'insistance. Amir bifurqua sensiblement dans leur direction. Lorsqu'elles l'aperçurent, les sœurs lui adressèrent un salut amical, doublé de sourires qui exprimaient bien leur satisfaction. Comment les prévenir, sans attirer l'attention sur lui ?

La joie ambiante suscitée par cette victoire dérisoire venait se heurter à la menace qui couvait, et s'intensifiait à chaque seconde, à chaque pas effectué dans leur direction. Le virus-espion implanté par Marie-Line avait révélé bon nombre d'informations, à commencer par la liste des Opposants potentiels. Et ils figuraient tous dessus, les deux journalistes en tête. Puisque Lilia et Magli étaient clairement identifiées comme des menaces, et que les principaux leviers d'action des

Maternalistes étaient les médias, cela en faisait des cibles prioritaires pour le gouvernement. À cet instant précis, Amir comprit que si ces agents étaient ici, ce n'était certainement pas pour observer les événements. Il réalisa trop tard qu'il était trop loin.

— *Cibles identifiées*, entendit-il dans son oreillette.

— Attention aux civils.

Alors que seulement quelques dizaines de mètres le séparaient de ses alliées, les agents infiltrés pressèrent le pas dans leur direction. Un changement subtil que le soldat perçut comme l'offensive pour laquelle ces femmes étaient venues. Il ne pouvait agir seul ; il faudrait compter sur le nombre, encore une fois.

— Interceptez-les ! ordonna-t-il d'une voix tranchante tandis qu'il pointait son fusil vers le ciel.

La longue série de déflagrations figea les manifestants, pendant une seconde à peine, avant qu'ils ne se dispersent, affolés.

Amir courait à présent vers ses amies. Une distance ridicule et pourtant si décisive. L'agitation des citoyens avait quelque peu ralenti les deux agents du gouvernement, mais ceux-ci arriveraient bientôt au pied de la statue. Les autres journalistes étaient emportées malgré elles par le mouvement de foule. Seules les jumelles restèrent perchées sur la sculpture, concentrées sur les images qu'elles rapporteraient. L'Israélien ne pouvait pas faire feu sans risquer de blesser des civils, aussi continua-t-il à courir aussi vite que possible.

Lorsqu'il prit appui sur le piédestal, ouvrant son bras droit pour emporter avec lui ses alliées, deux impulsions retentirent. Tous trois heurtèrent violemment les pavés photovoltaïques. Leur chute le désorienta quelque peu, mais il put se rétablir grâce à une roulade experte, afin de se retrouver face à leurs assaillantes. Un genou à terre, crosse du fusil calée au creux de l'épaule, il mit la première en joue et pressa la détente. Elle n'avait pas encore touché le sol que la seconde braquait son pistolet à impulsions vers lui. Amir comprit, mais n'hésita pas un seul instant. Malheureusement, le temps était immuable. Les deux armes se déclenchèrent simultanément, et les tireurs s'effondrèrent.

D'autres coups de feu et impulsions résonnèrent sur la grande place, rapidement remplacés par un silence morbide. Après la brève plénitude qui avait envahi manifestants comme Opposants, la conclusion de cette matinée était douloureuse de réalisme. Le nombre de corps étendus là, l'impuissance à comprendre comment on avait pu en arriver à de tels choix, et le froid saisissant, que personne n'avait ressenti jusqu'ici, pénétrèrent les esprits de manière immuable. Aucune des personnes présentes ce jour ne pourrait l'oublier.

Après s'être assurés que les agents des Renseignements étaient bel et bien neutralisés, quelques Opposants armés se regroupèrent près de la statue. Leur meneur gisait à ses pieds, arme encore bien en main. Il leur avait évité un affrontement redoutable quelques instants plus tôt, mais n'avait pas su déjouer sa propre mort.

Non loin de lui, Magli tenait sa jumelle dans ses bras, et se balançait en la serrant contre sa poitrine. Un mince filet de sang coulait des oreilles et du nez de Lilia. Une impulsion avait dû l'atteindre à la tête. Amir n'avait pas été assez rapide. Là, au milieu du square, étouffés par les cheveux d'une énième victime, les sanglots de Magli ponctuèrent le silence amer de la foule qui se dispersait.

11

— Papa, quand est-ce que je pourrai sortir ?

La question d'Hector résonnait encore en lui avec amertume. Leur fils n'avait pas conscience de toute l'acidité et la douleur que ses mots pouvaient charrier dans leur sillage. Tandis qu'il arpentait la voie piétonne menant à son travail, Deyan revoyait sa compagne et son fils, dans toute la précarité de leur cocon clandestin. Ana et lui s'efforçaient de préserver le petit, mais il était inutile de se voiler la face, tout cela les atteignait déjà d'une manière détestable.

Hector était en âge de s'interroger, et force était de constater qu'ils seraient bientôt à court de réponses.

— Pour le moment, ce n'est pas possible, mon grand. L'extérieur est trop dangereux. Mais bientôt, je te le promets.

Bientôt... Deyan l'espérait sincèrement. Objectivement, comment lui dire qu'il n'avait pas d'existence légale ? Comment lui faire comprendre que, dès lors qu'il mettrait les pieds dehors, il serait fiché, stérilisé dès sa puberté, et que ses parents seraient emprisonnés à vie ? Il ne bénéficierait plus de la diversité d'enseignements que tentait de lui inculquer l'Opposition, pas plus que de la protection des Maternalistes, et l'on déciderait pour lui quel rôle il remplirait dans la société. Son père souhaitait par-dessus tout lui éviter la vie de servitude qu'il menait lui-même. Il se sacrifierait sans hésiter plutôt que d'imaginer son fils avili par le totalitarisme ambiant.

— Dylan et Étienne disent qu'on restera cachés pour toujours, qu'il n'y a pas de place pour nous à l'extérieur.

— Ils n'en savent rien, avait rétorqué son père, *tu ne dois pas croire tout ce que tu entends. Ta mère et moi faisons tout pour que tu puisses quitter cet endroit. Prochainement, nous serons dehors tous les trois, c'est compris ?*

Il ne pourrait jamais oublier l'expression inquiète qu'Hector lui avait renvoyée. Comme pris en tenaille entre l'amour qu'il vouait à ses parents et la quasi-certitude qu'on omettait de lui fournir certains détails, leur enfant, le combat de toute une vie, restait empêtré dans le doute. À l'âge où les mécanismes de confiance étaient censés s'ancrer de façon pérenne, lui réservait la sienne pour plus tard. Il apprenait à se méfier avant même d'apprendre à vivre. Là encore, la société les atteignait en plein cœur.

Ses copains ne faisaient certainement que répéter ce qu'ils avaient pu entendre de la bouche de leurs géniteurs. Peut-être ces derniers étaient-ils trop défaitistes, et ne se doutaient-ils pas de l'impact des mots sur leurs jeunes esprits. Pourtant, s'ils étaient ici avec eux, c'est qu'ils devaient croire un tant soit peu aux idées maternalistes, ainsi qu'à la réussite de l'Opposition. Ce lieu ne pouvait être qu'un simple refuge pour parents clandestins et enfants illégaux ; la conviction de chacun devait l'alimenter, c'était indispensable.

Alors qu'il s'approchait de la large esplanade et de la série de marches précédant l'entrée des bains, les préoccupations de Deyan s'orientèrent vers sa compagne.

Ana aussi avait eu besoin de son soutien, particulièrement après les événements de la veille. Après la capture de Marie-Line, la perte d'Amir et de Lilia avait plongé toute la cellule dans une détresse sans borne. Ana, en particulier, était effondrée. Ce coup à l'estomac venait de faire exploser le stress accumulé les jours précédents, entre vigilance de chaque instant, à l'université, dans les transports, et lutte contre le gouvernement, si bien qu'elle avait craqué. Une rupture nerveuse, avait déclaré le médecin, qui se traduisit d'abord par une crise de sanglots et une hystérie morbide, et qui la plongeait à présent dans un état d'apathie pour le moins inquiétant. Cette double vie avait fini par avoir raison d'elle.

Deyan avait passé presque toute la nuit à la veiller. Si son épuisement soudain nécessitait qu'elle dorme autant que possible, elle n'avait eu de cesse de s'agiter, de sursauter et de gémir. Dans le lit conjugal, une transpiration abondante révélait son état de nervosité constant. Alors, son homme lui avait parlé, d'une voix calme et rassurante, afin de l'apaiser au mieux. Il lui sembla qu'elle avait fini par s'assoupir.

Au petit matin, avec quelques minutes de sommeil à peine, il dut encaisser des réflexions qu'aucune barrière mentale n'endiguait plus :

— *Ça y est ? C'est l'heure d'aller assouvir leurs pulsions ? J'imagine qu'il te tarde de les retrouver.*

— *J'accompagne Hector dans sa classe, ma chérie*, avait-il tenté pour la raisonner. *Je prends mon poste dans une heure.*

— *Tu vas te régaler, ma petite pute ! Tu penseras à moi, quand tu les baiseras ?*

La laisser ainsi ne l'enchantait pas, mais il n'avait d'autre choix que d'assurer son service, au risque de sérieuses remontrances. Il devait à tout prix éviter l'isolement carcéral, sans quoi Hector se retrouverait livré à lui-même. D'autres avaient pris le relai auprès d'Ana, à commencer par Samiah, mais il vivait l'état de sa partenaire comme un déchirement. Lui qui pensait que jamais rien ni personne n'aurait raison d'elle, il semblait que chaque individu possédait bel et bien son point de rupture.

Lors de sa désignation de fonction, quinze ans auparavant, Deyan n'avait pas vraiment eu le choix. L'association de son élégance slave et de sa virilité le prédisposait aux postes liés aux loisirs. Par la suite, les exercices de compétences avaient logiquement retenu son anatomie avantageuse et son endurance pour la branche du plaisir. Certains n'étaient désignés que pour les massages, dans lesquels ils excellaient, d'autres pour leur discussion, leur écoute et leur psychologie ; Deyan, lui, possédait toutes les qualités charnelles dont ces dames raffolaient. L'alliance parfaite entre la douceur, la sensualité, la fermeté, l'attention, la rigueur, le tout dans un corps d'esthète entièrement dédié à leur plaisir. Pourquoi s'en seraient-elles privées ?

Il avait évidemment conscience de s'en sortir à meilleur compte que la majorité des hommes qui trimaient à l'usine dans des conditions déplorables, néanmoins Deyan vivait ce travail comme une réelle humiliation, une atteinte à son intégrité d'être humain. Il avait malheureusement dû apprendre à faire avec. En revanche, cela était autrement plus dur pour Ana. Jusqu'ici, ils avaient tous deux fait preuve de philosophie et de patience, se prouvant la sincérité de leur amour chaque fois qu'ils en avaient l'occasion, mais les réflexions de sa compagne, ce matin-là, témoignaient bien de l'amertume qui siégeait dans son esprit.

S'il arrivait aux ouvriers ou autres serveurs d'envier la position des hommes comme lui, c'est surtout que ces derniers ignoraient beaucoup de la réalité de son quotidien. À commencer par les clientes, qui, pour la plupart, étaient loin de susciter le désir. Oh, il y avait bien dans le lot quelques femmes qui prenaient soin d'elles, minces ou fortes, aux formes plus ou moins harmonieuses, là n'était pas la question. Elles savaient se mettre en valeur, et n'avaient pas tout perdu de leur féminité ou de cette aura charmeuse qui leur était désormais superflue. Celles-là, tous les employés espéraient être missionnés pour les satisfaire. Non, la grande majorité des femmes qui entraient aux bains pour leurs services sexuels n'avaient rien de tout cela. Elles étaient négligées, dans l'attitude comme dans l'hygiène corporelle, et prenaient les hommes pour ce qu'ils étaient, des pourvoyeurs de plaisir, des objets, ni plus ni moins. Aucun partage, aucune empathie ni phase de séduction. Mais lorsqu'il arrivait que l'une d'entre elles recherche un tant soit peu d'harmonie dans les ébats, cette fameuse entente capable de décupler le plaisir, Deyan s'en trouvait généralement dérouté et en perdait tous ses moyens. À plusieurs reprises, ce genre d'incident avait failli lui coûter sa place, si bien qu'il évitait désormais, dans la mesure du possible, les clientes susceptibles de lui plaire et de susciter un réel désir.

Afin d'accomplir ses objectifs, il avait donc dû entrer dans une mécanique routinière. Il était devenu le jouet sexuel qu'elles attendaient toutes. Il recouvrait docilement ses émotions et ses goûts personnels avec le masque de la dévotion pour mieux servir celles qui poussaient les portes des bains. Avec les années, la docilité et la lassitude aussi, il avait inconsciemment choisi de ne plus les voir comme des individualités, mais comme une seule et même entité. Ses clientes portaient toutes le même visage, celui, sévère et dénaturé, des principales représentantes du féminisme au pouvoir. Même si toutes les citoyennes n'abondaient pas forcément vers les extrêmes totalitaires vantés par le gouvernement, elles s'y complaisaient volontiers et alimentaient cet état de fait. Tout cela était bel et bien à l'image du régime : contraire à la dignité humaine.

Quoi qu'il en soit, et cela lui avait jusqu'ici permis de tenir, Ana n'était jamais bien loin.

Elle comprenait parfaitement qu'on ne lui laissait pas le choix, et que les maigres revenus dégagés par son "métier" représentaient autant de ressources injectées dans l'Opposition. Il avait son soutien. Dans les moments les plus difficiles moralement, c'étaient sa silhouette et son visage aimant qui l'aidaient à tenir. Parfois même, le corps de sa partenaire, en pensées, constituait un renfort précieux dans l'accomplissement de certaines demandes.

Étrangement, ce n'était pas aux bains que ces ébats extraconjugaux posaient le plus de problèmes, ni même dans l'intimité de leur deux-pièces familial, mais bien en public. Les rares fois où ils avaient partagé une table au restaurant, une promenade, ou qu'un hasard provoqué avait pu les réunir, il arrivait que certaines clientes de Deyan le reconnaissent. Regards insistants, sourires ou remarques lubriques, Ana n'avait d'autre choix que d'encaisser. Lorsqu'ils marchaient côte à côte, vigilants et veillant à ne manifester aucune familiarité ou intimité, elle devait subir l'humiliation de ces œillades avides et, parfois, de mains aventureuses sur son partenaire. Souvent, alors qu'elle aurait tant apprécié les étendre là, d'une manchette à la gorge, effacer leurs rictus malins, Ana serrait les dents. Son homme la voyait faire. Elle prenait sur elle et se remémorait leurs promesses, leur foi l'un en l'autre, et leur combat commun.

Ce matin plus que jamais, Ana habitait chacune de ses pensées.

À peine eut-il franchi les lourdes portes que la chaleur humide lui donna l'impression d'étouffer. Certains jours, elle était difficilement supportable. Avec les gelées matinales, le contraste n'en était que plus saisissant. Dans le hall gigantesque, la noblesse du verre organique et du bois se disputaient une hauteur sous plafond démesurée. Le chemin carrelé, à l'entrée, s'effaçait rapidement au profit d'un parquet impeccable, lustré et imprégné d'huiles essentielles qui embaumaient tout l'espace.

Un coup d'œil vers les casiers qui accueillaient de nombreuses chaussures, et Deyan comprit qu'il y avait déjà affluence.

Après un passage aux vestiaires du personnel pour enfiler sa tenue de travail – un simple pagne de tissu chocolat, la couleur de l'établissement –, il traversa l'espace commun, vaste pièce carrelée avec, en son centre, un bassin à remous ovoïde. C'était la règle ici : chaque employé, à sa prise de poste et à chaque fois qu'il était à nouveau disponible, devait défiler en direction des cabines individuelles. Deyan regardait droit devant lui, mais put sentir la présence des clientes ainsi que leurs regards qui glissaient sur lui.

Quelques-unes se prélassaient dans des coussins à mémoire de forme ou sur des transats en bois dont les courbes épousaient leurs formes lascives. Une musique douce aux basses dominantes les recouvrait de ses notes suaves et relaxantes. D'autres s'enlaçaient dans un coin à peine dissimulé par une colonne, ou se laissaient aller entre les mains expertes de masseurs affairés. L'ensemble de leurs muscles noués faisaient l'objet d'attentions pointilleuses, au même titre que leur crâne, leur poitrine ou leur sexe empli de désir. Quelques soupirs et quelques rires émanaient de-ci de-là, des tables de massage ou de groupes dont la recherche s'orientait davantage vers les plaisirs saphiques. Évidemment, de nombreuses clientes des bains se contentaient des installations mises à leur disposition pour se détendre, hammam, sauna, jets hydromassants, bains d'algues, aromathérapie, etc., et observaient, un peu grisées, leurs voisines assouvir leurs pulsions.

Depuis que l'État avait décrété la liberté sexuelle – pour ses citoyennes –, chacune vivait librement ses envies, ses fantasmes. L'abrogation de la pudeur publique avait considérablement réduit le stress, et amélioré l'état de santé globale. La libération des tensions du quotidien par l'abandon, le lâcher-prise et les bienfaits des hormones du plaisir avait très vite porté ses fruits. En effet, l'efficacité au travail et les résultats économiques s'en étaient presque aussitôt ressentis, et l'agressivité des femmes entre elles, ainsi amenuisée, permettait des échanges plus sereins.

L'atmosphère chaleureuse et enivrante qui régnait ici constituait – les scientifiques l'avaient prouvé – une véritable bouffée d'oxygène pour les esprits surmenés, ainsi qu'un bienfait incontestable à l'échelle de la société.

Les visages se tournèrent simultanément en direction du nouvel arrivant. Son port de tête haut, ses muscles subtilement dessinés et sa peau cuivrée retenaient systématiquement leur attention. Elles n'auraient qu'à négocier avec l'hôtesse pour être les premières à en profiter.

Dans la zone d'intimité, emporté par ses pensées, Deyan faillit se heurter à Daria, qui l'accueillit d'un ton sec :

— Enfin, tu es là. C'est le coup de feu, et on a plusieurs absents.

Il se contenta d'un hochement de tête, d'un air détaché. Lorsqu'il entrait là, son esprit se dissociait de son corps le temps de quelques heures, le temps de répondre aux commandements de sa patronne.

— En priorité, tu vas t'occuper de madame... Eugénie, pointa-t-elle sur sa tablette, un pseudo. C'est la première fois que nous la voyons. Je te laisse voir avec elle pour ses demandes particulières. Ensuite... Ah oui, la ministre Saintlarc est ici. Elle souhaite profiter du sauna avant. Scénario habituel, Nadja te rejoindra pour... enfin, tu connais la chanson. Enfin, si personne ne l'a prise en charge d'ici là, j'ai madame Dulienne qui a spécifié avoir besoin d'un soupçon de brutalité. Après tout... les goûts et les couleurs.

Le commentaire de Daria échappa totalement à Deyan, qui était resté sur le nom de sa deuxième cliente. Saintlarc ! La ministre du Divertissement et de la Culture était l'une des rares femmes qu'il aurait volontiers étranglées de ses propres mains. Elle symbolisait à elle seule toute l'ignominie de la condition masculine, et plus spécifiquement, depuis les décrets successifs concernant les lieux de plaisir, les difficultés liées à son quotidien, à commencer par la réduction du temps passé auprès de sa famille. Mais ça, évidemment, elle devait l'ignorer, et n'en avait cure.

— Quelque chose ne va pas ?

— Personne d'autre ne peut prendre madame Sainlarc ? C'est que... Tobias n'est pas disponible ?

— Il fait partie des absents, dit-elle, agacée. Ça aurait un rapport avec les manifestations d'hier, je n'en sais pas plus.

Deyan reçut la nouvelle comme un nouveau coup de surin. Le seul fait d'imaginer son collègue et ami aux mains de la police, ou pire, décédé au cours des émeutes, l'abattit profondément.

— C'est toi qui t'en occuperas, je ne vais pas refaire mes plannings pour monsieur. Et tâche de te laisser faire, cette fois-ci ! Ne lui gâche pas son plaisir ! Je te rappelle qu'elle paie nos services.

Nos services, nos services… MES services, oui ! maugréa-t-il intérieurement en rejoignant sa cabine habituelle.

Il laissa sa patronne à sa logistique, sans même prendre la peine de lui répondre. Elle ne pouvait de toute façon pas le punir en l'assignant au ménage – quoique Deyan l'aurait presque souhaité –, ce qui reviendrait à se passer d'un de ses meilleurs éléments. Il était rare de voir Daria sur le pont, venir compléter l'équipe d'hôtesses ; le sous-effectif leur demanderait à tous un effort supplémentaire.

Tandis qu'il préparait machinalement la pièce pour sa cliente, vérifiait l'état de la banquette et la disponibilité des accessoires, il ne parvint pas à se sortir Saintlarc de la tête. Celle-ci prenait du plaisir en humiliant les hommes, en les soumettant dans des positions dégradantes et en leur imposant des pratiques rabaissantes. Plus ils manifestaient leur gêne ou leur désaccord, plus elle était satisfaite. Heureusement, il pourrait compter sur Nadja, l'une de ses collègues, qui veillerait à ce que la séance n'aille pas trop loin. La ministre appréciait particulièrement le renfort d'une autre femme pour abuser du corps de leur partenaire commun. Par chance, Nadja restait solidaire de la cause Maternaliste, et saurait détourner l'attention de leur cliente.

— Bonjour, jeune homme. On m'a désigné cette cabine.

— Entrez, je vous en prie. Bonjour, Eugénie.

Deyan venait de troquer son air renfrogné contre un sourire des plus affables et un ton accueillant. Une femme d'âge moyen, grande et charpentée, s'avançait vers lui, pas le moins du monde intimidée. Ses cuisses épaisses remuaient à chacun de ses pas, à l'instar de sa poitrine généreuse qu'elle projetait en avant sans la moindre volupté.

— Je me sens privilégiée, avoua-t-elle en posant ses mains sur le torse et les épaules du jeune homme. Elles étaient nombreuses à vouloir prendre ma place auprès de toi.

Sans plus de préambule, ses lèvres parcouraient déjà le cou de Deyan, tandis que l'une de ses mains pétrissait ses fesses. Par professionnalisme, il fit appel à ses meilleures capacités de menteur :

— J'en suis flatté. Je vais tout faire pour vous être agréable.

Lorsque son autre main glissa sous le tissu pour s'emparer de ses attributs, il dut se concentrer pour répondre à ses sollicitations, et simula une légère contraction.

— Eh bien eh bien, s'enorgueillit-elle avant de l'embrasser à pleine bouche. Je suis familière des bains des quartiers sud, mais si j'avais su que je serais si bien reçue, je serais venue ici plus tôt.

Deyan se contenta de sourire, silencieux. L'autre se rapprocha de son oreille, et susurra, d'une voix aigre :

— J'ai très envie que nous fassions cela en public, devant les autres clientes. Je veux leur montrer ce qu'elles manquent.

Sans attendre, car il était inutile de tergiverser, Deyan la pria de le suivre et s'orienta vers la salle commune. Satisfaire leurs demandes, quelles qu'elles soient, voilà en quoi consistait son métier. Entre cette Eugénie exhibitionniste, l'épreuve de soumission qui suivrait et l'engagement physique exigé par la troisième, la matinée s'annonçait éprouvante. Une fois de plus, Deyan revêtit son masque de parade, et entra dans l'arène.

12

Autour de l'immense plateau oblong et transparent se tenait une réunion de crise exceptionnelle. Aucun des participants, à l'exception peut-être de Pierre et de quelques autres petits génies de l'informatique, n'aurait su dire combien ils étaient. Quarante ? Soixante ? Cent-vingt ? Les effectifs de l'Opposition n'étaient connus de personne, pas même des responsables de cellules. À chaque fois que l'un ou l'une d'entre eux obtenait la parole, son visage apparaissait devant tous les autres membres de l'assemblée, et reprenait sa place aussitôt son intervention achevée.

En tournant la tête de part et d'autre de la place qui lui était attribuée, Ana pouvait voir, d'abord, les membres de sa propre cellule, puis quelques autres silhouettes qu'elle avait pu croiser dans les couloirs vibrant d'activité du réseau. Mais la plupart de ces têtes lui étaient inconnues, aussi s'efforçait-elle de rester concentrée sur leurs propos.

La table servait, selon les besoins, d'écran destiné à analyser discours politiques, images de propagande, ressources internes, mais aussi de plan permettant l'étude détaillée des manifestations – programmées ou spontanées –, des procédures des factions de police, de leur progression, de leur déploiement, aussi bien que des escouades d'Opposants. En temps réel, les propos de l'un ou l'autre des intervenants étaient illustrés par l'image ou l'animation correspondante, un bijou de synchronicité et de réactivité offert par des programmeurs hors pair.

L'absence de Magli n'avait sans doute pas été remarquée par les autres Maternalistes, mais les membres de la cellule Communication ressentirent un vide béant dès l'ouverture de la séance. Ne pas la voir à leurs côtés ne fit qu'accentuer la douleur de la disparition de sa sœur, de celle d'Amir, ainsi que de Marie-Line. Magli les avait prévenus de son besoin de prendre du recul, mais jusqu'au dernier instant, ils avaient espéré retrouver son dynamisme et son indispensable esprit critique. Malheureusement, la journaliste viendrait gonfler les rangs des dommages collatéraux, de ces individus auparavant engagés, mais finalement usés et désillusionnés par la charge morale et psychologique qu'impliquait leur combat.

Deux décès, une incarcération et une absente ! Leur petit groupe avait été décimé, à l'image des manifestants, de l'Opposition elle-même. Pour autant, cette dernière ne perdait rien de son énergie et de sa conviction. Sylvie, Pierre, Samiah et Eleni entouraient l'enseignante qu'ils savaient fragile et, malgré la même tristesse lisible dans leurs prunelles, semblaient tout aussi décidés qu'elle à aller de l'avant. Servir l'Opposition et ses idéaux, venger ceux qui étaient tombés, mais ne jamais se laisser abattre par tous les coups portés au mouvement, ni aveuglés par leur haine envers les Féministes. Rester debout coûte que coûte, unis, lucides, solides. Voilà la force qui ferait plier ce gouvernement individualiste.

— La police intensifie les perquisitions chez les particuliers. D'après les données croisées émanant des dossiers internes des Renseignements, ces fouilles correspondent aux noms mentionnés par leurs services. Je vous invite donc à la plus grande prudence. Il nous faut tous veiller à ne rien révéler de compromettant.

Sous le visage ridé qui prenait maintenant la parole, une incrustation indiquait : *Nicolas Lapicq, cellule Espionnage.* Les Maternalistes, eux, n'empruntaient pas de langage détourné comme le faisait le gouvernement depuis plus d'un siècle et demi. Il y avait effectivement, parmi les Opposants, des espions qui exécutaient exactement les mêmes tâches que celles que les Féministes nommaient "agents des Renseignements". Alors que la 6ème République avait porté le codage de la pensée par le langage à son paroxysme ; jamais le manque de vocabulaire et la disparition programmée des mots à caractère négatif n'avaient autant limité l'expression de la pensée critique. Cela ne datait pas d'hier, mais les citoyens étaient progressivement et inconsciemment devenus incapables de poser des paroles sur leur mal-être, comme sur les excès du gouvernement. Étrangement, les lois liberticides, les nouvelles taxes et les consortiums politico-économiques se voyaient affublés des voiles hypocrites de "plans de sauvegarde", "programmes sécuritaires" ou "interactions positives". Le peuple, n'étant plus éduqué à déceler ni à nommer ces dérives, et ce depuis au moins quatre générations, se retrouvait dans l'incapacité de les dénoncer. La pauvreté linguistique, déjà décriée par Orwell et sa novlangue en 1949[12], conduisait la population à l'impuissance, et laissait ainsi le champ libre aux élites.

Au contraire, les Maternalistes avaient choisi dès le départ de faire appel à toute la richesse de la langue. C'était là l'un des outils fondamentaux de leur croisade contre le régime. Leurs agents infiltrés s'appelaient donc des espions, et assumaient pleinement les connotations nébuleuses rattachées à leurs fonctions. Ils étaient nécessaires, car le combat contre le totalitarisme ne pourrait se gagner qu'à armes égales.

— Nos hommes infiltrés dans les établissements de plaisir relèvent une baisse notable de fréquentation. Les citoyennes n'ont visiblement plus le cœur à se détendre ; cela indique qu'elles se sentent de plus en plus concernées par les événements. Ils signalent par ailleurs que la plupart de leurs clientes sont soit des politiques, soit dans les affaires, soit à la tête de fortunes les soustrayant totalement à la réalité. La prise de conscience est donc bien en marche, mais ne touche pas encore tous les groupes. Par ailleurs, nos espionnes au sein des différents ministères – Samiah vous en dira plus dans un instant – confirment une accélération dans les présentations de décrets et autres processus législatifs ; les Féministes craignent certainement ces manifestations, et cherchent à faire passer un maximum de dossiers avant que la situation ne leur échappe. La loi martiale n'a pas encore été officiellement proposée, mais le mot est déjà apparu dans plusieurs cabinets. Sur un plan plus concret, le ministère de la Sécurité intérieure prévoit des vagues de renforts, envoyées à quelques minutes des premiers escadrons, afin d'éviter des surprises comme celle d'hier. À nous de nous montrer plus malins. Voilà pour nous.

— Merci, Nicolas, fit l'animatrice de la réunion. La parole va donc à Samiah Bismehl, de la cellule Communication.

Avant de s'exprimer, l'experte en déplacement, et accessoirement garde rapprochée de la ministre de la Sécurité intérieure, lança un sourire complice en direction d'Ana. Cette dernière aurait tant aimé pouvoir lui serrer la main, en signe de soutien.

— Comme l'évoquaient nos amis de l'Espionnage, les procédures s'accélèrent du côté législatif. Les hommes reproducteurs ne sont déjà plus reconnus comme seuls détenteurs du matériel génétique nécessaire à la fécondation, puisque les laboratoires SGM[13] viennent de recevoir leurs certificats de conformité. Les scientifiques disposent donc théoriquement de toutes les compétences pour se substituer aux donneurs. Dans la foulée, la Sécurité intérieure a obtenu l'autorisation de recourir aux bombes à impulsions pour enrayer les manifestations, ce qui nous fait craindre la multiplication des victimes dans les rangs des civils. J'espère que nos amis ingénieurs sont prêts à fournir leurs fameux filets-boucliers électromagnétiques. J'ai moi-même entendu la ministre évoquer le prétexte des émeutes pour une épuration. Bien qu'elle répondît à une sollicitation supérieure, et qu'elle semblât en désaccord avec cette mesure, je crois sincèrement que les hommes n'ont jamais été aussi exposés. Je vous confirme aussi l'émission de centaines de mandats autorisant les officiers-juges à envahir nos propriétés ; soyez préparés à les recevoir ou, le cas échéant, à vous enfuir !

Samiah, imperturbable, déroulait le bilan préparé avec les autres espions. Ana savait combien le détachement apparent dont elle faisait preuve en évoquant ces atrocités était à l'exact opposé de ce qu'elle pouvait ressentir intérieurement. Lorsqu'elle eut terminé, son visage concentré se tourna à nouveau vers son amie, et se détendit même un peu. Son message était passé, elle pouvait souffler.

Le partage d'informations était le but premier de cette réunion, afin que, si l'une ou l'autre des cellules tombait, le reste des Opposants puisse prendre le relai.

Carmen Gould, cellule Armement, s'afficha en lettres lumineuses.

— Les forces de l'ordre ont maintenant connaissance que nous disposons d'une puissance de feu non négligeable. Les armes importées grâce à nos réseaux ainsi que les fusils à impulsions subtilisés au cours du dernier assaut induisent qu'elles nous prendront au sérieux. Les pertes essuyées au cours des dernières manifestations ne doivent pas freiner notre élan. Qu'ils soient civils ou Opposants, nous devons honorer celles et ceux qui ont donné leurs vies pour le mouvement. À chaque assassinat commis par le gouvernement, les Maternalistes gagnent en légitimité. Nous ne les oublierons pas, au contraire ils viennent conforter nos convictions.

Sylvie Rateus, cellule Communication.

— Nous tâcherons de leur rendre hommage dans notre prochain communiqué, mais nous appuierons bien sur le fait qu'il y a eu des pertes des deux côtés. Nous devons leur faire prendre conscience, leur rappeler que la police est au service du peuple, et que nous déplorons tout autant les femmes mortes dans leurs rangs.

Le visage froncé de Carmen s'abaissa en signe d'approbation.

— Quoi qu'il en soit, nos effectifs ne cessent de gonfler. Des citoyens nous rejoignent chaque heure. L'important est que nous continuions à leur indiquer où nous trouver, sans pour autant éveiller...

Les mots de Sylvie furent interrompus par un fracas assourdissant. Chacun des intervenants put entendre des cris lointains, et ce qui s'apparentait à des sommations.

— *Les mains en l'air !*

— Elles m'ont trouvée, proféra-t-elle pour mettre en garde le reste de l'assemblée. Vite, déconnectez-vous, elles ne…

Un bruit sourd mit un terme à ses propos, aussitôt remplacés par un grésillement électromagnétique. Tout autour de l'immense table, Ana put voir les premières silhouettes s'effacer, obéissant aux conseils avisés de Sylvie. Paniquée, elle consulta le visage étonnamment placide de Pierre.

— Nom de… Elle n'a pas eu le temps de se déconnecter. Elles essaient de s'introduire dans le réseau. Bougez-vous, on doit leur bloquer l'accès !

Seuls les mots du hacker lui parvinrent, tandis que les lèvres de celui-ci restaient figées. Ana constata qu'à l'instar de Pierre, de nombreux autres visages semblaient vides de toute réaction. Elle comprit qu'ils avaient simplement permuté leurs casques afin d'accéder à leurs claviers et de déjouer l'intrusion des Féministes dans leur repaire virtuel. De plus en plus d'Opposants disparaissaient du réseau, effrayés par l'éventualité qu'elles puissent retrouver leur trace dans le monde physique.

— Elles insèrent un virus. Merde ! Karine, Max, mettez-vous dessus ! Leur bélier est trop agressif pour… Ne les laissez pas…

Mais Karine et Max étaient déjà hors ligne. Et d'autres génies de l'informatique se faisaient sortir un à un de l'intranet des Maternalistes. Ana pouvait entendre le tapotement frénétique des doigts de Pierre sur son antique clavier mécanique. Lorsqu'elle se retourna vers Samiah, celle-ci avait également disparu.

— N'attendez pas plus longtemps, déconnectez-vous !

Le hurlement de Pierre trahissait son impuissance à endiguer l'attaque de leurs ennemies, mais avant de débrancher le câble qui la reliait encore à lui, Ana perçut une amertume qu'elle ne lui connaissait pas. La projection du large plateau transparent disparut, et avec elle les images des derniers Opposants encore en ligne. L'enseignante retira son casque, et retrouva les murs décrépis et l'atmosphère lugubre de sa cave.

Leur refuge virtuel, la zone de quiétude sans laquelle les Maternalistes n'auraient jamais pu démarrer leur lutte, ni construire la moindre de leurs actions, venait de s'évaporer. En quelques secondes, Ana avait pu observer leur unité se disloquer. Cette toile prétendument inviolable, tissée par les plus brillants esprits de l'Opposition et régulièrement mise à jour, s'était révélée aussi fragile qu'une vie humaine. Celle de Sylvie. Il avait suffi d'un espionnage acharné, d'informations patiemment amassées et de l'effet de surprise pour interrompre l'une des responsables de cellule en pleine réunion. Là, une impulsion foudroyante avait dû l'empêcher de couper la communication, et avait laissé la porte de leur sanctuaire grande ouverte.

Sans ces codages savants que les ingénieurs des Renseignements venaient de mettre à mal, les Maternalistes n'auraient plus d'espace de dialogue ; échanger et mûrir des idées, fomenter une action, un déploiement stratégique ou la formation de nouveaux alliés devenait subitement irréalisable. Avec pour seul réseau de communication leurs coursiers traditionnels, cela revenait à retourner à l'âge de pierre. Il y avait bien les médias, qu'ils savaient pirater et détourner à volonté, car chaque cellule possédait son hacker, mais le temps était compté. L'Opposition ne pouvait tout simplement pas se permettre de rechercher des messages dissimulés ici ou là, sur tel ou tel support, dans tel ou tel article, avant de devoir le décrypter, en débattre au sein de la cellule et y répondre en espérant qu'à son tour la réaction soit interceptée. Non, les coursiers représentaient l'unique méthode de communication qui possédait encore un tant soit peu de fiabilité. Malheureusement, les Féministes avançaient à grands pas, et on n'avait pas de temps à perdre.

Traquée dans son propre foyer, Sylvie n'avait rien vu venir. Si, par miracle, elle avait survécu à l'assaut, on ne la reverrait jamais. Elle irait, comme Marie-Line avant elle, gonfler les effectifs des citoyennes incarcérées ou internées pour trahison. Les mandats délivrés à la pelle atteignaient déjà leurs cibles. Tout allait décidément trop vite.

Même Pierre et ses acolytes avaient échoué à enrayer l'intrusion. Les services des Renseignements devaient préparer cette attaque depuis un bon moment, et n'attendaient plus que les récents décrets pour passer à l'acte. Coordonner force d'intervention musclée et programmeurs talentueux d'une manière aussi pointue relevait d'une vraie prouesse. Un véritable coup de pied dans la fourmilière des Maternalistes, qui auraient bien du mal à s'en relever. Si le gouvernement avait tant misé sur cette seule intervention, c'est que le mouvement l'inquiétait réellement. Malheureusement, celles et ceux encore connectés au moment de l'implantation du virus devaient absolument quitter leur logement, et fuir. Leurs identités ainsi que leurs adresses n'avaient plus aucun secret pour les Renseignements. Une part non négligeable de l'Opposition était donc devenue transparente.

Hébétée, Ana demeura immobile dans la pénombre de ce sous-sol oublié. Puisqu'elle sous-louait cet espace à une commerçante du quartier, et qu'elles n'avaient contracté aucun document, il n'existait nulle trace de ce qui les liait. Grâce à Pierre qui avait personnellement dérouté sa connexion réseau, dont l'adresse changeait indéfiniment et tournait en boucle, elle bénéficiait d'un délai supplémentaire. Leurs agents mettraient plusieurs heures avant de retracer son signal. Mais l'adresse finirait par être compromise, il était illusoire d'en douter. Heureusement que l'enseignante avait usé d'une fausse identité auprès de sa bailleresse. Sa position, son appartement de fonction et son emploi n'étaient donc pas compromis ; les considérations du gouvernement à son encontre resteraient au stade de soupçons.

Qu'en était-il de l'abri qu'elle occupait réellement avec son homme et son fils ? Jusqu'où avaient pu remonter les agents des Renseignements ? A priori, tout était fait pour préserver ce lieu de toute contamination extérieure, à commencer par l'absence de réseau partagé, mais après ce qu'il venait de se passer, Ana en devenait paranoïaque. Imaginer Hector aux mains de ces bourreaux inhumains, c'était au-dessus de ses forces. Aussi n'aspirait-elle plus qu'à partir le retrouver, et s'assurer qu'il était bel et bien en sécurité.

Pourtant, elle devrait attendre jusqu'au soir, car ses élèves aussi requéraient sa présence. Ana avait tout juste le temps de passer à son appartement, donner signe de vie, prendre le courrier, puis sauter dans une rame de métro qui l'amènerait jusqu'au campus. Elle regroupa son matériel et quitta la senteur lourde de cette cave où elle ne remettrait plus les pieds.

Qu'en était-il alors de l'Opposition, de la continuité du combat ? Venaient-ils de perdre tout espoir ? L'idée d'un totalitarisme une nouvelle fois vainqueur lui était tout bonnement insupportable. Elle avait trop sacrifié, injecté trop d'énergie et d'optimisme dans cette croisade si prometteuse. Le retour tant souhaité du maternalisme ne pouvait pas se solder par un simple coup d'épée dans l'eau, de même que toutes ces vies ne pouvaient avoir été sacrifiées en vain.

Désemparée, et agrippée à son casque de réalité virtuelle comme s'il s'agissait de la dernière relique de leur engagement, elle repensait au chemin accompli, aux entraînements, aux succès, aux épreuves, à ceux de sa cellule qui avaient disparu, ainsi qu'aux alliés plus lointains qui avaient permis cette prise de conscience collective.

Elle gravissait les étages dans l'ascenseur magnétique lorsque la couche de poussière qui recouvrait son casque attira son attention. Elle passa son index sur le polymère et révéla sa surface brillante. Au fil des mois, les murs friables et l'air chargé de ce sous-sol à l'abandon avaient accumulé un dépôt blanchâtre sur l'unique lien... Ses paupières s'étirèrent avec énergie. L'image des étagères, des dossiers et des quelques bibelots qu'Ernest possédait s'imposa à son esprit.

Togan ! Bien sûr.

S'il y avait bien un lien indéfectible qui unissait tous les partisans du maternalisme, c'était lui. Aucun risque que ce vieux briscard ne se fasse pirater, il était fait du bois le plus fiable et le plus authentique qui soit. Si les autres cellules raisonnaient dans ce sens, il y avait fort à parier que des émissaires rendraient bientôt visite à l'écrivain. En ce qui concernait la cellule Communication, Ana était tout indiquée pour cette mission. Et le plus tôt serait le mieux. Ce soir. Cette nuit. Faudrait-il encore sacrifier sa famille ?

Qui répondrait à l'appel logique de la résistance ? Quels visages familiers viendraient à sa rencontre, dans le quartier historique et dans ce refuge que très peu connaissaient finalement ? Ana imaginait déjà les propos qu'elle pourrait tenir, anticipait les échanges pour mieux s'y préparer. La prévoyance et l'action étaient plus que jamais indispensables s'ils souhaitaient redonner un souffle nouveau à leur combat. Elle espérait secrètement que les autres en fassent déjà de même.

Tout en exécutant ses va-et-vient habituels dans son logement de fonction, en simulant un semblant de vie destiné à ses voisins, Ana s'inquiéta pour leur précieux allié, mais surtout pour l'ami qu'il était devenu. Pourvu que les autres, s'ils avaient la présence d'esprit de converger vers leur porte-parole, conservent la même vigilance à n'être pas suivis et à ne pas révéler la position du vieil homme. Le dernier sursaut d'espoir que celui-ci représentait s'en verrait considérablement amenuisé, mais surtout, elle leur en voudrait pour l'avoir privé d'une retraite paisible et bien méritée.

Togan, malgré sa réputation d'ours réfractaire à la technologie, devait certainement déjà être au courant de l'assaut mené par les services de Renseignements. Pierre ou tout autre des petits génies l'en avaient forcément notifié. Bien qu'il n'utilise pas son écran domestique au meilleur de ses capacités, l'écrivain laissait la messagerie d'urgence en veille constante.

Ana pouvait sans mal visualiser Ernest, fixé à son bureau tel un forçat de la plume, préparer son prochain article destiné à informer la population de ce qui se passait en coulisse. Leurs droits fondamentaux sautaient les uns après les autres, et Togan était là pour veiller au grain. Il se considérerait toujours comme le dépositaire des vérités dont on omettait de les informer. Il était la lumière qui irradiait dans les coins les plus sombres où le gouvernement opérait. Comme une écharde minuscule mais terriblement gênante, un gamin soulevant toujours la question délicate, il recueillait, compilait et synthétisait les informations qui lui parvenaient afin de porter la connaissance aux yeux et aux oreilles des principaux concernés. Il ne les lâcherait jamais, et serait toujours là, sur leur route, comme tout grand témoin de l'Histoire.

13

— … la disparition de la biodiversité a touché toutes les populations et tous les continents de façon presque uniforme. L'absence de prédateur naturel a hissé l'Homme au sommet de la chaîne alimentaire, qu'il n'a pas su préserver.

— Exactement ! Réflexion très pertinente. Et nous pouvons même aller plus loin… laissa Ana en suspens.

— Ne pourrait-on pas considérer que l'Homme est même sorti de la chaîne alimentaire ?

— Expliquez-nous cela !

— Dès lors qu'il a commencé à détruire certaines espèces. Je veux dire… Son influence sur la biodiversité a eu une telle ampleur qu'il s'est lui-même placé en position de protecteur de ces mêmes espèces. Les préserver dans des réserves, surveiller leur reproduction, et même en réintroduire certaines de manière complètement artificielle. C'est un peu comme s'il avait joué à Dieu, en décidant lesquelles pouvaient perdurer ou non.

— Un point de vue intéressant.

Ses étudiantes restaient suspendues à ses lèvres. Visiblement, le sujet environnemental passionnait toujours autant les bancs de l'université, en particulier lorsqu'Ana détaillait la manière dont le féminisme avait pu limiter les dégâts. Leurs yeux avides de connaissance et de débat lui redonnaient du baume au cœur, et la regonflaient d'une énergie nouvelle.

— Et au-delà des rapports interespèces ? relança-t-elle, avant qu'une étudiante ne s'exclame :

— La culture alimentaire en laboratoire.

Ana lui signifia qu'elle en attendait plus.

— C'est l'étape suivante, celle qui confirme que l'espèce humaine est définitivement sortie de la chaîne alimentaire. À partir du moment où nous n'avons plus besoin de chasser ou de tuer d'animaux, qui se sont eux-mêmes nourris sans notre contrôle, oui, je crois que nos méthodes de production modernes ont transcendé le concept de chaîne alimentaire.

— Si nous avons maîtrisé la culture de la viande, c'était justement pour limiter notre impact sur l'environnement, et préserver la biodiversité, fit une autre. N'est-ce pas là un moyen d'intégrer à nouveau cette chaîne, en la respectant davantage ?

— Ah ! Voilà une nuance somme toute philosophique. Veuillez noter cette question, nous l'aborderons ultérieurement. Pour revenir à nos moutons, si je peux encore user d'une expression animalière, repartons un peu en arrière, et dites-moi à quel moment l'Homme a commencé à flirter avec cette frontière opaque.

Les jeunes femmes présentes dans l'amphithéâtre se regardèrent avec des yeux ronds.

— Qu'est-ce qui, dans l'évolution des civilisations, marqua les prémices de notre contrôle sur le règne animal, et sur notre alimentation future ?

— L'élevage intensif, Mademoiselle ?

— L'élevage tout court, annonça calmement Ana.

Tandis que ses étudiantes laissaient ce nouveau postulat apporter un regard neuf à leurs connaissances sur les civilisations, l'enseignante contourna son pupitre.

— Dès les premières domestications à vrai dire. Dès lors que l'on prend conscience que le terme de chaîne alimentaire n'est valable qu'à l'état sauvage, alors les rapports de l'humain avec l'animal révèlent aussitôt leur caractère artificiel. Il n'y a finalement pas une grande différence entre l'enclos d'un fermier élevant quelques moutons, et la production de cellules musculaires en milieu aseptisé. Dès l'instant où l'animal est contraint, maîtrisé, et ne possède aucune autre issue que celle d'être tué et mangé, il est inexact de parler de chaîne. Une chaîne implique que chaque maillon soit tributaire du précédent, et qu'il n'exerce aucun contrôle sur l'antéprécédent, le maillon m-2, ce qui n'est pas le cas dans l'élevage. Puisque l'Homme approvisionne en eau et en fourrage les bêtes qu'il consomme, cela est sans comparaison possible avec les interactions en milieu sauvage.

— Nous ne faisons donc plus partie de l'écosystème que nous occupons ?

— Nous en faisons partie, mais nous l'avons tellement modifié, géré et influencé que nous ne pouvons guère inclure notre espèce dans le schéma qu'ont pu connaître les civilisations antiques. Aujourd'hui, nous ne sommes pas seulement au sommet de la chaîne alimentaire, mais nous en avons créé une nouvelle, à notre image.

— Beaucoup moins riche... maugréa l'une des jeunes femmes présentes au premier rang.

Au-dessus de leurs têtes, au plafond, l'œil omniscient pesait sur la conscience d'Ana. Il ajoutait au poids des événements récents, aux disparitions, et à cette haine douloureuse qui ne faisait qu'enfler dans sa poitrine. Elle se devait de rester vigilante, à chaque instant, de surveiller ses propos, afin d'emmener ses étudiantes vers une prise de conscience progressive, sans toutefois enfreindre les règles de l'université ou du ministère.

Depuis la veille, elle se sentait moins alerte. Elle avait bien conscience de sa fragilité et des risques potentiels de déraper, de commettre un impair. Aussi, elle ne s'aventura pas à rebondir sur la réflexion pourtant très juste de cette étudiante qui, elle ne le savait que trop, pouvait les mener sur la pente glissante de la bioéthique et du contrôle de la reproduction humaine. Ana se contenta d'un regard dans sa direction et d'un hochement de tête.

— Pouvez-vous me citer l'une des grandes lignes politiques du 20ème siècle et de la première moitié du 21ème siècle, commune à presque tous les pays développés, qui a contribué à cette catastrophe écologique ? Nous l'avons déjà évoquée dans un cours précédent.

— La politique nataliste, affirma une étudiante sans le moindre doute.

— Parfaitement. Pouvez-vous nous expliquer pourquoi ?

— Associée à la découverte de l'élevage puis de l'élevage intensif, la politique nataliste ne pouvait que conduire à une catastrophe sur le plan des énergies, des cultures, de l'eau, et des émissions de gaz à effet de serre. Je ne sais si le développement exponentiel de la population mondiale est ce qui a motivé la mise en place de tels modes de production, mais cela s'est révélé dévastateur en moins d'un demi-siècle.

— Oui. Nous pouvons affirmer aujourd'hui que les politiques successives visant à accroître le nombre des naissances étaient absolument contraires aux principes mêmes d'évolution et de survie. Pourquoi ?

— À cause de leur vision à court terme ?

— Exactement. En faisant cela, les gouvernements de notre pays et de nombreux autres répondaient de façon très mécanique à un besoin de production, pour redresser le niveau économique après une guerre notamment, de profusion, que l'on pensait alors signe de richesse, et, la plus absurde des raisons, pour répondre aux retraites par répartition. En quoi cela a-t-il inscrit l'être humain dans un cercle vicieux ?

— En suivant ce modèle, il y avait de plus en plus de bouches à nourrir, et évidemment, de plus en plus de retraités à entretenir. Les naissances massives représentaient autant de personnes âgées desquelles nous devions être solidaires des décennies plus tard.

— Ce que nous ne sommes pas parvenus à assurer, soit dit en passant. C'est donc cette réponse à un besoin à un instant T, sans prévoir les répercussions qu'elle aurait – ou plutôt en ignorant ces conséquences que nous savions inéluctables –, qui a ancré l'espèce humaine dans ce cycle de surproduction, puis de surconsommation, etc., avec toutes les sources de pollution que nous connaissons.

— Il faut donc agir à long terme, et non se concentrer sur une ou deux générations. Cela rejoint le problème des mandats politiques, d'une durée très courte, risqua la jeune femme du premier rang sur un ton acerbe.

Ana laissa échapper un rire sarcastique, qui ne pourrait en aucun cas être interprété par les algorithmes de sécurité comme une critique du gouvernement présent, puis répondit :

— Le long terme, oui. C'est le seul et unique mode d'évolution viable. Mais alors, comment la récente ère féministe a-t-elle pu contrer ce fléau démographique, productiviste, et écologique ?

Le débat se prolongea avec les décisions radicales prises dès les balbutiements de la 6ème République, et l'intransigeance, parfois injuste, dont le gouvernement n'hésita pas à faire preuve. L'interruption pure et simple des extractions pétrolières, la fermeture et le démantèlement des centrales nucléaires, la production massive et l'installation d'éoliennes, d'hydroliennes, de centrales hydroélectriques, de parcs solaires, de cultures de microalgues, etc.

Révélée avant même leur démocratisation, la supercherie des biocarburants et des transports électriques subjugua la plupart des étudiantes. Comment prétendre produire et consommer un carburant moins polluant lorsque sa production elle-même nécessitait un déboisement massif ? La critique des lobbies pétroliers et de la recherche obstinée des plus gros profits – par l'évocation des cultures irraisonnées de palmiers à huile, dont la Terre portait encore les stigmates – alla bon train. Un carburant soi-disant écologique qui, au final, générait bien plus d'émission de carbone que les anciens et controversés diesels. Même constat pour les véhicules électriques dont il fallait alimenter les accumulateurs et produire les piles à combustible. À l'époque, la plus grosse part de cette puissance électrique provenait de l'énergie nucléaire, une hérésie à la lumière de la connaissance que l'on en avait aujourd'hui. Sans compter le recyclage des matériaux utilisés pour leur fabrication, hautement polluant, et au coût exorbitant.

Tandis que l'on échappait de justesse à ce nouveau fourvoiement, le premier gouvernement de la 6ème République incita – pour ne pas dire obligea – tous les secteurs de l'industrie, du bâtiment, de l'agroalimentaire, etc. à repenser leurs modes de production, ainsi que les matériaux employés. On vit donc fleurir des structures à base de biopolymères (végétaux, animaux, algaux, fongiques) – qui existaient par ailleurs depuis bien longtemps – aussi bien dans l'architecture et les transports urbains, l'automobile, l'habillement, ou encore l'industrie alimentaire pour les emballages. Mais par-dessus tout, l'allègement des coûts de production de ces nouveaux matériaux – qui avaient freiné jusque-là leur plein développement –, par la suppression des taxes notamment, permit enfin de faire coïncider discours politique et application concrète.

Il en fut de même pour les grands travaux de dépollution des océans, créateurs d'emplois jusque-là inégalés, ainsi que pour le bannissement total et sans délai des microparticules et autres perturbateurs endocriniens dans les produits alimentaires, cosmétiques, et toutes les chaînes de production, quelles qu'elles soient ; on leur substitua des adjuvants qui n'altéreraient pas la santé des consommateurs. L'engagement fut aussi sincère en ce qui concerne l'injection de crédits sans précédent dans la recherche d'ondes "propres" pour les réseaux de communication, qui ne viendraient plus perturber l'équilibre subtil des énergies et de la physiologie du corps humain, ni celui de la faune en reconstruction.

Autant de sujets qui semblaient passionner ces jeunes femmes en quête d'un avenir sain et pérenne.

— Il est incontestable que les féministes ont considérablement œuvré pour la santé de la planète. C'était l'étape indispensable pour nous offrir un avenir en tant qu'espèce, et préparer le terrain pour la suite.

— Les hommes n'auraient-ils pas été capables d'en faire de même ? questionna une étudiante avec hésitation.

— Les hommes, je ne sais pas, mais la société paternaliste, certainement pas. Elle a eu suffisamment d'opportunités de régler ces problèmes, mais ne les a jamais saisies. En revanche, il serait bon de ne pas assimiler tous les hommes aux erreurs du paternalisme. Dois-je vous rappeler les grands noms des combats civiques, écologiques, et même féministes, parmi lesquels de nombreux hommes figurent ?

Les moues formatées de son assistance en disaient long sur la scission extrême qui se creusait entre les deux sexes.

— Mesdemoiselles, il faut que vous compreniez et acceptiez le fait qu'il y ait eu du bon en eux, par le passé, au même titre qu'aujourd'hui, toutes les f...

Réalisant qu'elle s'apprêtait à énoncer des propos largement controversés, des mots que les algorithmes, cette fois, ne manqueraient pas d'interpréter comme idée révolutionnaire, Ana dut s'interrompre. Autant sa première assertion, nuancée par une précision temporelle, s'insérait parfaitement dans son cours d'Histoire des Civilisations, autant le ministère ne tolérerait jamais la moindre critique de la classe politique. Les regards interrogateurs ne la quittaient pas. En changeant d'approche, elle oublia toutefois que sa vie privée aussi était sujette à évaluation.

— Lorsque je tente d'exposer à mon fils les différentes structures des foyers à travers l'Histoire, j'utilise des contes, voyez-vous. Je...

Son souffle s'arrêta net, bien qu'elle tentât de ne pas donner signe de son trouble. Mais le mal était fait, et les regards devinrent accusateurs, les visages stupéfaits. Le manque de lucidité dû à la fatigue morale, et le mot était lâché. Un mot d'apparence si pur, porteur de tellement d'espoir. Mais il pouvait faire toute la différence auprès des services de Renseignements. Ana savait que revenir sur ce dérapage ne ferait qu'accentuer son impact. Tenter de le corriger ou de le justifier n'aurait d'autre effet que de l'imprimer plus profondément dans les esprits de ses étudiantes. Mieux valait les laisser imaginer qu'il s'agissait là d'un simple lapsus ; leur professeure parlait tellement, elle avait bien le droit à une petite erreur, de temps en temps. Faisant mine d'ignorer sa maladresse, elle continua donc :

— Comme avec vous, je m'emploie à lui inculquer une vision plus globale de ce qu'a pu être notre Histoire, de ce qu'ont pu accomplir les générations passées. Évidemment, elle n'a pas encore la maturité suffisante pour plancher sur les sujets qui nous occupent ici, mais ces petites histoires l'aident tout de même à se projeter dans la diversité des rapports sociaux, et en particulier des rapports femmes/hommes. Bien que les femmes aient toujours eu un rôle central, il n'a pas toujours été perçu ainsi selon les peuples et les périodes historiques. Ce sera d'ailleurs le thème de votre réflexion pour la semaine prochaine : quelle fut l'évolution de la place des femmes dans le foyer ? Je vous demande d'aborder ses droits, ses devoirs, la légitimité de sa parole, son poids dans l'équilibre de la famille, et tout autre point que vous jugerez pertinent, et ce, à chacune des époques que nous avons abordées depuis le début du semestre. Nous évaluerons ensemble les bénéfices et les risques induits par le féminisme, et réfléchirons parallèlement aux apports réels de l'homme.

Lorsqu'elle libéra cette jeunesse impatiente, Ana ne put s'empêcher de lever les yeux vers le plafond lumineux, et de souffler. La journée avait été longue, et une soirée non moins éprouvante l'attendait encore.

Sur le parvis de l'université, sa routine d'Opposante l'exténua avant même qu'Ana n'ait pu repérer sa poursuivante. Elle se doutait tellement que l'espionne envoyée par les Renseignements finirait par faire son apparition, comme chaque jour, qu'elle vivait le manège de la poursuite bien avant qu'il ne commence. Une anticipation qui l'exaspérait et qui ajoutait à la charge morale que l'enseignante avait à supporter depuis la veille. Elle se sentait faible, et incapable de tenir ce double jeu plus longtemps.

Aussi, lorsque la silhouette blonde au long pardessus noir apparut à l'une des terrasses du forum, elle en fut presque soulagée. Elle n'aurait plus à se soucier de déceler sa position ; l'autre serait bientôt à quelques dizaines de pas derrière elle. Ana s'étonna brièvement que celle-ci soit aussi peu discrète, contrairement à l'accoutumée, mais sa neurasthénie éluda bien vite ce constat.

Et si le gouvernement avait eu la brillante idée de la surveiller doublement ? Si un autre agent était dissimulé dans le flot de quidams ? Eh bien, ce serait trop pour elle, tout simplement. Elle n'avait plus la force de lutter. Elle partirait du principe qu'après avoir semé la première, elle aurait déjà accompli un petit miracle, et que si elle conduisait la seconde à leur refuge ou chez Togan, c'est que l'Opposition devait tomber. Voilà où en était son état d'esprit du moment.

Sur la plate-forme du métro aérien, son tour de passe-passe habituel ne prit pas. Elle put voir l'espionne s'engouffrer in extremis à l'autre extrémité de la rame, juste avant que les portes ne se referment. Accablée de devoir encore la balader dans des tours et des détours interminables, elle soupira lourdement en s'affalant contre la paroi translucide. Soudainement, Ana eut l'impression étrange d'être libérée, que la chape de plomb qui recouvrait ses épaules se disloquait enfin, puis se dissolvait pour apporter son poids et son énergie à l'ensemble de ses muscles. Un regain de vigueur qui la poussa en avant, sans la moindre hésitation, dans l'allée centrale.

Alors que la rame et son bourdonnement magnétique fonçaient vers la prochaine station, l'enseignante remontait vers le fond du cylindre, écartant sur son passage des voyageurs moroses. Elle ne supportait plus de rester dans l'attente, de faire semblant de ne pas savoir, il fallait qu'elle s'exprime, quitte à rompre le statu quo.

Son objectif était clair, et si l'autre n'avait pas compris, par le regard rageur fixé sur elle, que sa cible souhaitait en découdre, c'est qu'elle était une bien piètre espionne. Cependant, elle ne cilla pas. Ana évoluait à présent à quelques mètres d'elle. La blonde au visage impénétrable et terne attendait là, sans réaction. L'idée d'un piège traversa l'esprit de l'enseignante, mais elle était bien trop enragée pour faire demi-tour, et se préserver – avait-elle encore quelque chose à préserver ?

Lorsqu'Ana se planta devant sa poursuivante, la mâchoire contractée et le souffle rapide, tous les regards étaient braqués sur elle. Elle, ignorait totalement les autres voyageurs. Que personne ne s'interpose entre elles, et tout irait bien. Leurs yeux se scrutèrent pendant de longues secondes. Ana dut réprimer l'envie de lui sauter à la gorge, de cogner sa tête contre la vitre semi-rigide du métro afin d'évaluer laquelle des deux était la plus robuste. Mais un courage improbable la raisonna et la fit à nouveau penser comme l'Opposante qu'elle était. Les souvenirs de ses entraînements remontèrent instantanément, tandis que le contact froid du métal cernait ses doigts.

L'instant d'après, c'est tout son corps qu'elle projetait vers l'espionne, plaçant dans son bras et son poing une vigueur qui fit naître quelques exclamations. La lame s'arrêta contre la peau lisse et pâle de l'autre femme, sur le côté de son cou, tout près de la carotide. Une fulgurance et une précision qui étonnèrent davantage Ana que celle qui aurait dû se sentir menacée. Visiblement, il n'en était rien. C'est à peine si elle tenta de lever les bras. Les hommes et les femmes présents autour d'elles s'écartèrent spontanément, mais personne n'osa presser le bouton d'arrêt d'urgence ; puisqu'une révolution était en marche, mieux valait avoir toutes les cartes en main avant de prendre une décision.

Il s'agissait d'une de ces armes de poing, dotée d'une lame courbe redoutablement aiguisée, et d'un manche constitué d'anneaux dans lesquels glisser ses doigts. L'espionne baissa légèrement la tête pour observer l'objet, appuyant volontairement sa gorge contre la lame qui lui infligea une légère incision. Elle ne la craignait pas, c'était flagrant. Après un rictus étonnamment triste, elle demanda :

— Un cadeau d'Amir ?

L'évocation de son ami tombé sous le feu ennemi, mais surtout la clairvoyance de son adversaire mit Ana hors d'elle. Ses nerfs lâchèrent à nouveau, tandis que de sa gorge émergeait une plainte incontrôlable. Sa nervosité et sa tristesse n'avaient d'égal que la colère qu'elle ressentait pour l'individu qui se tenait là, à sa merci, et qui représentait tout ce qu'elle exécrait. Jusqu'où pouvait-elle aller ? Était-elle capable de tuer ? À cet instant, ce n'est pas l'envie qui lui manqua. Néanmoins, elle eut la présence d'esprit d'incliner légèrement la lame, afin d'apposer le côté le moins effilé sur son cou, avant d'accentuer la pression, tout en rapprochant son visage de celui de l'espionne.

— Tu as vraiment envie de me tester ? menaça-t-elle, les dents serrées.

L'autre déglutit.

— Attendez de m'avoir écoutée. Vous jugerez ensuite si ma vie vaut moins que la vôtre.

L'enseignante relâcha sensiblement les muscles de son bras. Sa curiosité était piquée. Le métro filait à toute allure, et arriverait bientôt à l'arrêt des Halles. Le quai faisant fréquemment l'objet de patrouilles de police, d'autant plus en ce moment, elle avait très peu de temps devant elle. Elle ne pouvait pas risquer d'être vue dans cette posture, menaçant un agent du gouvernement.

— Tu es seule ? fit-elle, toujours aussi froide, en regardant de part et d'autre de la rame.

— Évidemment. Nous n'avons pas les moyens d'allouer deux personnes à une cible secondaire. Ne vous croyez pas aussi importante ! (Puis, devant le silence et le regard assassin d'Ana, elle poursuivit.) Si j'avais voulu rester invisible, croyez-moi, vous ne m'auriez pas repérée. Les jours précédents, cela faisait partie du plan des Renseignements que de vous inquiéter, vous et vos amis. Aujourd'hui, c'est une personne en particulier qui m'envoie.

Depuis la veille, Ana éprouvait quelques difficultés à se concentrer. Elle tenta toutefois de rassembler ses idées pour réagir le plus justement possible. S'agissait-il d'un nouveau piège, d'une des tentatives de manipulation particulièrement appréciées par les fourbes du gouvernement ? Si tel était le cas, mieux valait jauger son adversaire, pour déceler ses intentions au plus vite. Elle décolla son arme de la gorge de l'espionne, mais la garda à portée.

— Je t'écoute. Fais vite !

Après avoir esquissé un nouveau rictus et dévisagé leurs voisins de transport, l'autre obtempéra.

— La ministre Torvin souhaite s'entretenir avec vous.

Cette simple phrase lui fit l'effet d'une gifle. Les voyageurs les plus proches purent l'entendre, et retinrent leur souffle en attendant la réponse de celle qu'ils savaient de leur côté. Il n'y avait aucun doute possible quant à la scène qui se déroulait sous leurs yeux. La sobriété morne et suffisante de la femme pressée contre la vitre était sans commune mesure avec la passion qu'Ana n'aurait su contenir. L'une symbolisait le pouvoir, l'origine délétère de leur réalité désenchantée, de leur condition détestable ; l'autre brillait par ses larmes et cristallisait toute la verdeur et l'espoir d'un peuple à jamais insoumis. Le morceau d'acier, fin et menaçant, luisait sous la lumière diffuse du plafond. Pour certaines des âmes présentes aux côtés d'Ana, qui auraient certainement souhaité le voir pénétrer cette chair corrompue, il représentait lui aussi leur combat quotidien, leur survie. Dans le métro aérien, ce soir-là, c'était un vent de révolution qui filait vers les Halles. Chacun des citoyens présents, hommes comme femmes, devenait soudainement un Opposant. L'Opposition les habitait tous.

Du côté d'Ana, rien n'était moins évident que cette invitation inattendue. S'agissait-il de leur nouvelle stratégie pour mettre la main sur celles et ceux que les Féministes craignaient ? Leur faisait-on miroiter un dialogue possible, un quelconque signe d'apaisement, pour mieux les piéger ? Des méthodes aussi fourbes n'auraient rien eu de surprenant.

— Pourquoi moi en particulier ? Que me veut-elle ?

— Je l'ignore, je ne suis que la messagère. Je connais tout de vous, Ana, je vous suis depuis des semaines. À tout moment, j'aurais pu vous livrer à la Sécurité intérieure, ou même vous abattre. (Elle marqua une pause, mais l'enseignante ne broncha pas.) Je suis la plus indiquée pour vous proposer cette rencontre, et la ministre le sait.

— Qu'attend-elle de moi ?

— Une preuve de bonne volonté, je présume.

— De la bonne volonté ? s'énerva Ana en approchant à nouveau la lame de la peau blafarde de l'espionne. Tu plaisantes ? Voilà toute la bonne volonté dont je suis capable !

Alors que le fil commençait à entamer l'épiderme, pour la première fois, l'agent du gouvernement sembla témoigner une certaine frayeur. La femme surentraînée retint sa respiration et ses yeux grands ouverts se fixèrent sur celle qui la menaçait. Paniquée, elle souffla d'un trait :

— Votre présence est fortement souhaitée, ou Deyan mourra.

Toutes deux s'immobilisèrent. Du bluff ? Du chantage ? Un soupçon de sincérité ? Ou de la prévenance... À l'évocation d'une menace pour la vie de son homme, ses yeux se troublèrent. Encore une fois, elle était partagée entre la hargne, la volonté de déchirer cette gorge avilie, et l'envie de tout abandonner. Elle, était prête à donner sa vie pour la cause, si cela pouvait servir les Maternalistes. Mais elle ne supporterait pas de mettre sa famille en danger. Si Hector devait se retrouver seul, ou pire, être pris et fiché...

— Où et quand ? lâcha-t-elle, le regard dans le vide.

Il lui fallait plus d'informations, elle aviserait plus tard. L'autre ne se fit pas prier.

— La rencontre aura lieu aux bains du Quartier Latin, demain à 13 h.

L'enseignante releva des yeux interdits vers son adversaire. Son bras se fit plus lourd, dépourvu de vigueur, à l'image de sa volonté. La lame glissa du cou de l'espionne jusqu'à son abdomen, où Ana l'immobilisa, pointe contre le tissu noir du vêtement.

— N'en avez-vous pas assez ?

La question s'adressait autant à son ennemie du moment qu'à l'ensemble du gouvernement et des Féministes.

— Je ne fais qu'obéir aux ordres, pour la sécurité de la nation.

— La nation… ironisa l'enseignante. Voyez ce qu'il en reste, à force d'obéir aveuglément et de se soumettre sous prétexte de sécurité. Nous ne faisons que répéter les erreurs passées. N'apprendrons-nous jamais rien ?

— Vous préféreriez laisser les rues aux manifestants, et leur permettre d'atteindre les plus hautes instances ? Et ensuite, quoi ? La révolution ? Un coup d'État ?

— Ce serait un moindre mal, marmonna Ana.

— La dictature anarchique du peuple ? Allons ! Vous n'y pensez pas ? Vous seriez prête à laisser ces ignares prendre les décisions pour tout un pays ? Que croyez-vous que les hommes feraient de ce pouvoir ?

La main libre d'Ana gifla le visage livide de l'agent, sans sommation. Son adversaire demeura stoïque, autant de surprise que de maîtrise d'elle-même. Le hurlement qui suivit jeta à nouveau un froid sur l'ensemble des voyageurs.

— Les hommes ET les femmes, idiote ! Alors, vous n'avez toujours rien compris ? Le totalitarisme actuel n'est pas plus souhaitable que les sociétés passées. Le paternalisme et le féminisme sont deux extrêmes qui n'apportent rien de bon au peuple, à l'avenir de l'espèce. Si nous devons construire une société pérenne, ce sera en travaillant ensemble, comme la nature et la logique nous le dictent. Femmes et hommes s'entendant dans une perspective commune, vers une évolution idéale, et non plus en opposant sans cesse leurs points de vue, leurs droits, leurs différences. Chacun doit accepter et assumer sa place, son rôle, ses fonctions, et embrasser ce que l'autre a à lui apporter. Nous sommes les deux éléments d'un organisme complexe, deux agents indissociables, interdépendants. Tant que nous n'accepterons pas cette vérité, tant qu'elles ne l'accepteront pas, il sera vain d'évoquer l'avenir. C'est peut-être là le plus grand défi que nous a lancé la création : nous entendre. Nous l'avons déjà fait par le passé, pourquoi n'en serions-nous pas à nouveau capables ?

L'espionne était visiblement à court d'arguments. Elle patientait simplement, en retenant son souffle, que la pointe dirigée vers son estomac veuille bien lui laisser un peu plus d'espace pour respirer. Ana la fixait toujours, les yeux exorbités, mais visiblement épuisée. Le métro ralentit à l'approche de la station, et quelques passagers se dirigèrent vers les portes. L'enseignante excédée abaissa finalement son bras, et son arme avec lui, puis se décala de quelques centimètres.

— J'y serai. Descends maintenant !

Son ton ne prêtait pas à la discussion. L'autre obtempéra, visiblement secouée par leur échange, et dut subir les regards acerbes des occupants de la rame.

Lorsque les portes se refermèrent, quelques applaudissements et encouragements fusèrent çà et là, mais Ana ne les entendit pas. Elle songeait à Deyan, à Hector, à tous les Maternalistes et à leurs sacrifices, ainsi qu'aux nombreux anonymes, présents ici avec elle ou dans la rue, soutiens incontestables de l'Opposition. Leur nombre était leur force, la faiblesse du gouvernement. Physiquement éreintée, elle ressentit toutefois cette multitude irriguer son corps et son esprit. Elle se devait de tenir, beaucoup comptaient sur elle, même sans le savoir.

14

— A-t-on des nouvelles de Sylvie ?

Un homme de grande stature, resté à l'entrée du couloir, paraissait sincèrement affecté par la disparition de cette dernière. Ana ne l'avait encore jamais croisé. Carmen Gould, dont le visage anguleux l'avait marquée lors de leur dernière et dramatique réunion, énonça ce que tous savaient déjà :

— Aucune ! Ce sont leurs méthodes. Pas d'indication sur son emplacement ni sa santé. Sa famille elle-même reste dans l'expectative. Cela aurait pu arriver à n'importe lequel d'entre nous, les Renseignements ont peut-être ciblé la moins méfiante. Il semble par ailleurs qu'aucune autre attaque simultanée n'ait été menée. Un cas isolé pour s'infiltrer dans notre réseau. Elles répliquent simplement à notre piratage de leurs serveurs.

— Sauf que cela a des conséquences autrement plus graves, notifia solennellement une femme d'âge mûr en se tournant logiquement vers Ana.

En tant que représentante de la cellule Communication – implicitement et naturellement désignée pour se rendre à cette réunion improvisée, du fait de sa proximité avec Togan –, l'enseignante comprit à quoi l'ancienne faisait référence. Elle détailla donc brièvement les freins occasionnés par la perte de leur forum virtuel, notamment dans la transmission d'informations et dans l'organisation de leurs prochaines actions, puis s'efforça de leur dresser un bilan clair de ce qui leur restait. Publications sporadiques dans les différents organes de presse, messagers, leurs cellules respectives, leurs abris disséminés dans toute l'agglomération, les nombreux relais constitués par les effectifs civils ralliés à la cause et, surtout, le lieu vers lequel ils avaient tous eu la présence d'esprit de converger, ici même, chez Ernest.

Elle émit cependant quelques réserves quant à cette solution. Si, visiblement, ce soir-là, tous avaient su se défaire de leurs poursuivants avant de se rejoindre dans le quartier historique, répéter cette prouesse plusieurs fois serait assez improbable, et très imprudent. Ils ne pouvaient courir le risque d'être trouvés ensemble, et par-dessus tout, d'exposer leur précieux allié.

Elle était arrivée parmi les premiers. Dans la rue où se trouvait l'appartement d'Ernest, et dans celles attenantes, plusieurs visages familiers avaient fait leur apparition. Discrètement et au compte-goutte, dans l'obscurité de ces ruelles anciennes, ils avaient poussé la grande porte boisée. Ana, elle, s'était attardée plusieurs heures à l'extérieur, arpentant les trottoirs tortueux, comme pour s'assurer qu'aucun danger ne les menaçait. Elle avait finalement fermé la marche, et rejoint le petit groupe de Maternalistes.

Dans le séjour qui faisait office de bureau, les places assises manquaient, mais leur confort était bien le cadet de leurs soucis. Certains s'étaient adossés à la bibliothèque surchargée, d'autres avaient pris place sur la margelle cloisonnant l'espace dédié aux plantes, et une poignée était assise à même le sol, sur les tapis aux couleurs défraîchies. Une douzaine d'invités, à la fois ravis de se retrouver et craignant pour leur sécurité. Le grand bureau, poussé sous la fenêtre afin de libérer l'espace, accueillait lui-même Carmen et un autre membre de la cellule Armement. Près d'eux, une théière fumante et des petites coupes en terre cuite témoignaient de l'hospitalité d'Ernest. Conscient que ce jour finirait par arriver, il s'était empressé, dès l'apparition des premiers invités sur son seuil, de faire chauffer de l'eau et d'ouvrir un sachet de son meilleur Wulong[14].

Le vieil homme trônait dans son fauteuil habituel, déplacé pour l'occasion contre le mur, et écoutait en silence l'état des lieux dressé par ces jeunes révolutionnaires. Cela lui rappelait maints souvenirs, et lui insufflait toute l'énergie de ses quarante ans.

Son visage exhalait une fierté sans borne. Les recevoir entre ces murs était la preuve irréfutable de la confiance qu'ils lui portaient. Ces femmes et ces hommes qu'il avait tous rencontrés au moins une fois avaient tous eu le même réflexe, la même pensée pour le vieil allié qu'il était. Le modeste Togan faisait bel et bien partie du mouvement. Cependant, la joie de se sentir utile et indispensable à la cause ne suffisait pas à contrebalancer l'inconfort et le péril potentiel d'une telle situation. Ernest était accoutumé à sa solitude, à sa tranquillité d'esprit et à sa routine de vieillard. Un tel chambardement, pour une fois, lui offrait certes un peu de divertissement, mais il ne faudrait pas que cela devienne une habitude. En outre, la présence de tous ces Opposants décuplait d'autant le risque de voir les forces de l'ordre enfoncer sa porte. À un moment ou à un autre, au cours de leur réunion, il devrait prendre la parole, ne serait-ce que pour leur interdire de revenir ici, autrement qu'individuellement. Pour l'heure, des questions essentielles devaient être débattues.

Ana insista sur le handicap sérieux que représentait l'absence d'un lieu d'échange en temps réel. Ils perdaient considérablement en réactivité, et la prochaine décision des Féministes pourrait bien faire pencher la balance à leur avantage.

— Que préconisez-vous donc ?

L'enseignante réfléchit quelques secondes, le regard perdu dans le massif de plantes vertes, puis consulta Togan, qui observait la scène en silence. Elle affirma enfin :

— Notre prochaine action devra être significative, et les prendre de court. Nous ne pouvons plus nous permettre la moindre hésitation, ou le moindre tâtonnement. Si nous commettons l'erreur de la modération, si nous ne les frappons pas suffisamment fort, elles en profiteront aussitôt car elles nous savent en position de faiblesse. Le temps joue contre nous. Il nous faut agir avec la plus grande précaution, et coordonner tous nos efforts dans un ultime mouvement.

— Après ça, tu penses que nous ne ferons plus le poids ? questionna celui qui occupait à présent toute l'embrasure donnant sur le couloir.

— Ça ne fait aucun doute. Sans l'atout que représentait notre communication, elles auront toujours un coup d'avance.

Dans son coin, Ernest approuva d'un hochement de tête. En tant que joueur émérite d'échecs, il savait que l'anticipation et la coordination conditionnaient le dénouement de tout affrontement.

— Quoi qu'il en soit, indiqua Nicolas, le référent de la cellule Espionnage, nous pouvons compter sur le soutien massif des citoyens. Les quelques milliers de manifestants que la police suffisait à repousser sont bien loin désormais. La grande majorité de la population, masculine comme féminine, est prête à nous suivre et à se battre si cela s'avérait nécessaire. Les dernières révélations sur nos dirigeantes ont achevé de les convaincre.

— Et nous pouvons en armer une partie, abonda Carmen. En répartissant notre puissance de feu dans les endroits stratégiques, cela pourrait faire la différence.

— D'autant que toutes les classes et les professions se sentent concernées. On a affaire à un vrai mouvement social, plus global en tout cas qu'il y a quelques jours. Avec les consignes appropriées et le renfort des armes, certaines classes aisées pourraient bien créer l'effet de surprise. Les forces de Sécurité intérieure ne les attendront pas.

Tous acquiescèrent. Même si l'idée d'un soulèvement violent avait quelque chose de terrible, d'effrayant même, il fallait bien se rendre à l'évidence : lorsque le pouvoir et les gouvernants passaient outre le bonheur de leurs citoyens et ne servaient plus les intérêts de ces derniers, c'était bien au peuple de leur rappeler leur fonction. La force et la légitimité du plus grand nombre devraient le leur remémorer. De plus, il était aujourd'hui question de l'avenir de l'espèce, de sa capacité à assurer sa subsistance, sa reproduction. Dans ses délires extrémistes, cette fois, le féminisme était allé beaucoup trop loin.

— Si cela doit arriver, prévint Ana, il nous appartiendra d'organiser cette révolution, d'orienter les mouvements de population, de canaliser leur énergie. Nous devrons désigner des objectifs précis, et faire que leur rage converge vers ces lieux.

Elle-même n'en revenait pas des propos qu'elle tenait. Utiliser ainsi la population pour servir la cause Maternaliste, sans oublier les pertes qu'ils risquaient d'essuyer... Bien qu'elle restât persuadée de la nécessité de ce soulèvement et de certains sacrifices, elle ressentait une gêne, un certain manque de légitimité à donner son avis ce soir, et à fomenter le prochain acte. Toutefois, elle s'efforça d'étouffer les freins que sa morale dressait devant elle, et ne perdit pas de vue l'intérêt collectif.

— Tandis que les manifestants convergeront vers les instances du pouvoir, nous autres Opposants devrons nous occuper des forces de l'ordre.

— Nous pouvons affecter une escouade par mouvement de foule, compléta Carmen, en couverture.

Ana opina, avant de nuancer :

— Mais attention, cela ne pourra être qu'une diversion, de quoi leur donner du grain à moudre. Il nous faut autre chose, un plan qui ne comptera pas sur la chance pour réussir.

— Nous sommes d'accord, fit Nicolas. Même si ce soulèvement massif aboutissait, un coup d'État n'est pas le moyen le plus judicieux pour reprendre les rênes du pays. Il nous faut agir de l'intérieur.

À ces mots, tous baissèrent le regard, comme si les tapis élimés de Togan pouvaient leur souffler l'idée qui leur manquait.

Pendant qu'ils réfléchissaient aux alternatives et aux différents leviers susceptibles d'être activés au sein du gouvernement, Ernest, aidé d'Ana, versa le contenu de la théière dans les coupes et servit ses invités.

— Que nous apprennent nos espions ? finit par questionner leur hôte.

— Qu'au sein même de la Chambre matricielle, ces décisions radicales, les plus récentes, sont loin de faire l'unanimité.

— Des divisions. Bien, bien... commenta Togan en servant la dernière tasse, avant de retrouver son fauteuil.

— Les Féministes les plus modérées n'osent pas contredire celles qui en sont à l'origine, de peur de perdre leurs avantages et leur statut.

— Je vois. Nous serions donc susceptibles de trouver des soutiens parmi elles ?

— Je ne m'y engagerais pas.

— Allons ! Un peu d'optimisme, jeune homme. Si la majorité de la population désapprouve ce gouvernement totalitaire, et est favorable à une révolution, il y a tout de même de fortes chances que quelques-unes de nos dirigeantes abondent dans leur sens. Vous ne croyez pas ? Elles ne sont quand même pas toutes corrompues.

— Il doit bien rester quelques femmes intègres parmi elles, admit Nicolas après un long silence.

— Vous devriez creuser dans ce sens, mes amis. Si vous atteignez la Chambre et renversez le pouvoir par la force et les armes, votre victoire sera entachée d'un manque de légitimité, l'Histoire s'en souviendra. Mais si vous obtenez la reddition des Féministes de façon démocratique, quitte à faire pression sur les bons leviers, vous pourrez peut-être rétablir un ordre pérenne dans nos institutions, et dans notre pays.

Toutes et tous manifestèrent leur accord avec les propos d'Ernest, mais ne percevaient pas la marche à suivre pour autant.

— En attendant, vous ne pourrez vous réunir à nouveau ici, c'est trop risqué.

— Togan a raison, vint Ana en renfort, nous devons trouver un autre endroit.

— Selon l'orientation que prendront les événements dans les prochains jours, nous n'en aurons peut-être pas besoin, déclara Carmen. Si nous frappons suffisamment fort, nous n'aurons plus à nous cacher.

— Voilà le bon état d'esprit !

Le plat de la main de Togan s'abattit soudainement sur l'accoudoir du fauteuil, propulsant alentour un souffle de poussière volatile.

— La pensée positive, jeunes gens, la pensée positive ! D'ici là, puis-je vous conseiller un retour aux vieilles méthodes de transcription ? (Et, devant leurs mines hésitantes.) Le chiffrement systématique de tous vos échanges, selon un protocole préétabli.

— Du cryptage ?

— C'est cela même, fit le vieil homme en se levant en direction de la bibliothèque. J'ai ici un volume passionnant sur les clefs de cryptage et les codes utilisés par l'ancêtre des logiciels de chiffrement, la machine Enigma[15].

Après avoir extrait l'ouvrage imposant et soulevé une quantité invraisemblable de poussière, Ernest le tendit à la représentante de la cellule Communication.

— Je peux vous assurer que ces algorithmes ne se retrouvent nulle part ailleurs, et que les exemplaires de ce livre sont devenus introuvables. En vous référant à cette base de cryptage, qui évolue et change à intervalles réguliers, vous devriez pouvoir continuer à communiquer via les médias. Peut-être pas à la même vitesse qu'avant, mais vous économiserez l'énergie des coursiers, et supprimerez les risques d'interception.

— Nos programmeurs pourraient bien faire transiter tous nos échanges dans les multiples supports d'information, ou encore commerciaux, supposa Ana en levant un regard interrogateur vers Karine, la seule hackeuse présente, qui confirma aussitôt la faisabilité du procédé.

— Par bribes innombrables, oui, c'est un jeu d'enfant. Et si nous intégrons ces clefs de chiffrement à nos ordinateurs respectifs, nous aurons une transcription presque immédiate. Nous pourrions bien gagner un temps précieux. Les chances que les agents des Renseignements aillent puiser dans ce référentiel sont extrêmement minces.

Le précieux et volumineux livre dans une main, Ana saisit de l'autre celle de Togan. Il n'existait aucun mot pour traduire la gratitude et l'estime que l'on pouvait lire dans ses yeux.

— Merci Ernest.

L'écrivain leva la main d'Ana jusqu'à ses lèvres et y déposa un baiser.

— Ne m'en veuillez pas, mes amis, mais ma vieille carcasse a besoin de quelques heures de sommeil. Je vous laisse potasser tout cela. Prenez vos précautions pour quitter les lieux, inutile de vous rappeler la procédure.

Après avoir remercié leur hôte, le petit groupe le vit disparaître dans le couloir. Pour une fois, Togan dormirait dans son lit, à l'horizontale, et céderait son fauteuil bien volontiers.

Karine, Nicolas, Ana et quelques autres opposants, impatients de mettre en place leur nouveau système de communication, étaient déjà penchés au-dessus du bureau, sur lequel l'exemplaire d'*Enigma* était grand ouvert. Grâce à son clavier intégré, la programmeuse inscrivait déjà les premières lignes de codes utiles à leur plan. Elle aurait évidemment très vite besoin du renfort de ses pairs.

Après leur avoir indiqué les grandes lignes et les besoins à court terme de ce nouveau réseau, Ana s'éclipsa et rejoignit les autres, tout aussi concentrés sur l'objectif ultime qu'ils s'étaient fixés. Elle observa et écouta un instant, satisfaite et rassurée par l'émulation de ces esprits volontaires, de ces vies dédiées à l'avenir. Leurs traits et leurs tons étaient en parfaite adéquation avec leurs convictions et les propositions dont ils débattaient, à l'exact opposé de ce que montraient celles qui les gouvernaient. Après une longue hésitation, profitant d'un blanc dans la conversation, elle lâcha enfin ce qui lui pesait depuis le début de leur réunion :

— Je n'ai pas évoqué le sujet devant Ernest, car il aurait tout fait pour me dissuader de m'y rendre, mais je suis conviée, pour ne pas dire convoquée, à un entretien avec la ministre Torvin.

La nouvelle fit l'effet d'une bombe, si bien que tous la dévisagèrent. L'enseignante ne pouvait décemment pas garder cela pour elle. La décision de s'y rendre ou non appartenait autant aux Maternalistes qu'à elle-même.

— Quand ce rendez-vous est-il fixé ? demanda celui resté près du couloir.

— Demain, 13 heures.

— En effet, il était plus que temps de nous faire part de cette rencontre. Nous n'avons pas été présentés. Jader, cellule Psychologie, fit-il sobrement.

— Ana, Communication.

L'homme se rapprocha de leur groupe, peut-être pour éviter que Togan n'entende leur conversion, et posa un regard grave sur la jeune femme.

— Quelle forme a pris cette invitation ?

— Je suis allée au contact de ma suiveuse !

Ana n'hésita pas un seul instant, le sujet était encore brûlant dans son esprit. Comme tous se taisaient, dans l'attente de l'entendre développer, elle ne se fit pas prier.

— Je ne parvenais pas à m'en défaire. Une fois coincées dans le métro, j'ai craqué. J'aurais pu la tuer, avoua-t-elle avec émotion, mais son manque de discrétion m'avait mis la puce à l'oreille. Elle cherchait ce contact. Alors je l'ai écoutée.

— Toujours le même agent des Renseignements ?

— Affirmatif. Mis à part les habituelles menaces sur mes proches, il y avait quelque chose de différent. Dans sa résignation, dans cette invitation presque naturelle, pour ne pas dire logique. Je ne sais pas, je n'y perçois pas la même menace que d'ordinaire.

— Tu n'y vois peut-être plus très clair, avança une femme dont le visage portait toute la dureté de leur existence.

— C'est possible…

— Non, j'estime que ton ressenti est plus que pertinent, rectifia Jader. Un agent des Renseignements, envoyé par la ministre de la Sécurité intérieure ? Il n'y a rien qui vous choque ?

Tandis que l'autre groupe planchait à haute voix autour du bureau, la petite assemblée resta muette, perdue dans le flot d'informations rassemblées au sujet des dirigeantes et de l'organisation fallacieuse des Féministes.

— Si Torvin empiète sur les plates-bandes des Renseignements, c'est un signe supplémentaire de division. Elle n'a jamais pu encadrer la secrétaire Destille. Et d'après ce que nous ont rapporté Nicolas et ses espions, la ministre Torvin est beaucoup plus mesurée que ses acolytes. Reste à connaître la position de cet agent qui te suivait, interrogea-t-il implicitement Ana.

— Comme je vous l'ai dit, elle semblait plutôt résignée, et n'a fait preuve d'aucune agressivité envers moi. Simplement l'air hautain et les menaces qui caractérisent celles de sa trempe. Une fois son message délivré, elle a accepté de descendre de la rame et de laisser tomber sa filature.

— Torvin l'aurait retournée ?

— Par les temps qui courent, un ordre émanant d'une ministre est difficilement discutable, émit l'un des participants. Mais rien ne nous dit que cette espionne n'a pas rendu de comptes à ses supérieures, et que Destille n'est pas au courant.

— Je ne crois pas. La démarche de cette espionne n'avait rien d'officiel. Derrière son air froid et supérieur, elle redoutait les regards de la foule, comme si personne d'autre ne devait entendre ce qu'elle avait à me dire.

Ana paraissait sûre d'elle, et à sa grande surprise, ressentait le comportement étrange de sa suiveuse comme une preuve de sincérité. Jader se racla la gorge, réellement intrigué par ce nouvel élément porté à leur connaissance.

— La psychologie comportementale nous apprend que dans le cadre des relations interpersonnelles, les difficultés de communication et les heurts divers sont généralement révélateurs de divergences d'opinions ou d'idéologies. Ces divergences sont à vrai dire le facteur numéro un qui conditionnera l'entente ou la mésentente de deux individus. En ce qui concerne Torvin et Destille, il y a fort à parier, d'après ce que nous avons appris, que la première désapprouve l'extrémisme de la seconde. Par ailleurs, la secrétaire d'État aux Renseignements déplore le manque de vision à long terme de sa consœur, et lui a souvent reproché son excessif respect des lois et des procédures. Bref, ces deux-là ne sont pas les meilleures amies. (Puis, en s'adressant à Ana.) Si l'espionne qui t'a laissée l'approcher est effectivement envoyée par la ministre Torvin, les statistiques psychocomportementales nous indiquent qu'il y a très peu de chance pour que celle-ci ait collaboré avec la secrétaire Destille. Leurs différences de point de vue pourraient même nous suggérer qu'elle agirait sans son accord.

— Ce qui nous apprend ? s'impatienta la femme au visage émacié.

— Que nous avons peut-être trouvé notre levier d'action au sein du gouvernement, conclut Ana.

Si cette éventualité aurait logiquement dû la réjouir, la perspective de se retrouver au centre des événements, à l'origine d'un dénouement potentiel ne l'enchantait guère. Son visage resta fermé, tandis que Jader opinait à son attention. C'est bien elle qui avait été mandée par la ministre, et à cet instant précis, elle ne se sentait pas assez robuste pour assumer un rôle déterminant.

L'autre femme l'extirpa de son anxiété :

— Mais on ne peut en être certain, n'est-ce pas ?

— En effet, confirma Jader.

— Comment savoir qu'il ne s'agit pas d'un piège ?

— Mis à part en honorant ce rendez-vous ? Je ne vois pas. En tout cas, pas avec les moyens et les délais dont nous disposons.

Et comme tous demeuraient interdits, à la fois soucieux de la tournure que prenaient les événements et inquiets pour leur partenaire Opposante, leur doyenne décida de prendre la parole :

— À défaut de pouvoir anticiper les intentions de la ministre, tâchons au moins d'assurer la sécurité d'Ana. Qui l'accompagnera ?

— Il nous faut une personne rompue au combat rapproché, afin d'assurer sa protection.

— Une professionnelle de l'exfiltration.

— Elle doit porter une arme.

— On ne peut prendre aucun risque, pas maintenant.

— Encore une tentative de manipulation...

Alors que tous y allaient de leurs opinions et lançaient leurs conseils de manière chaotique, l'enseignante fronçait les sourcils, comme agressée par une telle effusion d'avis. Aucun d'eux n'avait pensé à lui demander où avait lieu le rendez-vous, ni ce qu'elle pouvait ressentir à cet égard. Plus que jamais, et en tant que principale intéressée, il lui sembla légitime d'avoir le dernier mot.

— J'irai seule.

Son affirmation, tranchante, jeta un froid dans tout l'appartement. Le groupe qui travaillait sur *Enigma* s'était tu, attentif à leur échange.

— C'est hors de question, lança l'autre femme.

— Ce n'est pas sujet à discussion. La convocation m'est adressée, et la volonté de Torvin de me voir seule à seule était implicite.

— Parce que tu penses qu'elle ne sera pas protégée dans... Où la rencontre aura-t-elle lieu ?

— Aux bains du Quartier Latin, à deux pas d'ici. Pas d'inquiétude, je ne risque rien là-bas.

— Comment peux-tu le savoir ?

— Existe-t-il un endroit qui concentre davantage de personnes hostiles aux Féministes ? À part ici même, ce soir ?

— Raison de plus. Elle aura une cohorte de gardes du corps capable de t'enlever, ou pire…

— Ne dramatisons pas, coupa Jader. Si tel était son objectif, elle l'aurait déjà abattue. Son espionne-messagère aurait très bien pu s'en charger. Non, au lieu de ça, elle lui a fixé un rendez-vous. Cela ne ressemble en rien aux méthodes exécrables des Renseignements.

— C'est pour mieux duper notre vigilance...

— Mon conjoint travaille là-bas ! lâcha l'enseignante, agacée.

Les autres intervenants se regardèrent, gênés. Ils réalisèrent soudain la dimension que cette entrevue pouvait revêtir pour elle.

— La ministre n'a pas choisi ces bains par hasard. Elle pensera prendre l'ascendant grâce à cela, mais elle n'a pas conscience des alliés que nous avons à l'intérieur. Ne vous inquiétez pas ! Nous serons vite fixés quant à ses intentions.

N'en déplaise aux autres Opposants, Ana prenait sur elle d'honorer ce rendez-vous, sans autre forme de couverture. Intérieurement, elle était terrifiée, mais avait-elle seulement le choix ? Deyan et Hector représentaient tout pour elle ; il était totalement exclu de les abandonner.

15

Les abords du domaine Lassalle étaient déserts. Dans la nuit, seule la voie rapide lointaine diffusait ce son caractéristique, sourd et continu. Au terminus de la ligne de métro, Ana était montée dans un taxi autonome, l'un de ceux modifiés par les hackers de l'Opposition. Après s'être assurée que le traceur intégré au véhicule indiquait bel et bien un itinéraire en centre-ville, elle avait annoncé sa destination :

— Route forestière de la Brie.

Elle parcourut les deux derniers kilomètres à pied. Une précaution supplémentaire qui évitait tout risque de filature jusqu'à leur planque, leur unique écrin de vie privée. Le long chemin de terre, une centaine de mètres au pied d'un mur de vieilles pierres, et enfin, comme tous les soirs, le fer forgé du portail démesuré. Elle jeta un dernier regard par-dessus son épaule et entra son code personnel sur le clavier mécanique encastré dans le montant de l'unique entrée. Un clic significatif, et Ana se glissa dans l'ouverture, avant de repousser le métal et d'entendre le verrou s'enclencher.

Françoise Lassalle était l'une des dernières militantes pour le respect de la vie privée. Elle vivait là, à l'écart des turbulences urbaines et de l'hyperconnectivité inhérente à son époque, selon elle si pernicieuse. Sa fortune, dont les origines demeuraient assez floues, lui valait une certaine tolérance de la part des autorités, qui tendaient à l'oublier. Ses investissements privés dans certaines branches de l'État lui assuraient en outre un rang social certain ainsi qu'une tranquillité d'esprit particulièrement appréciable.

Réputée apolitique, n'ayant jamais fait part de son opinion quant au pouvoir en place, ni attiré l'attention par des propos contestataires, on la connaissait surtout comme une vieille dame paisible tenant à son intimité. Pourtant, Françoise était l'une des alliées les plus précieuses des Maternalistes, au même titre que Togan. C'était précisément parce qu'on ne viendrait jamais fouiner chez elle, plus exactement dans les sous-sols de son hôtel particulier, qu'il s'agissait du lieu idéal pour protéger les secrets et les vies de ces êtres humains déclarés "illégaux".

Au fil des années, la rumeur de ce lieu s'était répandue parmi les Opposants, aussi discrètement que la veuve Lassalle l'avait souhaité. Elle avait ouvert ses portes en priorité aux jeunes parents qui ne pouvaient élever leur enfant à l'extérieur de la manière dont ils l'entendaient. Traditionnellement. Naturellement. Françoise leur offrait cette opportunité, et bien que le tapis d'herbe grasse du parc leur reste inaccessible, les quelques enfants illégaux grandissaient ici avec leur papa et leur maman, auxquels aucune preuve d'amour n'était interdite.

D'importants travaux de soubassement de l'édifice vieillissant avaient suffi à dissimuler les aménagements de plusieurs appartements modestes, de couloirs et d'une salle commune. Françoise Lassalle abritait quelques-uns des Opposants les plus engagés, mais aussi des couples plus modérés, simples citoyens qui préféraient l'amour clandestin à l'absence d'amour. C'était sa contribution personnelle à la Résistance maternaliste, aussi anonyme soit-elle.

Il existait une poignée d'autres refuges dans la région, mais pour rien au monde Ana n'aurait quitté celui-ci. C'était là qu'Hector avait grandi, appris à marcher, à parler. C'était là qu'elle et Deyan s'étaient aimés, comme jamais ils n'auraient pu le faire au-dehors, au vu et au su d'une société qui ne tolérait pas qu'hommes et femmes puissent s'entendre.

En remontant l'allée en direction de la façade dont les colonnes blanches s'étiraient dans l'obscurité, elle prit de grandes inspirations et souffla comme pour évacuer les tensions accumulées au cours de la journée. Aucune forme de nervosité ou d'anxiété n'entrerait dans ces lieux.

Physiquement, Ana était exténuée, mais son mental, aiguillonné par les jours décisifs qui s'annonçaient ainsi que par son rendez-vous du lendemain, décuplait sa motivation et la conditionnait à un état d'esprit positif.

Derrière le manoir – comme certains l'appelaient –, l'ancienne porte boisée, vermoulue à souhait, s'ouvrit sur un débarras accueillant des toiles d'araignées poussiéreuses et tout un fourbi d'outils de jardinage. Rien qui laisse présumer l'entrée de logements clandestins. Sous une rangée de planches disposées à la verticale et reposant sur le faîte du mur, l'enseignante cogna sur un pan légèrement plus clair. Son code personnel, traduit en morse, résonna dans la cloison, avant que celle-ci ne coulisse pour révéler le visage prudent d'un des membres de la communauté. Elle s'avança sans attendre et gratifia l'homme d'un sourire amical, avant que l'épaisse porte métallique montée sur vérins ne se referme derrière elle. Ana descendit ensuite la dizaine de marches jusqu'au couloir principal, dont l'éclairage abondant et les parois blanches l'éblouirent instantanément. Chaque soir, la clarté de la quiétude.

En se dirigeant vers le petit deux-pièces qu'elle partageait avec ses hommes, la jeune femme croisa quelques-uns des résidents, qu'elle salua sobrement. Ils s'arrangeaient entre eux pour la garde et l'éducation des enfants, ils faisaient au mieux. Ana ignorait totalement qui avait bien pu s'occuper d'Hector ce soir, le faire travailler, le doucher puis le coucher, mais elle savait pouvoir s'en remettre à chacune des personnes présentes. Généralement, le dîner était pris en commun – tout du moins en ce qui concernait les enfants –, et on les laissait jouer, chez l'un, chez l'autre, ou dans la salle commune.

Lorsque la porte de son appartement s'ouvrit, elle découvrit le visage bonhomme de Xavier, le doyen tout juste cinquantenaire de leur petite communauté. Il corna la page de son livre et le glissa dans sa poche arrière. Avec sa barbe fournie et sa carrure d'armoire victorienne, il avait été l'un des premiers occupants des lieux, et avait contribué à ses aménagements, tant en matière de travaux que d'organisation interne. S'il ne se mouillait pas spécialement dans l'Opposition, Ana, Deyan et les autres n'hésitaient pas à solliciter ses connaissances en urbanisme et en architecture des bâtiments publics. Avec une fille qui venait d'atteindre la majorité, autant dire qu'il consacrait l'essentiel de son temps à la raisonner et à l'empêcher de faire le mur. À chaque âge ses complications : Hector réalisait à peine qu'il y avait un monde en dehors de ce sous-sol aseptisé, elle n'aspirait qu'à en arpenter les rues et en goûter les plaisirs. Elle ne devait surtout pas perdre de vue que si elle se faisait contrôler, sans identifiant national, elle risquait non seulement l'incarcération, mais mettrait tous les habitants du refuge en danger. Heureusement, Xavier pouvait compter sur chaque membre pour la recadrer.

— Il s'est endormi tôt, ce soir, annonça-t-il à voix basse.

— Désolée de rentrer à cette heure, une réunion improv...

— Je suis au courant, on nous a passé le message.

D'après son regard fuyant, Ana déduisit qu'il ne souhaitait pas en savoir davantage. Il avait certainement d'autres préoccupations que celles des Opposants.

— Bon. Merci de t'en être occupé.

— Tu n'as pas à me remercier, je suis là pour ça. Et puis, Maria et moi, on l'adore votre petit gars. Il comprend beaucoup de choses pour son âge. Crois-moi, j'aurais préféré avoir un garçon...

Son ton paraissait sérieux, mais Ana se dit qu'il ne pouvait pas réellement le penser.

— Ne dis pas de bêtise ! Christine est à un âge délicat, j'imagine que ce doit être compliqué. Mais au moins, elle ne risque pas sa vie si jamais elle met le nez dehors.

Xavier se contenta de hausser les épaules, comme résigné.

— Allez, je te laisse.

Avant qu'il ne glisse son profil imposant dans l'encadrement et ne disparaisse dans le couloir, Ana posa une main délicate sur son épaule.

— Bientôt, tout s'arrangera, je te le promets.

— Bonne nuit, Ana.

Elle resta là plusieurs secondes, immobile et pensive, avant de finalement commander la fermeture de la porte.

— Maman ?

L'appel d'Hector était à mi-chemin entre la plainte et l'euphorie de la savoir rentrée. Un ton qui impliquait qu'il ne quitterait pour rien au monde la chaleur de son lit, mais qu'il lui fallait sa mère auprès de lui, sans délai. Ana soupira, amusée. La douche délassante devrait attendre. Elle poussa la porte entrebâillée et vit son fils, redressé dans son lit d'enfant, les yeux grands ouverts. Il s'enfonça à nouveau dans son oreiller dès qu'il la vit approcher.

— On a fait un gâteau, avec les autres. Xavier voulait tout manger, mais je t'en ai caché une part. Elle est là, sous le lit. Il se pencha pour faire glisser une assiette sur le sol.

Elle s'assit auprès d'Hector. La faible clarté en provenance de la pièce attenante ne suffisait qu'à distinguer la forme approximative de la pâtisserie. Ana mentit :

— Hmm, il a l'air délicieux. Je le mangerai tout à l'heure. Merci mon cœur.

La mère se pencha pour embrasser son fils, et celui-ci ne tarda pas à l'entourer de ses bras. Le buste en suspension au-dessus du lit, ses muscles la tiraillaient. Le câlin sembla durer une éternité, mais la douleur lancinante lui procura l'effet inverse : un souffle revigorant. Elle se sentait exactement à sa place.

— Où est papa ? dit le petit garçon avec un soupçon de gravité dans la voix, tout en la libérant.

— Au travail, mon chéri. Il viendra t'embrasser en rentrant.

— Tu finis l'histoire ?

— Laquelle ?

— ...

— Tu te souviens où nous en étions ?

— Non. Tu peux recommencer ?

Ana ne sentait plus ni fatigue ni tensions musculaires. Elle posa la paume de sa main sur la joue de son enfant, et en capta toute la chaleur. Ses doigts se perdirent sur sa tempe, à la naissance de sa chevelure.

— Je vais plutôt t'en raconter une autre, qui s'est déroulée il y a très, très longtemps.

Hector attrapa la main de sa mère et se cala profondément dans son oreiller.

— Llyréis et Bélèn ne vivaient pas au même endroit. Ils ignoraient tout de l'existence de l'autre et leur temps passait dans une solitude absolue.

Llyréis était jeune, fraîche et pleine de promesses. D'un naturel très calme, il lui arrivait de subir les éléments extérieurs, et de s'agiter sous les perturbations les plus intenses. Quelle que soit son humeur, Llyréis demeurait toujours très sombre, et aucune de ses rides naissantes n'avait l'ébauche d'un sourire. Elle passait le temps, ici ou là, vaquait au gré de ses attractions, sans jamais briller vraiment. Pourtant, son intuition lui soufflait qu'en son sein pouvaient naître de grandes choses. Elle se sentait bien seule, et ignorait absolument qu'un compagnon pourrait mettre fin à sa morosité.

Bélèn, lui, était déjà mature, fort et puissant de la place centrale qu'il occupait dans son univers. Bien que de nombreuses entités dépendent déjà de lui, sa solitude n'en était pas moins profonde. D'ordinaire turbulent et instable, ses colères fréquentes n'avaient de cesse de bouleverser son entourage. Mais sa fièvre semblait ne jamais vouloir s'apaiser. Bélèn aurait tant souhaité employer cette effervescence à des fins plus productives, mais rien ne semblait vouloir émerger de ses coups d'éclat.

Pourtant, il irradiait une énergie telle que même Llyréis, à des années-lumière de distance, aurait dû entendre parler de lui. C'était sans compter sur le voile dense et impénétrable qui lui masquait l'évidence, sur la chape isolante qui cloisonnait totalement son monde à elle. Ils restèrent longtemps ainsi, seuls et aveugles l'un de l'autre, la première dans une obscurité parsemée d'orages, le second dans une excitation éblouissante.

Un beau jour, par un heureux concours de circonstances et grâce aux efforts coordonnés de toutes les forces de l'univers et de l'atmosphère, le voile se dissipa. La lumière généreuse de Bélèn perça la carapace qui avait jadis emprisonné Llyréis, et celle-ci se para enfin de couleurs timides. Lorsque le regard de Bélèn put enfin se poser sur Llyréis et sur sa douceur enveloppante, ils comprirent instantanément que ce qu'ils avaient ressenti tout au long de leur existence, ce vide immense, venait d'être comblé. Ni l'un ni l'autre ne savait réellement ce qu'ils avaient attendu si longtemps, mais ils surent qu'ils l'avaient trouvé à l'instant même de leur rencontre. Un potentiel insoupçonné, des forces complémentaires, la vie, le mouvement, l'évolution constante et perpétuelle. S'ils s'étaient trouvés, ce serait pour de bon, pour ne jamais se quitter ou se passer l'un de l'autre. Llyréis réalisa le but de son existence dans la chaleur bouillonnante que lui apporta son amant, et Bélèn put enfin consacrer son immense énergie à un dessein dont il pourrait être fier. Depuis lors, ils s'unissent et font converger leurs ressources afin de construire un monde rien qu'à eux, un monde rempli de vie et d'éventualités.

Jamais ils n'auraient espéré qu'une de leur création évolue si vite, si loin, et finisse par les admirer, puis les vénérer. Dans l'écrin qu'ils avaient patiemment forgé, dans le berceau natal de Llyréis, tous deux s'étonnèrent des noms dont on les affubla : Océan, et Soleil ! Ils étaient faits pour se rencontrer. Dès le départ ils portaient en eux les graines de ce foisonnement. Si longtemps l'un sans l'autre, isolés et stériles, ils connurent pourtant le bonheur de se croiser, entretinrent la patience et la flamme, et persévèrent aujourd'hui dans cette voie fertile.

Bélèn lui-même, au centre de sa galaxie, s'émerveille encore de la nature arbitraire d'une telle union, de sa magie aussi, ainsi que de son potentiel infini.

Les paupières d'Hector, visiblement très lourdes, s'étirèrent pour une ultime question.

— Ils sont restés ensemble ?

— Bien sûr. Comme ton papa et moi, comme Xavier et Maria ainsi que nos autres amis. C'est grâce à Llyréis et Bélèn que nous avons vu le jour et que nous continuons à vivre. Comme eux, nous avons besoin les uns des autres, nous nous complétons.

Apaisé tant par la présence de sa mère à ses côtés que par le message encore abstrait que son jeune esprit aurait vite fait d'assimiler, le garçon cessa de lutter contre le sommeil et retourna bien vite à ses songes mêlant l'astre solaire aux ondulations océaniques.

— Je t'aime, susurra Ana avant de déposer un baiser délicat sur sa joue.

Une dernière esquisse de sourire, et Hector la libéra de ses obligations maternelles.

Elle embarqua l'assiette dans la pièce à vivre, et dévora la part subtilisée par son fils. Depuis le matin et son unique repas de la journée, sa faim était largement passée au second plan. Le modeste encas se révéla aussi salvateur que la douche tiède qui suivit. Cependant, elle ne s'y éternisa pas, car leurs consommations diverses étaient rationnées.

Après avoir passé des vêtements propres et confortables, Ana retourna voir son fils, et l'observa dormir. Cette vision l'apaisait. Ils passaient trop peu de temps ensemble, et encore moins tous les trois. Aussi, elle savourait chaque moment en sa compagnie. Sans le quitter des yeux, elle s'allongea en chien de fusil, en travers du lit conjugal, puis ses paupières se fermèrent à leur tour, l'emportant elle aussi dans des songes bercés d'optimisme. Avec son sang à quelques pas, sa vie, ses espoirs, elle n'avait d'autre choix que de l'être.

Le parc du domaine, au printemps.

Un soleil qui réchauffe les peaux et une rosée teintant les ourlets du pantalon d'Hector. D'autres enfants, le chant des oiseaux, des rires… Les parents, main dans la main aux yeux de tous, posant leur regard bienveillant sur leur progéniture. Un sourire de Deyan – que son inconscient avait figé pour ne pas l'oublier –, la quiétude, l'insouciance. Les rayons aveuglants, encore, et leurs respirations synchrones.

Le centre-ville, à l'heure de pointe.

Deyan et Hector en terrasse. L'un dégustant un verre de vin aux reflets pourpre, l'autre un jus d'abricot en admirant son père. La rue piétonne et son flot de passants, femmes et hommes échangeant anecdotes, rires et marques d'affection. Pas un quidam, pas un regard acerbe pour relever la scène banale d'un père et de son fils profitant d'un instant de complicité. La normalité. La vie. Ana les rejoint, après des heures de cours libérées du contrôle pesant de la vidéosurveillance. Elle les embrasse librement puis s'attable. Son homme a commandé pour elle, car il la connaît parfaitement, et il n'y a personne pour s'offusquer de cette initiative. Le second verre de vin, et sa transparence jaune paille. Un serveur un peu trop charmeur. La jalousie dans le regard de Deyan. Le libre choix d'Ana de se blottir contre son partenaire, de l'embrasser encore, plus sensuellement cette fois, et ainsi de le rassurer. Le rire gêné d'Hector, qui se couvre les yeux avec sa manche.

Un appartement moderne, dans le Quartier Latin.

Les bains sont accessibles à pied, en moins de dix minutes. Ana et Deyan apprécient les soins aromathérapiques et les massages proposés aux couples. Un lieu de détente mixte, sans le moindre service sexuel. Un lieu de rencontre aussi, où femmes et hommes peuvent se découvrir et décider ou non de prolonger l'instant à l'extérieur. Un lieu qu'Ana ne craint plus. Deyan occupe un poste dans la construction. Il travaille dur, mais c'est lui qui a choisi son métier. Il est libre de subvenir aux besoins de sa famille de la manière dont il l'entend. Sous la table de massage, sa voix grave et feutrée résonne :

— Mon amour…

— Ana.

Les caresses et les murmures de son homme la tirèrent de son rêve. Ana ne l'avait pas senti s'allonger près d'elle. Lorsqu'elle rouvrit les yeux, il lui faisait face, concentré et attendri. Dans un sursaut, elle se redressa sur un coude pour vérifier qu'Hector était bien là – il dormait la bouche ouverte –, puis se détendit dans un soupir d'éveil. Mû par un automatisme d'attraction, son corps se rapprocha de celui de Deyan, jusqu'à ce que celui-ci l'enlace. Les lèvres de l'une dans le cou de l'autre, celles de Deyan sur le front d'Ana, ils partagèrent l'un de ces instants ô combien charnels qui se faisaient si rares. Longuement, ils se réchauffèrent et s'embrassèrent, avec passion et une infinie tendresse, jusqu'à ce que la jeune femme soit tout à fait réveillée.

À presque 3 heures du matin, elle n'aspirait qu'à dormir, ou faire l'amour peut-être, mais visiblement, Deyan avait d'autres choses en tête. Le couple s'isola dans le séjour afin de parler plus librement.

Averti de la descente des services de Renseignements au domicile de Sylvie, il prit des nouvelles de l'état de leurs forces et des dommages occasionnés par l'incursion dans leur système. Ana lui dressa un bilan succinct et mentionna qu'une mobilisation générale était imminente.

— Une mobilisation ? De qui ? Et vers où ?

— De la population, des Opposants, de nous tous. Il n'y a plus de différence, nous sommes tous concernés. Nous devons encore discuter de l'orientation à donner à cet ultime mouvement, car nous n'aurons peut-être pas d'autre opportunité.

— Il ne faut pas se louper, Ana, nous n'avons plus droit à l'erreur.

— Je sais, mon cœur, fit-elle en remarquant la gravité qui animait le faciès de Deyan.

— Il est temps que des têtes tombent. Nous devons leur montrer que nous sommes en mesure de leur faire mal.

— Que… à quoi penses-tu ?

— Avec les gars, on a pensé agir là où elles sont le plus vulnérables, sur notre terrain.

Elle écarquilla les yeux, comme si son rendez-vous du lendemain arrivait prématurément dans la conversation.

— Aux bains ?

— En ce qui nous concerne oui. Ainsi que dans les bars, les restaurants, les salles de sports, les taxis… Partout où les hommes servent de main-d'œuvre, les dirigeantes sont à notre portée. Au boulot, on a déjà un plan pour contaminer l'eau, ou bien la vapeur du hammam. Un virus hautement infectieux dont nous pourrons nous prémunir grâce à l'antidote que la femme de Tobias nous injecterait. Ailleurs, on le ferait passer dans leurs cocktails, les systèmes de ventilation, peu importe, la souche dont on dispose supporte différents états, d'après ce que j'ai compris.

Depuis la disparition de Tobias, sa compagne avait certainement dû se radicaliser. Réaction compréhensible, comme celle de vouloir aider les collègues de son mari, mais l'idée d'une telle action horrifia Ana.

— Mais, Deyan, je… Vous parlez de les tuer.

— Oui, rétorqua-t-il sans la moindre hésitation. Sans l'antidote, elles mourront en quelques jours, et l'origine de leur infection restera inconnue. On ne peut plus rester aussi amorphes. Certains auront besoin d'être secoués plus que d'autres, car leurs fichus inhibiteurs les ramollissent, mais je crois que nous pouvons agir.

Sans y penser, Ana s'était assise. Les mots de son homme avaient l'air tellement réfléchis, tellement plausibles. Il évoquait cette solution comme si l'éventualité d'un attentat avait toujours été envisagée. Où était passée la personne empathique et philanthrope dont elle était tombée amoureuse ? La société avait-elle également eu raison de lui ? Son souffle s'emballa. Oubliant son fils, elle éructa :

— Non ! Non, c'est une folie. Ce n'est pas une bonne idée du tout.

Pour le moins surpris par son éclat de voix, Deyan porta l'index à sa bouche, mais ne sut pas bien comment réagir.

— La solution n'est pas là, fit-elle en chuchotant, mais avec la même énergie. Nous en avons déjà discuté. Un coup d'État ou toute autre action radicale desservirait notre cause, ainsi que nos valeurs. Promets-moi de ne pas commettre un tel acte ! Ne faites pas cette bêtise !

— Attends, calme-toi ! Nous n'avons fait qu'évoquer différentes pistes, rien n'est décidé. Nous sommes d'accord qu'il est grand temps d'agir, mais nous ne prendrons aucune décision de notre côté.

— Oui, nous devons agir ensemble… Deyan…

Les yeux humides d'Ana le fixaient avec un espoir mêlé d'inquiétude.

— L'enjeu est trop important pour que vous agissiez seuls. Notre union est primordiale. Aujourd'hui plus que jamais.

— Nous sommes d'accord. Ana, ne doute pas de moi, je t'en prie.

Son ton se voulait rassurant. Avec l'un de ses rictus, rares et si lumineux, il ajouta :

— Crois-tu réellement que je dérogerais à l'un des grands principes des Maternalistes ? Je sais que nous devons rester unis et nous entendre sur chacune de nos actions. Dis-moi, dans ce cas, que proposez-vous ?

— Nous n'avons encore rien arrêté. La réunion de ce soir n'était pas prévue. En revanche, nous disposerons très vite d'un nouveau moyen de communication, peut-être pas aussi rapide, mais tout aussi fiable. Nous avons paré au plus pressé.

— Bien, bien. Et… c'est tout ?

— Oui, sembla-t-elle hésiter. Nous devons définir où, quand et comment frapper. Comme tu l'as dit, nous n'aurons pas droit à l'erreur.

Deyan n'était pas habitué au regard fuyant de sa compagne, d'ordinaire si directe et téméraire.

— Il y a quelque chose que tu ne me dis pas ?

Un silence évocateur conforta cette pensée.

— Ana ?

Elle semblait gênée, honteuse de ne pas avoir commencé par cela. Pourtant, c'était bien le sujet qui importait le plus. La jeune femme balbutia un début d'explication :

— Nous attendons beaucoup de la journée de demain, je...

— Quoi ? Pourquoi demain ?

— Une rencontre, entre elles et nous...

— Lâche le morceau, nom de dieu !

L'impatience et la colère naissante de Deyan lui rappelèrent qu'ils avaient toujours tout partagé. Il pouvait tout entendre ; il devait tout entendre.

— J'ai rendez-vous avec Torvin.

Le poids de la confession s'envola tandis que son visage figé scrutait la réaction de Deyan. Il fallut quelques secondes à ce dernier pour lier ce nom à la ministre de la Sécurité intérieure, et une poignée d'autres pour contenir son instinct protecteur qui, en temps normal, l'aurait fait hurler son désaccord.

— Pourquoi toi ?

— Elles m'ont à l'œil depuis un moment. Mon accréditation pour la Chambre matricielle était déjà une tentative de manipulation.

— Qu'est-ce qu'elle te veut ?

— On ne peut être sûr de rien. Les manifestations et nos actions les ont peut-être refroidies. Cela pourrait être une opportunité d'entente, de conciliation.

— Ou l'occasion de te tendre un piège, coupa-t-il sèchement.

— Non. Non, Deyan. Je sais de quoi ça a l'air, mais si elle l'avait voulu, je ne serais pas là ce soir.

Ana tenait à présent l'avant-bras de son homme entre ses deux mains. Elle aurait tant souhaité lui faire partager son ressenti à propos de tout ceci.

— Et puis, le lieu ne s'y prête pas vraiment.

— Pourquoi ? Où as-tu rendez-vous ?

— Sur ton lieu de travail.

Les traits de Deyan accouchèrent d'une expression traduisant un trop grand nombre de sentiments pour dire lequel dominait. Stupéfaction. Urgence. Méfiance. Colère. Combativité. Réflexion. Responsabilité. Confusion… Ana attendait un mot de sa part, mais il ne vint pas. Elle l'attira vers elle, et posa sa tête contre son bas-ventre, murmurant une prière, comme pour se convaincre elle-même :

— C'est ce qui me fait penser qu'elles ne tenteront rien. Je ne risque rien là-bas, n'est-ce pas ?

Il comprit qu'elle avait besoin de lui, qu'il la rassure, et non d'une énième mise en garde ; les autres Opposants avaient déjà dû s'en charger. Son autre main vint se poser sur sa tête, et la caressa fébrilement.

— On fera en sorte que non.

Après un silence fédérateur, entremêlé de pressions de leurs corps émus, de baisers soucieux et d'autant plus passionnés, ils ébauchèrent un scénario pour le lendemain. Éventualités, forces en présence, solutions de repli, atouts… Deyan s'en voudrait trop s'il arrivait quelque chose à sa compagne, à la mère de son fils. Dans le même temps, il était tout aussi convaincu de la nécessité d'honorer ce rendez-vous. Qui savait ? La modération qui collait de plus en plus à la peau de Torvin – en comparaison de ses paires – jouerait peut-être en leur faveur ?

Abattus de fatigue et de tensions, ils se couchèrent finalement, bien trop tard ou bien trop tôt, pour de courtes heures d'un sommeil réparateur en vue d'une journée décisive.

16

Sur l'esplanade ponctuée de séries de marches basses et larges, les habituelles allées et venues des clientes pressées ou rassasiées étaient remplacées par quelques silhouettes immobiles, le visage fermé et peu commode. Comme si les habituées avaient eu vent de la rencontre et préféraient s'en tenir à l'écart. Ou alors, le service d'ordre de la ministre avait préféré faire place nette, pour parer à toute éventualité.

Déjà, sur le chemin, Ana avait pu observer une agitation inversement proportionnelle. Sur les axes principaux et dans les transports, l'effervescence de la population était palpable, dans la continuité des mobilisations des jours précédents. Ils et elles marchaient le front haut, persuadés d'avoir leur mot à dire, un rôle à jouer, comme poussés en avant par une force commune, celle de leur désespoir. Ils avaient mis l'État à l'épreuve, et ne s'en étaient pas trop mal tirés. Les nombreux décès ou arrestations ne freinaient en rien leur ardeur ; c'était le prix à payer pour se faire entendre et ils étaient prêts à repartir au combat.

Dès qu'un escadron de policières tournait au coin d'une rue, en revanche, leur fierté battait de l'aile et les citoyens se faisaient soudainement beaucoup plus discrets. Il leur manquait un appel à manifester – comme cela avait été le cas précédemment, à travers le message télévisé des Maternalistes –, une organisation structurée, un objectif. Les effectifs étaient là, prêts et remontés plus que jamais ; ils n'attendaient plus que les directives de ceux qu'ils considéraient désormais comme leurs représentants.

Juste avant de pénétrer dans l'établissement, Ana risqua un regard en direction des femmes tendues de part et d'autre de l'entrée. Elles n'avaient pas l'assurance feinte de celle qui l'avait suivie ces derniers jours, ni ne portaient sur elles le mépris observable chez les agents des Renseignements. Leur posture était tout autre, plus "scolaire". Un service d'ordre privé à n'en pas douter.

Dans le hall épuré et luxueux, ses premières impressions se confirmèrent : peu de souliers sur les étagères, et une hôtesse d'accueil visiblement anxieuse.

— Mademoiselle De Conti.

La voix aiguë et stridente la fit sursauter. Ana se retourna. La toute petite brune en tailleur gris et lunettes démesurées était sortie de nulle part. De biais devant l'entrée des vestiaires, elle semblait l'attendre, et l'inviter à la suivre.

— La ministre Torvin a pris de l'avance.

Le ton qu'elle venait d'employer était particulièrement détestable. Il suggérait les multiples manières de passer le temps dans un lieu comme celui-ci, et laissait imaginer avec lequel des employés. Oserait-elle la pousser à bout, tester ses limites et la manipuler jusqu'aux frontières de l'intolérable ?

Ana se contenta de serrer la mâchoire et, après s'être débarrassée de ses bottes, lui emboîta le pas.

Les revêtements entièrement boisés et le plafond bas conféraient une atmosphère chaude et cosy à cette antichambre de la luxure. Une lumière bleutée tamisée amplifiait cette impression de douceur et de confort. Étrangement, Ana s'y sentit tout de suite plus à l'aise que ce qu'elle avait imaginé.

Une première garde barrait l'accès aux bains. Elle transpirait à grosses gouttes dans son uniforme synthétique, et posa un regard torve sur la nouvelle arrivante. Toujours silencieuse, Ana attendit une consigne de celle qu'elle présuma être l'assistante personnelle de Marlène Torvin. Sans un mot, celle-ci lui tendit une serviette ocre et lui indiqua les casiers d'un signe de tête. Elle s'en saisit et leur tourna le dos, imperturbable. Pourtant, elle n'en pensait pas moins. Quel besoin avaient-elles d'exiger qu'elle se dénude ? Afin de mieux contrôler qu'elle ne porte pas d'arme ou autre substance dangereuse ? S'agissait-il de tranquilliser la ministre ou de mettre leur invitée mal à l'aise ?

Alors qu'elle s'apprêtait à ouvrir l'une des cabines individuelles, Ana entendit la langue de la petite brune claquer plusieurs fois contre son palais, en signe de réprobation. Elle se retourna, l'œil mauvais, ce qui sembla faire jubiler l'assistante.

— Merci de vous changer ici. Nous devons nous assurer que vous ne dissimulez rien de préjudiciable à madame la ministre.

— Et que pensez-vous qu'une serviette pourrait dissimuler ? toisa l'enseignante.

— Lame, poison, acide, micro… L'imagination des Opposants ne manque pas.

— Les attentats ne font pas partie de nos méthodes. Nous ne souhaitons blesser personne.

— Dois-je vous rappeler les affrontements qui viennent d'avoir lieu ?

— Nous n'avons pas ouvert les hostilités, il me semble.

Un bras de fer visuel, aussi bref qu'intense, surchargea quelque peu l'atmosphère des vestiaires. À en croire son ton et la conviction qu'elle mettait dans ses idées, son interlocutrice ne faisait clairement pas partie des alliés potentiels. Son opinion allait plus allègrement du côté des extrémistes, et inutile d'être fine psychologue pour deviner sa haine des Maternalistes. Ana se résigna et laissa tomber la serviette sur le banc de cèdre. En retirant sa veste, elle questionna :

— Vous ne comptez pas me fouiller ?

— Vous y tenez ?

À ces mots, la garde se tortilla sur place, probablement intéressée par cette éventualité.

— Pas spécialement.

— Alors obtempérez, et finissons-en !

Son ton sec ne prêtait plus à discussion. L'assistante aigrie n'était pas plus ravie qu'Ana de se trouver ici, habillée qui plus est, et aurait certainement aimé profiter des services des bains loin de l'ombre pesante de son employeuse.

L'enseignante se sépara de sa combinaison thermorégulante. Les deux autres ne perdirent pas une miette du spectacle de ses muscles finement galbés, visiblement entraînés, et accompagnèrent chacun de ses gestes en direction du casier. Sans se démonter, Ana leur fit face, les mains sur les hanches, et questionna avec provocation, les dents serrées :

— Je peux garder le reste ?

L'assistante considéra un bref instant – déjà trop long – la dentelle bordeaux qui enveloppait la poitrine modeste de son invitée. La culotte assortie ponctuait sobrement sa cambrure et sublimait des fesses rompues à l'exercice. Un assortiment qui faisait très certainement son effet sur la gent masculine, sur son compagnon, puisque son identité n'avait plus de secret pour personne. Le contraste de ses dessous sur sa peau blanche, la fermeté apparente de ses formes, sa posture digne et combative… Un instant de trouble surprit la petite brune. Ce devait bien être la première fois qu'elle contemplait une femme de la sorte. Alors qu'elle espérait la mettre mal à l'aise, elle se trouva prise à son propre jeu, et la trouva belle, tout simplement.

— Cela conviendra, prononça-t-elle sur un ton adouci.

Derrière elle, la garde se fichait éperdument des états d'âme d'Ana, et pensa presque exiger qu'elle ôte le reste, afin de ne courir aucun risque.

Ana ne se fit pas prier et s'emmaillota bien vite dans la serviette mise à sa disposition. Une fois cette dernière nouée, forte de l'effet qu'elle produisait sur ses adversaires du jour, l'enseignante se dirigea spontanément vers le court tunnel que surveillait la garde.

— Excusez ces mesures de sécurité, mais nous ne sommes jamais trop prudentes, par les temps qui courent.

La plus petite ouvrit la marche, suivie d'Ana, et la femme du service d'ordre resta en plan, se contentant de les suivre du regard.

En débouchant dans l'espace commun, Ana fut presque soulagée de voir Deyan en compagnie d'autres femmes que Torvin. C'est à vrai dire la première personne qu'elle remarqua dans le vaste espace circulaire couvert de mosaïques. Bien qu'elle fût concentrée sur sa "mission" et son entrevue, son inconscient devait chercher son compagnon, par réflexe sentimental, ou souci de sécurité.

Le regard qu'ils échangèrent à la dérobée fut aussi éprouvant pour l'un que pour l'autre. Avec l'un de ses collègues, il tenait "compagnie" à une poignée de femmes bruyantes aux mains aventureuses. Ana dut réprimer une nausée aigre, tandis que Deyan crevait d'envie de s'extirper de cette alcôve électrique pour aller se réfugier dans les bras de la seule qui importait.

L'assistante de Torvin eut un sourire en coin en remarquant que les amants s'étaient entraperçus. Comme sa patronne, elle restait convaincue que les placer dans une telle situation permettrait à la ministre et à sa suite de garder l'ascendant, de diriger l'échange.

— Madame la ministre nous attend dans le sauna privatisé.

— Je vous suis, lâcha Ana avec lassitude, comme pour rappeler à sa guide qu'elle n'avait jamais mis les pieds ici.

Elles longèrent donc le bassin principal, disparaissant à tour de rôle derrière les larges colonnes, pendant que certains regards s'attardaient sur ces silhouettes de passage. Les rares clientes qui ignoraient ce qui se tramait en coulisse s'étonnèrent de ce tailleur strict alors qu'elles étaient toutes, soit nues, soit en serviette, et les employés chargés de les distraire se consultèrent gravement, avec l'air de ceux qui préparent un mauvais coup. Ana capta cette tension non sans appréhension. Pourvu que Deyan ait fait passer le mot, pourvu qu'il ait su raisonner ses collègues, ses amis, pour ne pas en arriver à des fins dramatiques. Sans qu'ils lui manifestent le moindre intérêt visible, elle était désormais au cœur de leur attention, elle le savait. Les instants qui suivraient feraient l'objet de toute leur vigilance. En état de veille, les hommes n'attendaient plus qu'on leur donne l'occasion de se soulever.

La cabine dédiée à celles qui recherchaient le maximum d'intimité tout en profitant des bienfaits du sauna se situait au fond des installations, juste derrière le comptoir proposant une diversité étourdissante de jouets sexuels et autres stimulants hormonaux. De l'extérieur, la paroi vitrée sans tain empêchait de discerner la moindre présence, la moindre activité. Dans le reflet, Ana croisa à nouveau le regard de l'assistante, qui s'était départie de son air supérieur et semblait beaucoup moins se délecter de sa position de meneuse.

Une bouffée de chaleur sèche enveloppa Ana lorsque celle-ci lui ouvrit la porte. Effectivement, rester habillée dans un tel environnement ne devait pas du tout procurer les mêmes sensations. Il y faisait certes moins chaud que dans les saunas classiques, mais la température devait tout de même avoisiner les 70 degrés. L'éclairage en rai de lumière orangée filtrant à travers les lattes du plafond ajoutait à cette atmosphère désertique.

Réagissant à cette obscurité partielle, les pupilles d'Ana se dilatèrent ; elle était elle-même sur le qui-vive. Lorsque ses yeux furent tout à fait accoutumés à cette nouvelle ambiance, elle discerna les contours de la cabine, dont les autres parois étaient entièrement boisées, et, dans le fond, trois formes se dévoilèrent. La première, assise sur le niveau le plus bas des aménagements et adossée au plan supérieur, était à n'en pas douter Marlène Torvin. Sa posture pleine d'assurance et de nonchalance, les bras étendus le long des boiseries, le buste nu allègrement ouvert à quiconque se présenterait devant elle, trahissait une détente feinte, car exagérée. Un visage ovale et mou, paré d'un air sarcastique, surmontait son physique replet. La transpiration coulait abondamment dans son cou enflé, entre ses seins lâches conquis par la gravité, et sur les plis d'un ventre qui, dans cette position, recouvrait partiellement la serviette posée sur ses cuisses. Tout chez cette femme répugnait Ana, jusqu'à sa respiration encombrée et puissante qui résonnait dans cet espace soudainement oppressant.

En retrait, deux silhouettes plus fluettes – aux côtés de Torvin, n'importe qui aurait fait figure de dénutri – encadraient la ministre. Debout, les deux femmes adoptaient une attitude stricte et vigilante, le buste droit et les muscles tendus. L'enseignante reconnut immédiatement les deux visages. Le premier, dissimulé dans un coin d'ombre oublié par l'orangé ambiant, appartenait à cette espionne à qui sa lame avait laissé un trait net sur le côté du cou. L'agent des Renseignements s'était donc reconverti en escorte privée de madame Torvin. Changement d'attribution officiel ou détournement d'effectif d'un autre ministère ? Le second visage n'était autre que celui de Samiah, soulagement indescriptible. Infiltrée dans les équipes de sécurité du gouvernement depuis des années, son amie suivait la ministre comme son ombre, et avait donc accès à des informations sensibles pour les Féministes, et vitales pour les Maternalistes. Torvin ne lui avait jamais témoigné d'intérêt probant, mais sa présence aujourd'hui révélait à elle seule la confiance qu'elle lui portait. Samiah était en veille, ni plus ni moins. Elle aurait pu supprimer la patronne de la Sécurité intérieure sur le champ, si la volonté de l'Opposition avait été telle, mais ces derniers jours, ces dernières semaines, Marlène Torvin s'était avérée bien plus utile vivante.

Les deux gardes du corps avaient eu l'autorisation de revêtir deux maillots de bains assortis, noirs, de ces modèles une-pièce ouverts sur les côtés et particulièrement seyants. Les hanches apparentes et leurs silhouettes athlétiques ainsi sublimées, elles étaient mieux loties que la petite brune qui, à peine entrée, commençait déjà à trouver le temps long, mais n'appréciaient que modérément de devoir adapter leur tenue au bon plaisir de la politicienne. Avantage majeur, pour l'une comme pour l'autre et en cas de complications, les pièces de tissu échancré et élastique leur offraient une totale liberté de mouvement.

Préparées à une éventuelle rencontre en de pareilles circonstances, Ana et Samiah ne laissèrent rien paraître de leur connivence, pas plus que de leur amitié. A contrario, les deux femmes qui s'étaient affrontées dans le métro portèrent l'une sur l'autre un regard acéré.

Là, face à sa patronne, la petite brune faisait preuve de beaucoup moins d'assurance. Au contraire, elle avait tout de l'assistante soumise et malléable. La température et son tailleur inadapté n'y étaient sans doute pas étrangers. Après de longues secondes pendant lesquelles les unes et les autres eurent tout le temps de se jauger, Torvin congédia son assistante :

— Merci, Fabienne, vous pouvez nous laisser.

Sans un mot, et dans une sorte de révérence qu'Ana trouva complètement déplacée, l'autre fit marche arrière, avant de rouvrir la porte vitrée et de prendre, comme si elle était restée en apnée depuis son entrée, une grande bouffée d'air frais. Lorsque le chuintement hermétique les isola à nouveau, Ana planta son regard dans celui de la ministre. Cette dernière devait comprendre que toute sa mise en scène n'avait aucune prise sur elle. Torvin redressa sa lourde carcasse pour croiser ses mains sur ses genoux.

— Merci d'avoir accepté mon invitation.

— J'évoquerais plutôt une convocation, avec toutes les menaces assorties.

Répondre du tac au tac, ne dévoiler aucune faiblesse !

— Seriez-vous venue sans cela ?

Là, Marlène Torvin marquait un point.

— Que me voulez-vous ?

— Doucement, ma chère, ne vous braquez pas ainsi. Discuter, seulement discuter, et qui sait, trouver un terrain d'entente. (Et en désignant l'assise et le dossier moulés pour accueillir une physionomie normale.) Pourquoi ne pas vous mettre à l'aise ? Ôtez donc cette serviette, vous risquez d'attraper chaud.

— Je suis très bien comme ça.

— Avez-vous croisé votre conjoint en traversant les bains ? J'ai demandé ses services, pour un simple massage rassurez-vous, mais l'hôtesse m'a juré qu'il était réservé pour toute la matinée. Bien dommage, n'est-ce pas ? Que ce Deyan est délicieux !

Son sourire hautain trahissait un cruel besoin d'écraser ses adversaires, par manque de confiance en elle sans doute ; seul le déballage aigri de son maigre pouvoir était capable de regonfler son estime d'elle-même. Le prénom de son partenaire articulé par cette femme étant déjà un affront en soi, Ana s'évita la peine d'imaginer que ses mains puissent la toucher.

— Autre chose ?

La gorge grasse et distendue de la ministre s'anima dans un éclat de rire aussi bref que bruyant.

— C'est ce que j'apprécie avec vous autres, les Opposants. Vous n'y allez pas par quatre chemins, pas de temps à perdre. (Puis, en reprenant son calme et en dirigeant un index autoritaire vers son invitée.) Où croyez-vous que tout cela va vous mener ? Les Renseignements vous ont porté un coup douloureux hier, si je ne m'abuse ? Quelles options vous reste-t-il ?

— Cela nous regarde.

— Oui, oui... Votre cellule a du pain sur la planche pour rebâtir un réseau de communication digne de ce nom. En aurez-vous seulement le temps ? Oh, j'imagine que tout le monde doit mettre la main à la pâte. Je vous plains, sincèrement.

Outre le fait que la ministre s'évertuait encore à rabaisser Ana et l'Opposition dans son ensemble, à minimiser le danger qu'ils représentaient, elle la trouva trop bien renseignée. Qu'elle connaisse l'existence de cellules multiples basées sur la répartition des tâches et la pluricompétence, passait encore, mais qu'elle puisse affirmer sans se tromper à laquelle l'enseignante appartenait la fit largement tiquer, et aiguisa sa curiosité.

— Vos sources ont bien travaillé, mais notre organisation interne n'a plus grande importance à présent.

Suggérer de nouvelles ressources, un nouveau plan. Laisser planer le doute !

— Eh oui, très chère, vous et vos amis n'êtes pas les seuls à pouvoir infiltrer les rangs ennemis. Vous vous trompez cependant en mentionnant “mes” sources. Les Renseignements se chargent seuls de la partie espionnage de ce conflit. Les informations recueillies profitent à tous les ministères, mais la secrétaire d'État Destille et ses effectifs sont les seules à se salir les mains.

À la plus grande surprise d'Ana, Torvin tourna la tête en direction de la femme située sur sa gauche, et lui adressa un sourire discret, néanmoins franc. L'espionne réagit avec l'air gêné d'une adolescente prise en flagrant délit d'amourette.

Se pouvait-il... Torvin employait en secret les services d'un agent des Renseignements, avec qui elle partageait une évidente complicité. Comment s'étaient-elles rencontrées ? Pourquoi elle ? Sa gestuelle, ses intonations, jusqu'à ce regard libidineux lorsqu'elle avait suggéré à Ana d'abandonner sa serviette. Ces maillots de bains passablement voyants, suggestifs pour ne pas dire vulgaires. Caprice d'une femme de pouvoir savourant au mieux les menus plaisirs rattachés à sa fonction ? Autant d'indications qui auraient dû lui révéler l'évidence. Elle s'était montrée sèche et détestable avec sa petite assistante ; peut-être celle-ci avait-elle refusé ses avances ? Son jeu malsain concernant le lieu de leur rendez-vous et les services de Deyan s'avérait-il n'être qu'une énième tentative de manipulation ? Le bref et délicat échange entre la corpulente politicienne et sa dévouée garde du corps suffit à mettre les choses en perspective. La ministre n'avait que faire des hommes et de leurs attributs. Comme de nombreuses autres de ses contemporaines, Marlène Torvin était homosexuelle.

Constatant le trouble flagrant de l'enseignante, cette dernière s'en amusa, avant d'avouer implicitement :

— Nous avons toutes et tous nos petits secrets, Mademoiselle De Conti, et ceux-là nous affaiblissent à des degrés différents.

"Toutes et tous". Les deux genres admis dans une même phrase, dans une même affirmation. Voilà qui changeait des discours extrêmes de celles qui se prétendaient féministes. Les informations recueillies par l'Opposition se vérifiaient, la ministre Torvin était peut-être aussi modérée qu'escompté.

— Votre secret personnel – qui n'en est d'ailleurs plus un – est autrement plus compromettant que le mien, Ana. La société tolère plus facilement l'amour de deux femmes que la vie de famille que vous vous évertuez à préserver. Je vous admire en vérité. Et je crois que vous méritez un petit coup de pouce.

— De votre part ?

Le ton d'Ana s'était fait dédaigneux.

— De qui d'autre ? s'esclaffa à nouveau la politicienne.

— Où serait votre intérêt à m'apporter votre aide ?

— Encore une fois, vous allez vite en besogne. Quelle fougue ! Vous ne prenez même pas le temps d'écouter ce que j'ai à vous offrir, et vous vous enquérez déjà de mes conditions.

— Rien n'est jamais gratuit.

— En effet, vous avez l'esprit aussi avisé que ce que je m'étais laissé dire. Tout d'abord, ce n'est pas à vous personnellement que je propose mon aide, mais à votre mouvement tout entier. Je me complais peut-être dans cet état de choses, au poste qui est le mien, mais certaines de nos gouvernantes vont trop loin. Des textes dangereux sont votés, et je ne m'y reconnais pas. Je suis un être humain avant d'être une femme, voyez-vous, et l'avenir qu'elles nous prédisent ne me dit rien qui vaille. À vrai dire, tout va s'accélérer. Dans quelques jours sera votée la proposition visant à stériliser les derniers hommes encore fertiles – vous en avez d'ailleurs admirablement dressé les dangers dans votre vidéo –, et à moins que quelqu'un ne prête main-forte aux Maternalistes, il sera bientôt trop tard pour faire marche arrière. Les laboratoires sont d'ores et déjà opérationnels, la seconde étape viendra ponctuer cette bêtise sans nom.

Subjuguée par le nouveau visage que lui dévoilait son interlocutrice, Ana restait muette.

— Chacune et chacun devrait être libre d'aimer et de fréquenter qui bon lui semble. Cette misandrie absurde n'a ni queue ni tête. Oui, notre société, notre espèce a besoin des hommes. Ce que vous partagez, Deyan et vous, est précieux, au même titre que ce que je peux partager avec Apolline. (Sa main se risqua brièvement sur la hanche de l'espionne.) Je prône tout simplement un retour de nos libertés individuelles. De ce fait, il vous faut des armes pour contrer leur pensée totalitaire. Et quelle meilleure arme qu'une information précieuse tombant à point nommé ?

— Je vous écoute.

— Enfin. Merci de baisser un peu votre garde. Si vous parvenez à faire bon usage de ce que je m'apprête à vous révéler, si ce gouvernement aussi dangereux qu'aveugle est destitué, je souhaiterais modestement conserver mon poste au ministère de la Sécurité intérieure. J'ai conscience que des têtes sont susceptibles de sauter, aussi j'ai besoin de votre parole.

— Ma parole ne vaut pas grand-chose, et vous le savez. Je ne peux me prononcer au nom des Maternalistes.

— Disons qu'il s'agira d'un accord de principe, alors, entre deux femmes œuvrant pour le mieux.

Ana fronça les sourcils, doutant que Torvin puisse se satisfaire d'une telle informalité. Piquée au vif par les révélations qui ne tarderaient plus, elle déclara :

— Si votre aide nous permet de réussir, je ferai mon possible pour que l'on sache à qui nous le devons.

— C'est tout ce que je souhaitais entendre. Bien. Alors, soyez attentive, ma petite. Il existe une maison, ou devrais-je dire une propriété, perdue dans la campagne, déconnectée de tout réseau numérique, et pour ainsi dire coupée du monde, où notre chère secrétaire d'État Destille se rend régulièrement.

— La patronne des Renseignements ? Que vient-elle faire là-dedans ?

— Vous voulez entendre la suite, oui ou non ?

D'un signe de la main, Ana s'excusa et l'invita à poursuivre.

— Cela va vous sembler tellement évident. Une retraite au vert. Quoi de plus normal, me direz-vous, pour une responsable politique avec les fonctions et les tensions inhérentes à son poste ? Un repos bien mérité. Quelques jours par an, peut-être, mais Destille y séjourne presque tous les week-ends.

Une résidence dissimulée de tous, soustraite à tout contrôle ou surveillance... Ana voyait se dessiner le tableau.

— Je peux vous affirmer de source sûre que notre chère secrétaire d'État y cache tout bonnement un homme et pas moins de deux enfants, oui oui. Non contente de se mettre hors-la-loi et d'avoir une relation aimante et passionnée avec l'un des représentants du sexe "détestable", elle contrevient de plus à la loi sur la procréation unique. Que dites-vous de cela ?

— Je croyais qu'elle était parmi les Féministes les plus radicales.

— De la poudre aux yeux, ma chère. Elle protège simplement son poste et sa situation ; entretenir une seconde vie, une maison et un foyer doit être un véritable gouffre financier. Et laissez-moi vous dire qu'elle est loin d'être la seule à filouter de la sorte.

— Et quelle est votre source ?

— Vous comprendrez que je ne peux pas tout vous révéler, chère amie, mais j'ai bon espoir qu'en sachant à présent où chercher, vous parviendrez enfin à frapper un grand coup.

— C'est énorme... balbutia l'enseignante.

— À l'image des hérésies vers lesquelles elles nous guident. J'espère que vous en ferez bon usage.

— Tout cela ne devrait pas être trop difficile à vérifier.

— Je sais que je peux compter sur vous.

Marlène Torvin prononça plusieurs autres noms, et s'assura qu'Ana les avait bien enregistrés. S'il s'agissait là de leur unique chance de mettre à mal les Féministes, il leur fallait user des bons atouts, des bons leviers.

— Pourquoi faites-vous cela ?

La question était pour le moins légitime, mais la ministre sembla surprise. Visiblement, elle ne s'était pas attendue à ce que son interlocutrice puisse s'intéresser à ses motivations, à ses états d'âme.

— C'est ce qui me semble le plus logique. Leurs dérives ont assez duré, vous ne croyez pas ?

— Et pourtant, vous continuez de réprimer les manifestations et d'interpeller les Opposants.

— Si je ne faisais pas ce pour quoi je suis payée, je n'occuperais plus ce poste, et nous n'aurions pas cette conversation. Le succès de l'Opposition naîtra peut-être de la vision négative que vous avez pu avoir de moi. Y avez-vous pensé ?

À aucun moment Ana ne s'était imaginé la ministre Torvin aussi humaine, presque spirituelle. Avec ces révélations, impensables quelques jours en arrière, elle se ralliait presque à la cause. Derrière le lieu de leur rendez-vous, derrière ces bains objetisant la gent masculine, l'enseignante ne voyait non plus une volonté perfide de lui nuire, mais au contraire celle de la faire se sentir en sécurité, au plus près de son conjoint et de ses amis. Peut-être même que cette femme, qui exhibait son opulence dans cette pièce suffocante et jouissait très clairement de sa toute-puissance, était au courant pour Samiah, son double jeu et son potentiel létal. Toujours est-il qu'elle semblait bien s'amuser de ces petits jeux d'intérêt. Il existait des personnes que le pouvoir et ses mouvances suffisaient à satisfaire, quel qu'en soit le dénouement. En réalité, Marlène Torvin ne craignait pas que l'on attente à sa personne ; peut-être le souhaitait-elle même un peu.

Évidemment, elle démentirait toujours être pour quelque chose dans l'éventuel succès des Opposants, ou des Maternalistes, quel que soit le nom qu'ils se donnaient. Elle conserverait auprès de l'opinion publique, et c'était très bien ainsi, son caractère dur et intransigeant, sa fiabilité envers le gouvernement féministe, et jusqu'à son dégoût des hommes – ce dont, en réalité, elle se fichait éperdument.

— Du moment que vous et vos amis n'oubliez pas que nous sommes toutes et tous dans le même bateau, vous aurez tout mon soutien, aussi officieux soit-il.

— Vous pouvez compter sur moi. Je... hésita Ana.

— Oui ? Allez-y, n'ayez pas peur, très chère.

— Vous avez suggéré tout à l'heure que nos rangs puissent être infiltrés. Vous évoquiez des agents des Renseignements ?

— Affirmatif.

— Pouvez-vous m'en dire davantage ?

— Après tout, vous ne devriez plus la revoir, alors pourquoi ferais-je de la rétention ?

Ana tiqua sur cette dernière phrase. Elle pensa naturellement à Marie-Line ainsi qu'à Lilia, tombées au combat, puis son esprit se heurta à l'incertitude "Sylvie". Elle se remémora leurs échanges, ses réactions parfois curieuses, distantes, son sens de l'observation hors du commun, son potentiel fédérateur qui s'avérait être en réalité... manipulateur ! Ses yeux parlèrent pour elle.

— Oui, lui confirma Torvin. Elle était le parfait agent infiltré. C'est grâce à elle que votre espionne en herbe a pu être appréhendée. Nous ne pouvions tolérer que ces informations sortent de nos murs. Mais c'était sans compter sur la malice de votre hackeur, Pierre c'est bien cela ? Nous pensions pouvoir contrer les attaques de son virus, mais nous l'avions largement sous-estimé.

Ana n'écoutait plus que d'une oreille. Comment une personne aussi proche et amicale pouvait en fait appartenir aux lignes ennemies ? Sylvie avait séjourné au domaine Lassalle elle aussi, partagé leur table, joué avec Hector.

Lorsque la cellule se réunissait là-bas, elle aurait pu tous les faire arrêter, simultanément ; elle avait toutes les cartes en main pour démanteler leur réseau, et ce dès le départ.

Il devait être plus efficace de les surveiller de l'intérieur, pour mieux contrôler et anticiper leurs actions. Éradiquer l'Opposition, cela aurait été prendre le risque de la voir se former à nouveau, affranchie de tout contrôle, et ça, le gouvernement ne pouvait se le permettre. Mieux valait tolérer et surveiller tous ces idéalistes progressistes, dangereux pour la stabilité de la société.

Ana prenait seulement conscience de l'ampleur de la situation. Tout cela la dépassait largement. En réalité, l'ensemble des belligérants de cette vaste partie d'échecs était dépassé. Ils évoluaient dans un flou perpétuel, dans un statu quo qui, par définition, ne permettrait jamais aucun changement.

— Vous ne vous attendiez pas à cela, n'est-ce pas ? N'ayez crainte, nous ignorons tous quelque chose, chacun de nous vit dans sa réalité subjective. Moi-même, je sais que certains faits m'échappent, peut-être même dans mon environnement direct. Le monde est ainsi fait, nous ne pouvons tout contrôler.

Ana et Samiah durent contenir un regard de connivence. Torvin n'était peut-être pas dupe, mais mieux valait maintenir ce climat d'incertitude, ne pas compliquer les choses outre mesure.

— Je vais devoir rapidement en aviser les Maternalistes.

— Je me demande ce que vous faites encore ici.

Les deux femmes échangèrent une approbation courtoise, étrange sensation de proximité avec sa pire ennemie du moment, avant qu'Ana ne se lève et ne salue le trio transpirant. De toute manière, et à entendre l'intensité sonore de sa respiration, la ministre ne tarderait pas à sortir, au risque de frôler la déshydratation.

Ana emprunta le même trajet qu'à son arrivée, craignant de surprendre son homme dans une situation perturbante, mais

Deyan n'était pas visible. C'était peut-être mieux ainsi, quelle que fût son occupation.

Elle s'accorda tout de même une douche fraîche pour rincer les perles de transpiration qui parsemaient son corps, et effacer cette sensation d'inconfort qui l'avait saisie dès son entrée dans ce fichu sauna. Un moment éprouvant, mais qui s'avérait bien plus bénéfique que la rencontre à laquelle elle avait pu s'attendre. Restait à décider de quelle manière utiliser la précieuse information, en tenant compte des délais extrêmement courts imposés par le pouvoir. Ana se sentit soudainement épuisée, et son immersion de quelques minutes dans cette atmosphère chaude et sèche n'en était probablement qu'une raison mineure.

17

Cinq avenues s'étiraient en étoile depuis la Chambre matricielle, principal organe de la 6ème République. Aux extrémités de chacune d'elles, un peloton de policières verrouillait les accès au siège du pouvoir, bloquait toute progression des manifestants.

Au fil de la journée, les différents groupes, spontanés ou plus organisés, avaient quitté leurs points de départ respectifs, innombrables foyers de misère, de répression et de solitude répartis dans les quartiers modestes comme les plus huppés de la ville, pour finalement converger ici, là où tout devait se jouer. La communication massive des Maternalistes avait porté ses fruits ; aucun média n'avait été épargné ; le réseau des écrans domestiques lui-même avait relayé leur message, leur appel. Les Opposants sonnaient le branle-bas, et force était de constater que la population répondait présente. Chaque minute, de nouveaux venus s'ajoutaient à cet amalgame unifié par leur ennemi commun. Poignets dressés, citoyens et citoyennes s'adressaient à leurs réseaux respectifs ; les milliers de caméras minuscules incrustées dans les bracelets personnels diffusaient en temps réel les images de la rue, véritables outils de cohésion et de mobilisation.

Prise au dépourvu, incapable d'anticiper un tel soulèvement, et peut-être trop laxiste – l'avenir en jugerait –, la Sécurité intérieure tentait tardivement de regrouper ses forces. L'essentiel des agents dispersait encore des grappes éparses de citoyens diversifs, à des kilomètres de là, et fragilisaient d'autant plus le centre névralgique des opérations.

Loin d'être équitables, les effectifs tournaient largement à l'avantage de la population : moins de cinq cents agents, équipés lourdement et répartis sur les cinq embranchements, faisaient face, à présent, à quelque vingt mille femmes et hommes n'ayant plus rien à perdre.

Dressées, alignées telles des remparts, les policières faisaient bloc. À raison d'une petite centaine par avenue, elles contenaient la foule en ébullition à grand renfort de mental et d'intimidation. Tantôt leurs formations reculaient, tantôt elles gagnaient du terrain, usant à volonté des matraques électriques, fusils et grenades à impulsions.

Pour la plupart déployées depuis les affrontements du début de journée, ces femmes en armes, casques et boucliers n'avaient sans doute pas conscience de la foule innombrable qui se pressait derrière les premières lignes de manifestants. Si elles avaient pu avoir une vue d'ensemble, profiter des images fournies par les drones au Centre de Commandement, elles auraient sans doute déposé les armes sur le champ. Mais les ordres étaient clairs, simples et précis, la voix de la chef de peloton s'imprimait jusque dans leur âme avec détermination. Alors elles se concentraient sur les visages situés en face d'elles, en s'efforçant de les déshumaniser autant que possible, et considéraient ces individus comme leurs adversaires du moment. Jamais elles ne percevaient le collectif, pas plus que la cohésion citoyenne qui leur tenait la dragée haute dans ce bras de fer en équipe ; cela aurait risqué de leur accorder une dangereuse légitimité.

Les matraques cognaient à l'unisson, à intervalles réguliers, sur la partie supérieure des boucliers. Ces panneaux translucides, incassables et extrêmement légers, recevaient sans discontinuer pavés et autres munitions de fortune. Cependant, rien ne semblait pouvoir interrompre le fracas produit par les matraques. Et les agents de police reprenaient du terrain, un pas après l'autre, orientés par les cris autoritaires d'une commandante rompue à l'exercice.

De temps à autre, provenant des rangs ennemis, des tirs d'armes à feu ou de fusils à impulsions dérobés lors d'une précédente journée venaient s'abattre sur leurs boucliers, et projetaient au sol certaines d'entre elles, les autorisant ainsi à répliquer. Les tireuses se glissaient alors dans les interstices offerts par la façade transparente et libéraient leur énergie destructrice, calmant du même coup les ardeurs des manifestants. Des premiers tout du moins, car d'autres venaient vite les remplacer, avec toujours la même colère lisible dans leurs yeux, dans leurs cris et sur leurs bouches écumeuses. De nombreux autres, encore, jonchaient la chaussée sur plusieurs dizaines de mètres, sans que personne ne prête attention à eux ou ne daigne s'occuper des blessés.

Ponctuellement, la charge synchrone et nombreuse des manifestants faisait trembler les rangs des femmes engoncées dans leurs équipements. S'ils étaient suffisamment nombreux à composer cette vague de courage et de désespoir, une poignée tombait, certes, avant d'atteindre le blocage, mais tous les autres venaient s'y presser avec fracas. En face, on les recevait avec des coups lestes et des décharges invalidantes, mais on subissait aussi quelques blessures par des coups bien placés ou des jets millimétrés. Certaines se faisaient même extraire de force de leur formation, puis traîner au sol, avaler par la marée citoyenne qui, elle, pouvait se permettre de ne pas compter ses pertes.

Un face à face au cours duquel la patience était mise à rude épreuve, puisqu'entre chaque heurt, chaque bagarre rangée, chacun des deux groupes retrouvait sa place initiale, reprenait son souffle et pansait ses blessures.

Intelligemment dispersés sur chacune des cinq avenues, les membres officiels de l'Opposition tentaient de canaliser et de coordonner la rage de la population. En contact radio permanent les uns avec les autres, Ana et ses pairs lançaient leurs attaques de façon synchrone, et usaient de la foule pour ce qu'elle était, un atout inépuisable car innombrable.

— *Nous avons beaucoup de blessés ici.*

— *Faites-les gagner les lignes arrière ! Prochaine vague dans dix minutes.*

— Reçu. Où en sont les diversions ?

— On nous rapporte que les autres escadrons pourraient être ici dans 45 à 50 minutes, mais visiblement, l'ordre n'a pas été donné. Je crois qu'elles n'ont pas encore perçu notre objectif.

— Ça ne saurait tarder. Il faut qu'on avance.

— Il faut à tout prix éviter qu'ils nous prennent en tenaille. Si l'ensemble de leurs forces nous rejoint, nous n'aurons plus l'avantage.

— Préconisations ?

Plusieurs voix se mêlaient dans les oreillettes. Cette dernière question, adressée à la remplaçante d'Amir au commandement des troupes – puisqu'il convenait en ce jour de les nommer ainsi –, fut suivie d'un silence ponctué de déflagrations.

Ana, en attente de nouvelles consignes, raisonnait et organisait les citoyens dont elle avait la charge, essayant tant bien que mal de garder sa terreur pour elle, de ne pas la transmettre à ses voisins. Elle était suivie, observée et écoutée. Loin de posséder une âme de meneuse, elle s'efforçait d'assumer ce rôle du mieux qu'elle pouvait. Mais partout où ses yeux se posaient, ils ne voyaient que violence, fureur, souffrance, mort et chaos. Sur sa gauche, à mi-chemin des deux lignes de belligérants, un petit groupe de policières plaquait deux manifestants contre les façades immaculées. Des coups de matraque préventifs laissaient germer des plaintes teintées de douleur. Lorsque d'autres manifestants tentèrent de venir les secourir, le gros de l'escadron n'hésita pas à vider ses fusils à impulsions, réduisant en conséquence les velléités de ces hommes et femmes condamnés à assister, impuissants, à l'arrestation et aux violences sur deux des leurs. Derrière elle, autour d'elle, des cris de colère et d'indignation, des appels à la violence, au meurtre parfois, désensibilisés et déconnectés des véritables objectifs de leur mouvement. En face d'elle, plusieurs fois, Ana croisa les regards tout aussi apeurés des gardiennes de l'ordre. Des échanges brefs mais chargés de questionnement. Chacune semblait attendre de l'autre un signe d'apaisement, une trêve peut-être, mais chacune aussi, refusait de faire le premier pas en arrière. On se craignait autant qu'on se comprenait, la rage était à la hauteur des espoirs que chacune des âmes impliquées représentait, mais les ordres étaient les ordres, et la souffrance d'un peuple avait tendance à éluder les valeurs les plus humaines. À cet instant, aux yeux des manifestants, les policières n'avaient plus rien des citoyennes qu'elles étaient censées protéger, mais ne représentaient ni plus ni moins que les Féministes extrémistes qui les avaient plongés dans ce marasme, et dont elles leur barraient l'accès.

Les rangs denses de la population s'écartèrent momentanément afin d'offrir un repli à celles et ceux qui venaient de tenter un sauvetage perdu d'avance – et qui pouvaient encore marcher. L'enseignante, intérieurement catastrophée, vit défiler devant elle les corps meurtris d'individus gémissant, aux articulations pulvérisées par une impulsion non létale, aux visages tuméfiés, ensanglantés suite à l'explosion d'une grenade lancée trop haut. Il lui sembla reconnaître plusieurs d'entre eux, avec lesquels elle avait pu échanger, quelques heures plus tôt. Alliés sacrifiés, redevenus anonymes, et dont l'Histoire ne se souviendrait sans doute pas. Pour ceux-là, la journée était terminée, l'issue de cet ultime épisode ne leur appartenait plus.

— *Regroupez les armes avenue Thiers ! Leurs agents ont l'air plus fébrile ici, on va tenter une percée. Vous avez dix minutes.*

La voix grésillante d'Agnès, fraîchement promue commandante des forces de l'Opposition, se tut, et ne reçut pour toute réponse que les ordres relayés des chefs d'escouades, suivis des déplacements des hommes et des femmes équipés des redoutables fusils d'assaut et autres fusils à impulsions confisqués à leurs ennemies. Armée elle aussi,

Ana confia les rênes de son avenue à un autre Maternaliste, un peu jeune mais très discipliné, avant de suivre le mouvement.

***

— Nous ouvrirons la séance avec le renforcement des mesures de sécurité, déclara la présidente de la Chambre. Les effectifs de la Sécurité intérieure sont à présent dépassés, et on nous rapporte que les mobilisations d'aujourd'hui sont sans commune mesure avec celles des semaines précédentes. Madame la ministre, vous confirmez ?

Marlène Torvin se leva péniblement de son siège, comme la coutume l'exigeait, amorça ses mots dans une toux aussi brève que grasse, et énonça ce que toutes savaient déjà :

— Nos unités sont dispersées sur l'ensemble de l'agglomération, et malgré cela, des poches de manifestants demeurent sans surveillance, entièrement libres de leurs allées et venues. Malgré tous nos efforts, nous ne pouvons plus garantir la sécurité de la population, pas plus que l'intégrité de la République. Je suis désolée de l'admettre, mais il convient d'en tirer...

— Vous avez fait au mieux avec les effectifs que l'on vous accorde, coupa sèchement la présidente, appuyant ainsi sur le caractère urgent de la situation. Personne ne vous tient pour responsable de cet état de fait. Bien. Comme évoqué en réunion préliminaire, nous voterons dans quelques instants pour ou contre la loi martiale, en espérant que la majorité d'entre vous ait les idées claires au sujet de ce qui est en train de se passer sur notre sol. Le vote sera applicable séance tenante, et la ministre des Armées nous assure que ses troupes sont prêtes à intervenir.

Quelques approbations sonores et applaudissements timides retentirent, sans toutefois soulever un quelconque soulagement. Chacun des membres de la Chambre savait pertinemment qu'une telle mesure pouvait causer des dommages sans précédent, pour les infrastructures aussi bien que pour la cohésion nationale, et cela les renvoyait aux heures les plus sombres de l'Histoire. La présidente, imperturbable, continua :

— Le second vote portera sur la promulgation du décret autorisant la vasectomie ou la médication des derniers reproducteurs. La ministre de la Santé nous exposera les détails et la mise en place de cette campagne, puis détaillera les nouvelles normes de la PUMA, les stocks de semence, la fabrication des gamètes, les différents sites habilités, sans oublier le nouveau programme de sélection des genres. Après la pause, nous passerons enfin aux sujets mineurs, à savoir la charte comportementale des hommes à l'égard des femmes, les ajustements salariaux, et le réseau domestique, bientôt couplé à celui des bracelets personnels. Mesdames, procédons aux votes.

Dans la précipitation générale et un brouhaha coutumier, les travées se remplissaient. Les greffières étaient positionnées, mains sur leurs claviers holographiques, têtes droites et rigides, avec pour seul mouvement celui de leurs yeux suivant l'agitation ambiante. Irritée par cette indolence matinale et ces discussions disparates, la présidente, de son ton autoritaire habituel, dut appeler plusieurs fois au calme. Quelques œillades offensées fusèrent de-ci de-là. Heurtées dans leur rassurant cérémonial, toutes finirent par prendre la mesure de l'instant. Le silence gagna progressivement l'hémicycle.

Si celles de la majorité étaient déjà vissées à leurs sièges, pressées d'en finir avec ces sujets primordiaux – et surtout davantage conscientes de l'urgence de la situation ; une fois abrogées, ces lois assiéraient d'autant plus l'autorité féministe, favoriseraient l'évolution positive de la société, elles en étaient convaincues –, les autres, membres plus ou moins fédérés des partis minoritaires, ne changèrent rien à leurs habitudes de politiciennes fates et intemporelles. Chacune d'entre elles était indispensable, forcément, irremplaçable dans l'appareil politique moderne et efficace qui était le leur. Elles marqueraient toutes l'Histoire, à n'en pas douter, et chaque citoyenne devait obligatoirement connaître leur nom, leur fonction, leur prestige – l'avis des citoyens, lui, leur importait peu.

Cependant, on pouvait lire sur les visages des plus traînardes ce matin-là, des plus roublardes aussi, une certaine forme d'appréhension. Derrière l'assurance feinte dont elles se paraient dès lors qu'elles sortaient de leur domicile, derrière les plaques rutilantes apposées sur leurs sièges respectifs et la certitude que la séance ne commencerait pas sans elles, il y avait le doute, l'inconfort moral et viscéral, l'embryon d'une réflexion plus globale sur l'état de leur société, peut-être même la possibilité amère de se rendre coupables d'une bévue collégiale, d'une confusion de parcours, d'un crime contre l'évolution. Allaient-elles à l'encontre de leur Histoire, de leur legs, des combats passés – pas tout à fait oubliés – de leurs ascendants ?

Sans pour autant remettre en cause la légitimité du mouvement féministe et ses réformes successives des dernières décennies, elles avaient bien conscience du tournant radical, peut-être même définitif, qu'elles s'apprêtaient à voter. Cette voix pleine de prudence qui leur soufflait la pondération, la réflexion, au moins dans un coin de leur esprit éduqué, cette voix était inscrite dans leurs gènes. Elle était la marque d'une intelligence naturelle et instinctive, la relique du féminisme ancestral, bienveillant et communautaire, celle qui les avait amenées à se soulever et à prendre les rênes du pouvoir, même si depuis, d'autres types de motivation s'y étaient substitués.

— Bien. Merci, Mesdames, déclara l'oratrice avec condescendance lorsqu'elle jugea l'attention de ses paires appropriée aux circonstances. Commençons par la lecture de la loi ! Greffière, je vous prie.

***

Au loin, le bâtiment et sa coupole s'érigeaient comme un défi, un appel à venir y décrocher liberté et bonheur collectif. Mais le temps était compté. La rumeur s'était répandue qu'aujourd'hui des lois terribles y seraient votées. Et une autre menace sourdait, celle des escadrons de police rappelés près du siège du pouvoir ; bientôt, la population perdrait l'avantage du nombre.

Rassemblés au pied des premiers hôtels particuliers de l'avenue Thiers, les Opposants se motivaient les uns les autres, à grand renfort de discours idéalistes et de cris fédérateurs. Noyés parmi la foule d'anonymes pressés d'en découdre, c'est à peine s'ils pouvaient s'entendre. Seuls les chefs d'escouade communiquaient de manière fluide, grâce à leurs colliers-micros, alors que leurs hommes et leurs femmes, soldats d'un jour, ne les quittaient pas des yeux. Environ deux cents tireurs entraînés se partageaient les armes de guerre entrées illégalement sur le territoire ainsi que les fusils à impulsions confisqués aux policières. C'était deux fois et demi plus que le peloton qui se tenait là, à une cinquantaine de mètres de leur position, et qui leur bloquait le passage. Dissimulés derrière la première ligne de manifestants non armés, les Opposants s'organisaient. Ana croisa brièvement le regard dur et fataliste d'Agnès. Un signe de tête, comme à quelques autres "gradés" et, joignant le geste à la parole, la commandante s'écria :

— Essayons de limiter les dégâts. En formation !

L'ordre était passé. Au signal, les citoyens complices, simple obstacle visuel pour les rangs ennemis, se baisseraient simultanément.

— Avec moi... temporisa-t-elle. Maintenant !

Lorsque son bras et son poing serré s'abaissèrent, les manifestants firent de même, se jetant littéralement face contre terre.

La première salve d'impulsions propulsa au sol la ligne de boucliers ; celles qui les portaient subirent un recul de plusieurs mètres. Le fracas des ondes de choc simultanées sembla étourdir leurs sœurs d'armes. Quelques rares policières, épargnées par les tirs, demeurèrent debout, interdites et isolées. Les tireurs posèrent un genou au sol, ouvrant ainsi le champ à la seconde salve, qui faucha les derniers remparts translucides et entama sévèrement des forces en aucun cas préparées à une telle opposition. Dans la confusion la plus totale, les premiers tirs de riposte fusèrent dans la direction des manifestants. Inutile de viser, la foule était suffisamment dense et compacte pour que chaque impulsion fasse mouche. Certains Opposants tombèrent, aussitôt tirés en arrière par la population, tandis que d'autres avançaient, arme à l'épaule et œil au viseur.

Alors qu'Agnès énonçait son ordre suivant, sa jambe gauche quitta le sol pour décrire une ellipse aussi brutale que contraire aux lois physiques. Sous la puissance de l'impulsion, son genou éclata et la rotation appliquée à son membre démit sa hanche. L'ensemble de son corps suivit le mouvement avec une grâce presque poétique, pour finalement retomber et heurter lourdement le pavé. Les cris de leur commandante résonnèrent dans les oreillettes des Opposants, mais ses derniers mots dominaient toute autre considération.

À l'assaut ! imprégna longuement les esprits pendant que les armes à feu destructrices visaient les jambes des policières. Plusieurs lignes serrées, quatre, peut-être cinq, progressaient en direction de la Chambre, et des tirs réguliers venaient réduire au silence celles de la Sécurité intérieure qui n'avaient pas encore compris l'évidence. Même si chacune de leurs impulsions faisait mouche, elle ne pouvait remporter cette bataille ; les mathématiques venaient d'avoir raison d'elles.

— *Cessez le feu !*

L'ordre tant attendu ne venait pas d'Agnès, qui devait souffrir le martyre tandis qu'on l'écartait du passage, mais des rangs ennemis. Un drone en vol stationnaire répéta la voix implorante :

— *Cessez le feu !*

En face, celles qui tenaient encore debout levèrent les mains, le visage déformé tant par la douleur que par la crainte d'être sévèrement molestées. Mais à leur grande surprise, les instants qui suivirent leur renvoyèrent à la figure la position peu enviable et le rôle dérisoire qu'elles tenaient dans cette crise sociale. Les policières ne représentaient qu'un obstacle supplémentaire vers l'objectif réel des citoyens, et cet obstacle venait d'être levé.

Alors que certains Opposants tenaient en respect les agents de police déconfits, en s'assurant par ailleurs que personne ne menaçait leur intégrité, la course effrénée des manifestants fendit leurs rangs, agrippant au passage les fusils et les matraques que les vaincues leur abandonnaient volontiers. Entre hurlements de joie et appels à la révolution, l'avenue Thiers draina un flot ininterrompu d'hommes et de femmes, aspirant du même coup la masse grouillante qui s'était accumulée, au fil des heures, dans les rues adjacentes.

La bataille suivante se jouerait là-bas, où tous convergeaient, et les Maternalistes se devaient absolument d'être de la partie. D'un regard entendu, Ana et les siens suivirent le mouvement, en laissant derrière eux une poignée d'Opposants destinés à protéger des policières médusées.

***

Seulement une petite quinzaine de votantes levèrent le bras. Contre toute attente, la ministre de la Sécurité intérieure en faisait partie. Lorsque tous les yeux de ses paires se braquèrent sur elle, étonnés ou accusateurs, Marlène Torvin ne cilla pas. Courageuse, et en dépit des sanctions administratives auxquelles elle s'exposait, la politicienne avait décidé d'aller au bout de ses convictions. Elle ne pouvait décemment pas renseigner les Opposants, les aider dans leur soulèvement plus que légitime, et voter pour une loi diamétralement opposée à leurs idées, ainsi qu'à ses opinions personnelles. Non, elle tendit son bras en direction de la voûte bigarrée, sans gêne, le regard franc et décidé, confortant ainsi la décision des quelques autres partisanes du *non*. Étrangement, celles-ci lui adressèrent le même étonnement, mais leurs visages portaient aussi une certaine forme de reconnaissance, dissimulée dans un sourire.

Tandis que Claire, la greffière principale, enregistrait le nombre de votes contre la loi martiale, le piétinement d'une secrétaire nerveuse vint rompre cette atmosphère pesante. La jeune femme, tête baissée et regard fuyant, aurait souhaité devenir invisible, et délivrer son message en tout anonymat. Au moment où elle s'étira vers le bureau haut perché et l'oreille inquiète de la présidente, plusieurs bruits sourds, lointains, parvinrent jusqu'à l'hémicycle. Un vague murmure parcourut l'assistance, rapidement suivi par les traits affolés de la présidente et des greffières, qui se levèrent dans un même élan. Accompagnée d'un brouhaha croissant, la première descendit les quelques marches boisées jusqu'au pupitre de la fonctionnaire, puis se pencha vers l'écran que celle-ci lui destinait. Quelques mots échangés, inaudibles depuis les rangées hémicirculaires, des images aussi, qui semblèrent lever les derniers doutes de la présidente, et cette dernière, passablement agitée, prit les épaules fluettes de sa secrétaire entre ses mains.

— Faites verrouiller toutes les entrées ! Immédiatement.

L'autre acquiesça, avant de s'éclipser plus rapidement encore qu'elle n'était apparue, tandis que la présidente se raclait la gorge.

— Mesdames, je vous demanderai de garder votre calme.

Ces seuls mots produisirent exactement l'effet inverse.

— Les barrages ont sauté, les manifestants seront bientôt ici. Calmez-vous, articula-t-elle en voyant la Chambre céder progressivement à la panique. Il n'y a rien à craindre, l'enceinte est impénétrable, elle a été conçue pour cela. Je... Taisez-vous ! Je propose de poursuivre le vote, puis de laisser l'armée intervenir.

Elle venait de crier ses paroles comme une évidence, persuadée que la loi serait ratifiée, et espérait sincèrement que sa conviction pourrait rassurer les autres dirigeantes. Intérieurement, Torvin jubilait presque ; elle dut même réprimer un sourire. Le dénouement était proche, et il lui tardait de voir certaines têtes tomber.

Un instant plus tard, devant l'entrée principale de la Chambre, condamnée juste à temps, se pressaient des centaines de citoyens scandant la destitution du régime. Les épais barreaux, solidement ancrés dans des fondations prévues pour résister à des mouvements de foule, remplissaient leur rôle de barrière absolument hermétique. Le portail lui-même aurait demandé un véhicule lourd lancé à vive allure avant de céder. Les manifestants se répartirent tout autour de l'enceinte, empêchant ainsi la fuite de ses occupantes, et continuèrent à lancer leurs slogans.

Interpelée verbalement par l'un des Opposants, la garde postée à l'intérieur n'en menait pas large. Malgré un nombre conséquent d'armes braquées sur elle, la jeune femme, pleine de cran, tenta de s'imposer :

— Silence, homme ! Qui t'a autorisé à me parler sur ce ton ?

Prenant sur lui, non sans hésiter à lui tirer une balle dans la jambe, l'autre la fixa avec toute l'humanité dont il était capable sur le moment. Étant donné l'effervescence ambiante, il dut presque hurler pour se faire entendre :

— Ouvrez immédiatement ! Ne soyez pas idiote. Si je vous abats, une autre viendra vous remplacer, puis une autre, jusqu'à ce que la plus coopérative d'entre vous daigne céder à nos attentes. Ne vous trompez pas d'ennemis ! Celles que vous protégez n'ont strictement rien à faire de vous, fit-il en désignant le bâtiment de l'index. Je n'ai aucune envie de vous tuer.

Les mains de la garde tremblèrent brièvement, et son arme vacilla. Elle risqua un œil au loin, puis revint à son interlocuteur, qui ne lui laissa aucun répit.

— Personne ne viendra vous aider. Il n'y aura pas de renfort, elles se sont toutes rendues.

Formé à la psychologie de terrain, l'homme savait pertinemment qu'un léger mensonge, un bluff maîtrisé pouvait faire toute la différence.

— Par là, il n'y a que le peuple. Le peuple à perte de vue, et il est avec nous. À vous de choisir si vous êtes du côté du peuple, ou de celui des oppresseurs.

Inutile d'aller chercher un discours original. L'évidence était telle que tous en avaient conscience : ce gouvernement était liberticide et dangereux. Même avec toute la discipline qu'on lui avait enseignée, la garde ne pouvait qu'accepter la réalité. Face à la question du premier homme qui daignait lui tenir tête, un trouble la gagna. L'Opposant savait bien que chaque minute perdue devant ces grilles augmentait d'autant le risque de voir le reste des forces de police arriver. Aussi, réitéra-t-il son ordre, plus fermement :

— Laisse-nous passer !

18

Dépassée par la foule innombrable qui se pressait devant l'entrée dont elle avait la charge, la garde avait fini par céder. Après avoir mis son arme de service hors tension, et l'avoir déposée à terre sur les consignes de ces visiteurs plutôt courtois, elle s'était finalement résolue à se ranger du côté du plus grand nombre – dont l'opinion flirtait sensiblement avec la sienne –, et à commander l'ouverture du portail. Au moment où son empreinte palmaire pressa l'écran tactile, elle sut qu'elle faisait le bon choix. Une conviction profondément ancrée en elle, presque viscérale.

Aussitôt, la marée humaine s'était déversée sur le parvis et dans les jardins de la Chambre matricielle, tandis que les Opposants prenaient d'assaut le bâtiment. Deux cents hommes et femmes armés, maîtrisant parfaitement leur déploiement ainsi que le balayage des lieux, maintes fois étudiés ; autant dire que la poignée de gardes supplémentaires qu'ils rencontrèrent ne se fit pas prier pour coopérer.

Au cours de ce ballet millimétré, presque chorégraphié, les différentes escouades se croisèrent dans la coursive circulaire. Regroupements pressés au milieu des colonnades, piétinements et claquements de bottes sur le faste d'un marbre que seule l'élite était auparavant autorisée à fouler. Alors qu'Ana et les siens finissaient de sécuriser la cafétéria, elle croisa le regard de son homme, qui passait dans l'encadrement d'une porte en ralentissant volontairement le pas pour mieux profiter de cette entrevue momentanée. Un bref instant d'apaisement, dans la cohue et l'excitation, que Deyan ne put prolonger éternellement. L'escouade à laquelle il appartenait l'emporta dans son élan et disparut bientôt vers les bureaux de l'aile Ouest. Pendant encore quelques heures, quelques minutes qui sait, les deux amants se contenteraient de leurs casquettes de Maternalistes, d'Opposants, de miliciens. Armés par nécessité plus que par conviction, ils acceptaient ce bâillon inhibant leur vie privée et leur soif de liberté. L'amour qu'ils se portaient l'un à l'autre resterait en sourdine le temps qu'il faudrait, l'heure était à la confrontation.

Le message était bien passé dans leurs rangs : en aucun cas ce soulèvement populaire ne devait s'appuyer sur la menace létale d'armes à feu vieillissantes ou d'autres, plus modernes. Si elles leur avaient permis d'arriver jusqu'ici, il était temps de s'en délester. Afin que leur mouvement et leurs revendications ne soient pas entachés par une violence dont ils avaient eux-mêmes été victimes, un groupe conséquent de Maternalistes – près de la moitié de leur effectif – déposa fusils à percussions et à impulsions à l'entrée de l'hémicycle, avant de se présenter devant des politiciennes exsangues. Les citoyens venaient demander des comptes, et ce lieu leur appartenait autant qu'à elles.

Si la majorité des dirigeantes choisissaient de s'enfoncer dans leurs fauteuils, l'air renfrogné, ténébreux, redoutant très certainement les instants qui suivraient, d'autres, à l'image de la présidente ou de la secrétaire d'État déléguée aux Renseignements faisaient face en conspuant les intrus et en haranguant leurs paires. Elles lâchaient des mots parmi les plus fleuris, criaient à la garde, et feignaient l'indignation de voir des hommes souiller cet espace sacré, le lieu de tous leurs succès, symbole d'une démocratie efficace, creuset de leur toute-puissance et d'une légitimité gagnée aux forceps. Prises au dépourvu par un tel débarquement, les Féministes dévoilèrent spontanément un visage d'elles-mêmes qu'elles ignoraient jusque-là ; la tempérance inhérente à leurs fonctions céda donc la place à ce réflexe conditionné, à l'expression d'une autodéfense destinée à préserver leurs privilèges.

Parfaitement hermétique aux injures et autres marques d'hostilité qui l'accueillit, le flot de Maternalistes coula paisiblement dans les deux allées de velours rouge, imposant son nombre et sa détermination aux yeux de leurs spectatrices médusées. Ces Opposants, représentants du peuple et unanimement désignés comme tels, occupèrent bientôt tout l'espace, travées, escaliers, et parquets autour du bureau de la présidente. Les deux greffières, toujours assises, se retrouvèrent bien vite submergées par ces statures fières et silencieuses qui se pressaient autour d'elles.

— Vous n'avez rien à faire ici, vociféra la présidente en faisant mine de ne pas saisir ce qui se tramait au-dehors. La place du public est là-haut, au balcon, vous devez faire une demande de laissez-passer, et la Commission vous inscrira en file d'attente. Je vous demande de sortir, vous interrompez un vote majeur...

— C'est précisément la raison de notre présence.

L'articulation tranchante d'Agnès vint couper la politicienne dans son élan. La chef d'escouade n'avait pu se résoudre à abandonner ses frères et sœurs d'arme. Après la pose d'une attelle de fortune, l'injection d'une dose massive d'antidouleurs et le soutien physique de ses pairs, elle avait fini par arriver elle aussi dans l'arène. Agnès était de nature fonceuse, et puisqu'il n'était pas dans les pratiques des Opposants de désigner un porte-parole, c'est la plus sanguine qui s'imposa.

— Ce que vous vous apprêtez à voter est d'une bêtise sans nom, cela n'a rien d'un vote démocratique.

— Nous sommes vos élues, chaque décision prise ici est conforme aux règles de la République et à la Constitution de 2040.

— Nos élues ? s'indigna l'un des Opposants. Depuis quand les citoyens interviennent-ils dans la vie politique ? Je ne me souviens pas avoir été consulté lors des dernières élections, ni même averti lors...

— Silence ! tempêta la présidente. Vous n'avez pas votre mot à dire, surtout pas ici. Il a été déterminé que les hommes constituaient un frein et un danger pour l'appareil démocratique, et pour...

— *"... pour l'équilibre de la société. En vertu des dispositions du 3 juillet 2057, le droit de vote sera retiré à la gent masculine, et l'accession aux fonctions politiques, policières ou militaires sera réservée à leurs concitoyennes."* Nous connaissons les lois, madame. Au moins aussi bien que vous. Si nous sommes devant vous aujourd'hui, c'est pour remédier aux décennies d'idioties perpétrées par les plus extrémistes d'entre vous. Nous avons quelques requêtes à vous soumettre.

— Si vous souhaitez une audience, adressez-vous au bureau d'accueil ! Nous ne pourrons rien pour vous aujourd'hui.

Agnès se faufila entre ses comparses et gravit laborieusement les quelques marches qui la séparaient du piédestal de la présidente. Arrivée à sa hauteur, elle planta son regard dans le sien, s'efforçant de contenir la rage qu'elle lui vouait ainsi que la douleur irradiant sa hanche et sa jambe. Si, de loin, sa posture indiquait un calme absolu, ses yeux étaient loin de pouvoir dissimuler la fureur de leur propriétaire, et sa lèvre supérieure ainsi que sa narine droite étaient animées de tressaillements nerveux.

— Détrompez-vous, chère présidente ! C'est aujourd'hui que tout se joue. Je peux vous affirmer que vous allez nous entendre, séance tenante.

— C'est là votre idée de la démocratie, jeune femme ? Avez-vous conscience que vos agissements...

— Et les vôtres ? hurla Agnès contre toute attente, surprenant jusqu'à ses compagnons Maternalistes. Votre démagogie n'a aucune prise sur nous. Si l'heure était encore aux considérations d'ordre moral, il me semble que vous ne siégeriez point ici, et que la grande majorité d'entre vous, femmes de peu de cœur (elle embrassa la salle d'un revers de la main) aurait eu grande peine à construire sa carrière politique. Aujourd'hui, nous sommes là, devant vous. Votre police nous a rejoints, et des centaines de milliers de citoyens se pressent à vos portes ; vous n'avez d'autre choix que de nous écouter.

L'éloquence d'Agnès était une surprise pour tous les Opposants autant que pour elle-même. Les évènements, le courant optimiste et ambitieux qui les avait charriés jusqu'ici, ce lieu peut-être bien, cette coupole aux moulures et aux fresques dignes du Siècle des Lumières la poussaient sans doute à faire preuve d'une rhétorique et d'une force de persuasion qu'elle n'imaginait pas lui appartenir.

— Nous ne nous soumettrons pas à vos intimidations. Nous sommes prêtes à périr pour nos idées.

À ces mots, de nombreuses dirigeantes émirent en sourdine quelques protestations, ce qui n'échappa pas à l'oratrice qui se révélait.

— Oh, les grandes formules ! N'allons pas jusque-là, tout de même. Périr, périr... À quelles intimidations faites-vous allusion ? Je vous rappelle que nos armes sont restées à l'extérieur de cet hémicycle qui vous est cher. Il y a des moyens bien plus civilisés pour vous faire admettre vos erreurs, voyons ! Les révélations faites ces derniers jours ne vous ont pas suffi ? Devons-nous vraiment aller plus loin ?

Un silence gênant s'installa autour des deux actrices, puis s'étendit rapidement aux étages de l'hémicycle, comme un souffle nauséeux capable de rabougrir les politiciennes les plus coriaces. Le sourire assuré d'Agnès et de ses voisins n'y était sans doute pas étranger. La présidente comprit instantanément que les Maternalistes leur réservaient encore d'autres surprises. Quelles munitions supplémentaires pouvaient les mettre autant en confiance, leur permettre un tel aplomb ? La présidente scruta plusieurs de ses affiliées, ministres et secrétaires d'État, dont les regards lui soufflaient tous la prudence, et déclara finalement :

— Je vous entendrai dans mon bureau.

L'autorité dans son ton était descendue d'un niveau. Alors qu'elle se levait pour rejoindre la grande pièce attenante, Ana intervint :

— Nous souhaiterions la présence de plusieurs de nos dirigeantes, par simple souci d'impartialité, vous vous en doutez.

La présidente – à l'instar sans doute de nombreuses autres politiciennes – plissa les yeux en signe de méfiance. L'évident sarcasme dont venait de faire preuve la dernière intervenante n'augurait rien de bon pour elles. Posté près de la porte sud, Deyan contemplait sa compagne avec une fierté non dissimulée.

— En voici la liste ! lâcha finalement l'enseignante en dépliant une note sortie de sa poche de cuisse. Veuillez les appeler !

Puisque le ton d'Ana laissait très peu matière à discussion, la représentante de la Chambre s'éclaircit la voix et, après avoir pris connaissance de la poignée de patronymes, l'air résigné, s'exécuta :

— Madame Saintlarc, ministre du Divertissement et de la Culture, madame Destille, ecrétaire d'État aux Renseignements, madame Campelle, ministre du Travail, madame Goupil, ministre du Budget, madame Arfi, secrétaire d'État à l'Environnement, madame ... , s'interrompit-elle, plus inquiète que véritablement surprise. Pourquoi mon nom figure-t-il sur cette feuille ? J'entendrai vos revendications, quoi qu'il arrive.

— Mais nous y comptions bien.

La réponse évasive d'Ana plongea la présidente dans un doute aussi profond qu'anxiogène. Les Opposants l'avaient-ils inscrite sur cette liste en tant que numéro une de la Chambre, dont la présence était somme toute assez logique lors de cet entretien, ou, comme elle le craignait, pour les raisons plus floues qui faisaient y figurer ses comparses ? Quel était leur point commun ? Quels atouts leurs adversaires avaient-ils encore en main ? Se pouvait-il...

Elle décida d'éluder cette infime possibilité, annonciatrice d'un bras de fer inégal, et ordonna aux dirigeantes précédemment nommées de la suivre. Une quinzaine de Maternalistes les suivirent, parmi lesquels Agnès, claudicante, Ana, Xavier, Deyan et Samiah, laissant ainsi dans l'hémicycle deux parties dans une phase d'observation pour le moins embarrassante.

***

La charge des forces de l'ordre avait imprimé un net recul à la mêlée compacte des manifestants. Venues en nombre cette fois, les policières terminaient de dégager l'entrée principale, déployant d'un côté un cordon de sécurité infranchissable et, de l'autre, se heurtant à des grilles verrouillées. Retranchés à l'intérieur de cette forteresse temporaire, quelques Opposants tenaient bon et affichaient toute leur détermination, sourds aux admonestations et autres objurgations de la police. Leurs armes étaient baissées, aucunement menaçantes, ce qui contribuait largement à semer le trouble dans les rangs de la Sécurité intérieure.

— Ouvrez-nous maintenant ! ordonna encore une capitaine qui bombait le torse plus que de raison.

Mais les deux femmes postées à l'entrée, à quelques pas de fusils à impulsions vaguement braqués dans leur direction, restèrent de marbre, inexpressives.

— Le bâtiment est totalement cerné, vous n'avez aucune issue, soyez raisonnables !

Le mot fit naître un semblant d'expression sur le visage de l'une d'elles, un agacement doublé d'indulgence probablement. Elle tourna enfin la tête dans la direction de la gradée, et lui répondit calmement :

— Raisonnables ? C'est justement la raison qui nous a amenés ici. Si nous avions pu éviter de prendre les armes, croyez bien que nous aurions choisi une autre option ! Mais le gouvernement est allé trop loin, nous devions nous imposer, d'une manière ou d'une autre le peuple devait se faire entendre.

— Vous êtes consciente des pertes humaines que nous avons subies, d'un côté comme de l'autre ?

L'Opposante, on ne peut plus lucide quant aux sacrifices concédés pour la cause – elle-même avait perdu son conjoint lors des premières manifestations –, baissa la tête, émue, à la limite de la rupture nerveuse, avant de se ressaisir.

— Je crois que nous en sommes tous conscients. Et vous ? Réalisez-vous seulement qu'en servant ce régime autoritaire, totalitaire, vous allez à l'encontre de l'intérêt de la nation et de sa population ?

— Nous suivons les ordres du ministère, se défendit l'autre, sans oser nier l'évidence.

— Les garantes de la démocratie, c'est bien cela ?

La Maternaliste, qui faisait à présent face à son interlocutrice, n'obtint en réponse qu'une moue timide et coupable. Autour d'elles, les tensions retombèrent sensiblement. Les manifestants turent progressivement leurs huées, les premiers rangs tendirent l'oreille afin de capter l'objet de l'échange, et les policières relâchèrent un peu la pression de leurs index sur leurs armes. Grâce à une capitaine plus communicative que la majorité de ses troupes et encline à une certaine forme d'empathie, peu à peu le dialogue s'instaura.

Combien de lois liberticides et de réformes prônant la misandrie ? Combien de foyers, de couples et de vies brisés ? Quel enchaînement de faits et de décisions pour les conduire où ils se trouvaient aujourd'hui, femmes et hommes mêlés, à s'affronter dans la rue ? Des décennies de fourvoiement, d'idées caduques. Tout cela était-il parti d'une bonne intention ? Peut-être bien, mais il y avait longtemps que les dirigeantes avaient dévié de leur trajectoire humaniste et de leurs idéaux collectivistes. Si on se retournait à présent, on pouvait contempler un chemin semé de répressions, de doutes et de cadavres. La cupidité et la soif de pouvoir avaient repris leurs droits, sans le concours des hommes cette fois. Un tableau sordide que personne n'ignorait, mais que les détentrices dudit pouvoir s'efforçaient de cacher sous le tapis, de dissimuler derrière un épais rideau de protectionnisme et de rappels historiques ; quoi qu'il arrive, elles feraient mieux que les hommes, c'était inéluctable, évident, élémentaire. Point final. Sujet clos.

Toutes les oreilles attentives, du côté des Maternalistes comme des policières ou des manifestants, apprirent comment le ministère de la Sécurité intérieure, et par extension le gouvernement tout entier, mettaient la pression sur les responsables de la police, de la direction au commandement, des commissaires aux capitaines, afin qu'elles atteignent leurs objectifs. Des chiffres précis, des paliers assortis de récompenses pour maintenir l'équilibre précaire souhaité par quelque algorithme savamment élaboré. Avec le recul inhérent à ses fonctions, la capitaine était en mesure d'affirmer l'étrange corrélation entre taux d'arrestation, d'incarcération, et taux de natalité masculine. De même, en cas de mortalité intempestive, les dirigeantes pénitentiaires recevaient de leur ministre – ou de bien plus haut – l'autorisation de libérer en proportion des détenus aux profils jugés "acceptables" – et ils étaient légion – afin d'alimenter en force de travail les différents secteurs. On ne laissait jamais en "liberté" plus d'individus masculins que ce que les forces de l'ordre étaient capables de contrôler, de contenir ou de réprimer, mais on puisait sans complexe dans les centres de rétention lorsque le besoin s'en faisait sentir. S'asseyant cordialement sur son serment de non-divulgation d'informations sensibles, l'officier décrivit la gestion scientifique et politique, largement assumée, d'un vivier, d'une matière première comme une autre, qui rappelait tristement les chapitres de l'exploitation de l'Homme par l'Homme que l'on pouvait trouver dans les livres d'Histoire les plus sombres.

Son auditoire resta attentif mais nullement étonné lorsqu'elle évoqua comment, sur un plan plus personnel, elle avait dû couvrir certains agissements illégaux ou moralement condamnables de plusieurs responsables politiques et industrielles, ou mis à leur disposition des effectifs de la fonction publique, simplement parce qu'elle en avait reçu l'ordre. Les Opposants qui l'entendaient déballer ce qu'elle avait sur le cœur – et sur la conscience – à cet instant estimèrent que, si la petite réunion qui se déroulait dans les murs de la Chambre n'aboutissait pas, ils disposaient là d'informations au moins aussi compromettantes que ce qu'Ana avait recueilli auprès de leur précieuse source.

Pourquoi se livrait-elle ainsi, face aux grilles de son impuissance ? Pensait-elle que son honnêteté et sa transparence soudaines seraient synonymes de rédemption ? Espérait-elle encore rejoindre la rive des justes, des âmes blanchies, moralement absoutes. La réhabilitation était-elle encore envisageable ? Elle aussi n'avait été que l'outil d'un pouvoir obscène et inégalitaire. Si l'heure était au soulèvement, au grand retournement, elle voulait en être, elle se le devait à elle-même. Faire preuve d'autant de franchise maintenant, les yeux dans les yeux avec l'ennemi désigné par sa hiérarchie, revenait à réclamer sa place de citoyenne, à retrouver et assumer sa part d'humanité. Au fil de son discours, la capitaine s'était subtilement effacée pour mieux laisser parler l'individu, l'humain, la femme et, certains parmi son auditoire le pensaient déjà, la Maternaliste.

Les deux femmes s'étaient assises de part et d'autre du portail inébranlable, adossées au mur dans lequel ce dernier semblait prendre naissance, et se confessaient mutuellement. Les autres policières s'étaient définitivement apaisées et avaient abaissé leurs armes, avant de laisser la population se rapprocher du lieu qui cristallisait tous leurs espoirs. Un climat plus serein s'installa alors. Les forces de police ne parviendraient jamais à entrer – le souhaitaient-elles vraiment ? –, alors autant patienter jusqu'à la fin des délibérations. Les dés étaient jetés, il ne leur restait donc plus qu'à maintenir à l'extérieur ce statu quo décrispé, soulagé, et ainsi, c'était bien leur mission principale, assurer la sécurité des citoyens.

L'Opposante, attendrie par l'histoire de celle qu'elle avait combattue quelques heures plus tôt, navrée par la position complexe et grotesque que la société lui infligeait, ainsi tiraillée entre deux feux, confia tout aussi naturellement ses épreuves personnelles. Son enfance ballotée de foyers en familles d'accueil, parce que sa génitrice était morte en couche et que son père, évidemment, n'aurait jamais su élever un enfant, une fille qui plus est. De toute manière, la loi le lui interdisait ; le statut de "parent isolé" était l'apanage des femmes, et puisque les liens affectifs avec un représentant du sexe masculin étaient implicitement proscrits, puisqu'on ne laissait pas l'occasion au père de prouver qu'il était capable d'aimer sa progéniture, il était mille fois préférable de lui en retirer la garde. La jeune femme connut donc la solitude, la méfiance et la crainte à l'égard de relations de dortoir amères et vicieuses, et surtout, un formatage précoce de son mode de pensée. On tenta de lui inculquer la haine des hommes, l'idée générale que, s'ils avaient fauté par le passé, leurs descendants en étaient tout aussi capables, c'était génétique, irrémédiable. En cours ou dans le discours quotidien de ses préceptrices, on lui martela qu'ils étaient mauvais, avides, égoïstes et soumis à leurs bas instincts, sans distinction. Mais jamais elle ne put se résoudre à avaler ce tissu d'idées préconçues, prémâchées ; elle avait besoin de preuves, de matière à réflexion, afin de se forger sa propre opinion sur le sujet. Si ses expériences avec ses semblables la conduisaient de toute évidence à se prémunir de leurs coups en traître et autres manipulations tordues, elle ne connaissait en revanche pas suffisamment de garçons – enfants ou adultes – pour s'en faire sa propre idée. Cette absence de contact avec eux nourrissait au contraire une curiosité exaltante. Dans ses explorations urbaines, dans son ouverture aux autres et sa recherche pleine d'espoir, elle rencontra des individus eux aussi bien décidés à ne pas se soumettre à cette idéologie sectaire, clivante. Des hommes et des femmes qui l'accueillirent avec protection et bienveillance, et qui la regardaient d'un œil marqué du même espoir que celui qu'elle portait sur le monde. Pour la première fois, elle se sentit exister, espérée, influente, actrice de sa propre vie et capable d'agir sur son environnement. Ces personnes-là lui apprendraient que la fatalité n'existe pas, et que la société n'est que le produit des actes de ses protagonistes.

Elle passa très brièvement sur son premier et unique amour, sujet encore très douloureux, qui dans la fougue de l'insouciance et une illusion de liberté, se fana aussi brutalement qu'il était né. Appréhendé par la famille d'accueil de la jeune femme lors d'une visite nocturne bravant tous les interdits, l'amoureux transi embarqua manu militari dans un véhicule de police, direction une maison de travail citoyenne, où il attendrait sa majorité et son transfert vers un centre de détention pour adultes. Elle ne l'avait jamais revu, ni jamais oublié. S'ensuivit une poignée de relations impossibles, avec à chaque fois le même risque, la même urgence, et cette épée de Damoclès qui ne manquerait pas de s'abattre, tôt ou tard, et très certainement sur la tête de celui des deux qui possédait un chromosome Y. Depuis lors, l'Opposante en devenir avait développé son aigreur à l'égard du régime. Elle aurait souhaité un enfant, comme bon nombre de ses contemporaines, mais l'idée de ne pas connaître le géniteur la troublait profondément. Que portait-il en lui, en dehors des caractéristiques physiques ou intellectuelles qui le désignaient comme le reproducteur parfait ? Quel bagage indétectable risquait de se dupliquer chez son enfant ? Quelle déviance morale, quel déséquilibre émotionnel que la génétique était incapable d'anticiper ? Sans compter les milliers d'autres bambins produits à partir de sa semence. Son enfant n'aurait rien d'unique, il ne serait qu'à moitié le sien. Une grossesse se mûrissait dans la connaissance de l'autre, dans la propension que l'un et l'autre auraient à être efficaces ensemble dans cette aventure ; l'envie de s'unir pour donner la vie prenait sa source dans cette seule stabilité émotionnelle et dans chaque geste du quotidien ; c'était la concrétisation du Nous, tout sauf une démarche individuelle. Certaines de ses amies avaient franchi le pas. Deux mamans, c'était beau, c'était pur. Elles se complétaient et semblaient heureuses. Seulement, elle aimait les hommes, et ça, ce n'était plus permis. Parce qu'elle était condamnée à vivre seule, la maternité lui échappait.

Peu à peu, autour d'elles, d'autres conversations naissaient, les ennemis apprenaient à se connaître. La population commençait à discerner le visage humain et citoyen qui se cachait derrière chaque représentante de la loi, tandis que les forces de l'ordre revoyaient progressivement leur copie à propos de ces manifestants qui leur apparaissaient de plus en plus légitimes.

Pendant ces instants suspendus, ils étaient presque arrivés à oublier la scène majeure qui se déroulait sous l'imposante coupole. Citoyens et citoyennes, unis dans cette trêve qu'ils espéraient éternelle, abandonnèrent avec soulagement leurs griefs.

***

— Soyons bien clairs ! sermonna la présidente de la Chambre alors que la porte de son bureau se refermait à peine. Puisque cette entrevue n'a pas fait l'objet d'une requête préalable, elle ne saurait tenir lieu d'entretien officiel ni appuyer une quelconque motion référendaire. Il s'agit d'une simple audition à laquelle je consens.

Curieuses de savoir pourquoi on les avait conviées à cette rencontre, les dirigeantes figurant sur la liste prirent place dans des fauteuils d'époque rembourrés et tapissés de molleton synthétique. Elles restèrent irrémédiablement – et prudemment – silencieuses, assistant avec intérêt à cet échange improbable. Derrière elles, ainsi que sur les côtés du vaste bureau en merisier se tenaient des hommes et des femmes dont la posture trahissait leur tempérament combatif. Les Féministes n'en menaient pas large. Deux hautes fenêtres à croisillons donnant sur des marronniers matures laissaient tout juste la lumière grisâtre inonder une moquette bleu roi, épaisse et silencieuse ; une atmosphère aux antipodes de celle offerte par la coupole et ses vitrages ouverts sur le ciel.

Les Opposants se consultèrent, amusés, néanmoins imprégnés d'une concentration sans faille.

— Mieux vaut que cet échange ne soit pas consigné, en effet.

La réplique inattendue de Deyan, sèche et pleine de sous-entendus, marqua le début du bras de fer mental auquel son interlocutrice n'était nullement préparée. Peu habituée à ce qu'un homme lui tienne tête, la présidente, confuse, se retourna vers les représentantes des Maternalistes.

— Inutile de nous regarder, jugea bon de préciser Agnès. Vous devriez savoir que nous sommes toutes et tous sur un pied d'égalité. Ce que Deyan exprime, nous le pensons tous.

— Ah ! Deyan, le fameux Deyan. J'ai beaucoup entendu parler de toi…

— Tu permets que je te tutoie, chère présidente ? Il n'y a pas de raison.

— Non, je…

— Tes petits jeux mesquins, à toi et tes courtisanes, n'ont aucune prise sur nous, pas plus que vos tentatives de manipulation. Ce que vous ne comprenez pas, dans votre solitude et vos esprits étriqués, c'est la force que nous trouvons dans notre union ; cette complémentarité vous sera à jamais étrangère. Enfin, il ne s'agit là que de l'idéologie que vous affichez en public… laissa-t-il en suspens.

— Le féminisme n'a jamais été une idéologie, articula la présidente en feignant de ne pas comprendre. Il s'agit d'un équilibre, d'une assurance pour l'avenir.

Appuyée contre la porte laquée d'un placard mural, Agnès laissa échapper un rire nerveux.

— Il est passé par cette étape, c'est vrai. Le chemin de vos prédécesseurs était pavé de bonnes intentions. Malheureusement, au cours des dernières décennies, vous autres extrémistes avez tout dénaturé ; vous avez sapé les avancées pour lesquelles les vrais féministes s'étaient battus. Ce mot est à jamais entaché d'intolérance et d'amertume, si bien que la population ne se reconnaît plus que dans les idées des Maternalistes. Vous avez forgé vous-même la décadence de votre parti.

— Nous avons sanctionné celles dont vous avez révélé la duplicité. Qu'attendez-vous de plus ?

Bien qu'elle tentât de dissimuler son angoisse par un ton exagérément courroucé, quelques trémolos subsistaient dans le tissu tendre et anxieux de sa voix.

— Oh, mais ces abus de pouvoir, de biens et de services publics, ou ces conflits d'intérêts ne sont que la partie émergée de ce qui vous compose réellement, vous toutes ici présentes. Ils ne font qu'émousser un peu plus la confiance que les citoyennes avaient placée en vous. Bien sûr, tout cela est terminé, inutile d'en débattre, n'est-ce pas ? Non, pour vous faire fléchir et abandonner ces décrets ridicules, il est grand temps d'appuyer sur des leviers plus dommageables, sur des secrets que vous avez su dissimuler de manière bien plus efficace.

À ces mots, une agitation imperceptible et contagieuse sembla gagner les quelques dirigeantes assises dans le bureau, lequel leur parut soudainement plus sombre encore.

— Bien, fit Agnès, impatiente de leur porter le coup de grâce. Ravie de constater que nous avons enfin capté votre attention. Il est certaines informations qui feraient désordre si elles venaient à être ébruitées dans l'hémicycle, c'est pourquoi nous avons souhaité vous réunir ici.

— Du chantage ? Vous nous avez habituées à mieux.

— Attendez au moins d'entendre ce que nous savons, chère présidente ! Est-ce là l'éducation que votre papa vous a donnée ?

La représentante de la Chambre se figea, et sa poitrine gonflée d'assurance factice cessa de se soulever quelques secondes.

— Je ne suis pas certaine qu'il approuve un tel manque d'écoute à l'égard de vos électeurs.

— Vous vous abaisseriez à ça ? grinça l'autre.

— Je dois avouer qu'il nous est très délicat de nous mettre à votre niveau, mais que voulez-vous, l'adaptation n'est-elle pas la clef de l'évolution ?

L'Opposante abandonna son ton sarcastique au profit d'un visage à nouveau fermé, intransigeant. Devant elle, toutes avaient l'air de se décomposer. Les Maternalistes, eux, jubilaient intérieurement.

— Ana, si tu veux bien.

— Avec plaisir, fit l'enseignante avant de réciter les éléments vérifiés par leurs propres espions, puis appris par cœur. Jacqueline Mandin, aménagement d'une unité de soins intensifs à son domicile, à l'usage de son géniteur ; usage à titre privé de deux infirmières d'État officiellement rattachées au centre de détention Paris Sud, ainsi que du Docteur Marcella Viaggo, hématologue à l'Hôpital Universitaire Bicêtre ; traitement par chimiothérapie également aux frais du contribuable et, ah, petite dépense personnelle, kinésithérapie quotidienne assumée par Carole Mora. N'hésitez pas à m'interrompre si vous souhaitez compléter nos informations !

Le regard mauvais de la présidente en disait long. La haine qu'elle ressentait à l'égard des Maternalistes n'avait d'égal que son mépris des lois qu'elle avait elle-même contribué à édicter. On s'invitait soudainement dans ce que sa vie avait de plus inavouable : l'amour et le soin qu'elle vouait à son paternel. Cette maudite enseignante s'était avérée plus solide que prévu, elle utilisait à dessein le vocabulaire et l'intonation aptes à la couvrir de honte. Les yeux de ses paires se posèrent sur la présidente, et s'en détournèrent aussi sec. Ses alliées les plus proches ignoraient tout de cet aspect de sa vie, comment les Opposants avaient-ils pu y avoir accès ? Un grognement inintelligible émergea de sa gorge nouée.

— Léoni Campelle, reprit Ana, inarrêtable. La ministre diligente l'approvisionnement régulier en nourriture, produits d'hygiène, linge, vêtements et médicaments d'un squat du Quartier Benauge, dans l'agglomération bordelaise ; l'un des occupants, déclaré inapte au travail pour cause de dépendance à l'héroïne, a été condamné pour effraction, vol avec violence, et reste depuis recherché par les forces de l'ordre ; son nom, Anton Mahieu, apparaît régulièrement dans le parcours de la ministre, durant l'enfance d'abord, lorsque la mère d'Anton dissimulait son fils illégal au domicile Campelle, puis sur les relevés téléphoniques de la ministre ; on devine une amitié de longue date sur laquelle Léoni Campelle n'a pu se résoudre à tirer un trait. (Puis, après une pause accusatrice.) Bérénice Destille. Allers-retours presque hebdomadaires dans une résidence secondaire morvandelle, isolée des axes routiers et dissimulée par une épaisse couverture forestière ; maison conçue en autosuffisance énergétique et équipée du dernier système d'assainissement hydraulique ; toutefois, aucun document, aucune déclaration ne fait mention dudit logement ; son occupante ponctuelle, madame la secrétaire d'État ; ses occupants réguliers, Juan Mallé, déclaré disparu et recherché depuis douze ans, Maximilian et Sofia Mallé, enfants illégaux, respectivement compagnon et enfants biologiques de Bérénice Destille ; l'absence de la secrétaire d'État sur la scène politique il y a huit ans, pour cause de dépression et d'une durée de un an, coïncide avec l'âge de ses jumeaux ; nos espions ont pu prélever des échantillons ADN dans leurs déchets ménagers, pour comparaison, les analyses sont en cours...

Semer de subtils éléments de bluff dans un flot d'informations vérifiées avait toujours permis d'asseoir son ascendant moral. Ana usait là des précieux conseils d'Eleni en matière de communication. Elle continua l'énumération des contradictions observées dans la vie des politiciennes. Le gouffre existant entre les idées qu'elles prônaient et leurs actes – cachés aux yeux du monde – était assez révélateur pour les clouer à leurs sièges comme au pilori, muettes et impuissantes.

Toutefois, Ana dut se faire violence. Conserver un tel ton détaché tout au long de son énumération lui demanda un effort impensable. Elle évoquait l'identité et la vie d'individus qui n'avaient rien demandé à quiconque, qui, eux aussi, souffraient du régime pourtant cautionné par leurs proches, leurs filles, leurs femmes, leurs amies et leurs mères. L'enseignante avait bien conscience de ces vies brisées, suspendues comme en sursis, et il lui coûta énormément de les traiter avec la même distance, la froideur équivalente à celle que le pouvoir réservait aux Maternalistes et à leurs familles.

— Vous avez des preuves de ce que vous avancez ? risqua la secrétaire d'État aux Renseignements avec son arrogance habituelle, aussitôt contrariée par la riposte d'Agnès.

— Nous serons bientôt prêts à produire images et témoignages des personnes impliquées, mais nous hésitons encore à les diffuser sur l'ensemble du réseau domestique, ou bien à les réserver à la seule Chambre matricielle.

— Il serait tout de même fâcheux que ces informations soient affichées dans la pièce attenante, n'est-ce pas ? s'avança Ana en posant ses mains sur le merisier. Qu'en penseraient les membres de vos partis respectifs, ces femmes pour lesquelles vous ne représentez ni plus ni moins que les piliers d'un féminisme tellement loué ? Alors ? Ces révélations remettront-elles en question toute la politique des dernières décennies ou vos paires se contenteront-elles de vous désavouer ? Êtes-vous prêtes à abandonner vos postes, vos privilèges et votre étiquette de Féministes ? Pour nous, peu importe, ce sera toujours ça de pris.

Les deux groupes se jaugèrent pendant d'interminables secondes.

Les Féministes se savaient prises en tenaille, et l'argument non négligeable des armes présentes à l'extérieur leur permettait difficilement de refaire surface, de réfléchir efficacement. Qu'adviendrait-il si elles forçaient le vote et tentaient d'obtenir la loi martiale ? Les Opposants étaient dans les murs, ils ne les laisseraient certainement pas faire, quitte à se rendre coupables d'homicides à l'intérieur même de l'hémicycle. Ils avaient déjà prouvé leur détermination, cette fois ils avaient un coup d'avance.

Les Maternalistes, conscients qu'ils jouaient là leur dernière cartouche, comptaient plus que jamais sur la cupidité de ces femmes et sur le prestige qu'elles tiraient de leurs fonctions. Comment pourraient-elles y renoncer délibérément ? Le pouvoir, une fois qu'il vous avait irradié, agissait comme un poison perfide et angoissant, à diffuser la peur du manque, celle, lancinante, de devoir en céder ne serait-ce qu'une once. La vérité était qu'ils n'avaient plus de plan de secours. Quoi qu'il en soit, ils ne les laisseraient ni proclamer la loi martiale, ni voter la stérilisation globale des derniers hommes fertiles, peu importe ce qu'il en coûterait.

Deyan lança un regard inquiet à sa compagne, qui fixait toujours les politiciennes à tour de rôle. Ana était méconnaissable ; les affrontements récents et son rôle déterminant dans ce bras de fer l'avaient conduite à s'affirmer d'une manière qu'elle-même ne soupçonnait pas. Son homme ressentit à cet instant un sentiment de fierté mêlé d'excitation. Le reste des Maternalistes semblaient se questionner, tantôt en se pinçant les lèvres, tantôt en contractant leur masséter mandibulaire. Des œillades successives vers leurs comparses témoignaient de leur anxiété. Tous étaient figés, en position d'attente. La balle était dans le camp des Féministes.

— Qu'attendez-vous de nous ? demanda enfin la présidente, dont la voix à peine audible laissait deviner une pointe de reddition.

— Pour commencer, que vous geliez les votes prévus aujourd'hui, ce sera un bon début et désamorcera cette situation de crise.

Les politiciennes grimacèrent de concert, mais leur attitude résignée ne laissait aucun doute quant à leur soumission aux exigences des Opposants.

Ces derniers se complétèrent afin d'expliquer qu'à terme, la duplication de gamètes mâles en laboratoire devait être abandonnée, au même titre que les stérilisations systématiques, et que les quelques lieux de stockage de matériel génétique seraient réattribués à un usage plus pertinent. Il faudrait redonner aux hommes leur statut d'êtres humains, et leur permettre de reconstituer progressivement leur potentiel reproducteur. Cela prendrait deux générations, peut-être trois, mais il fallait commencer dès aujourd'hui. C'était une nécessité, le premier acte symbolique d'un pouvoir confessant ses erreurs et capable de convertir ses errances passées.

Afin de conserver leurs postes au sein de la Chambre, les Féministes soudainement plus mesurées consentirent à accéder à la moindre de leurs requêtes. En tant que chefs de file, elles convaincraient d'abord leurs groupes politiques respectifs, dans l'heure qui suivrait, de les suivre dans un vote massif contre ce décret détestable. Il fallait marquer le coup, que les chiffres parlent d'eux-mêmes et impriment un tournant historique dans la tendance délétère de la 6ème République. Ce terme reprendrait tout son sens et, avec un peu de bonne volonté de part et d'autre, le totalitarisme omniprésent se laisserait doucement oublier. Mais pas totalement, un peu comme une heure sombre de l'Histoire que l'on s'appliquerait à enseigner à des élèves trop peu matures pour vraiment comprendre de quoi il retournait, ou que l'on rappellerait, à date anniversaire et à chaque période de division nationale, pour mieux requinquer le patriotisme que chacun devait forcément sentir en lui.

De sorte que les élues et décisionnaires restent sur la bonne voie, elles devraient accepter la nomination d'une représentante de l'Opposition – une femme, car il ne fallait surtout pas bousculer des habitudes décennales par excès de progressisme – qui siègerait à la Chambre matricielle au même titre qu'elles. Un siège unique et une plaque, gravée au nom des Maternalistes, qui appelleraient sans doute d'autres dirigeantes à rejoindre une idéologie plus saine. Il n'était pas exclu – et c'était même souhaitable – que ce siège symbolique se dupliquât autant que nécessaire, à l'image de ces gamètes, fertiles et annonciateurs d'espoir, que les hommes conserveraient.

Agnès, Deyan, Ana et leurs pairs énoncèrent toutes ces possibilités, afin que les choses soient dites. Si les Féministes acceptaient dès aujourd'hui l'éventualité de changements profonds pour l'avenir, si elles leur donnaient leur accord de principe, dans l'intimité de ce bureau présidentiel, alors il leur serait plus difficile de faire machine arrière ; il leur faudrait assumer ce choix d'un jour et marcher avec déterminisme dans un effort collégial, vers un progrès collectif. Les politiciennes acceptèrent toutes leurs conditions, sans négociations aucunes, comme si elles étaient elles-mêmes pressées d'en finir, et curieuses d'une société plus égalitaire.

C'est à cet instant précis et décisif que les Opposants, de façon tout à fait informelle et sans se concerter, renoncèrent à ce substantif. S'il y avait effectivement une alliance avec le pouvoir en place, des concessions et des pas consentis les uns vers les autres, alors le mouvement n'avait plus lieu d'être. Si on s'alliait, alors on ne s'opposait plus. Les slogans haineux, les heurts et la duplicité s'essouffleraient, tandis que les armes seraient remisées. Sans qu'on ne les oublie jamais, les individus tombés au cours des manifestations viendraient désormais justifier l'ambition de progrès de tous les citoyens, hommes comme femmes, politiciennes ou non. On se souviendrait des sacrifices, de la souffrance, des disparus, de l'angoisse de ces semaines d'incertitudes, mais on ne s'opposerait plus. Ne restaient plus alors que les Maternalistes. Cette dénomination, cette aptitude, ils la portaient en eux, c'était inscrit dans le codage profond de leurs gènes, et il faudrait bien plus qu'un gouvernement répressif pour en venir à bout.

Lorsqu'ils en eurent fini, lorsqu'ils eurent mis à plat l'ensemble des sujets qu'il convenait d'aborder, et que les Maternalistes eurent donné leur parole de ne jamais évoquer les familles ou les amis mentionnés plus tôt – pas avant que les principales concernées ne l'aient décidé, en tout cas –, toutes et tous jugèrent qu'il était temps de redonner à l'hémicycle son panache d'antan. Gonflés d'une énergie nouvelle, Féministes et Maternalistes s'ébranlèrent en direction de la double porte boisée. Avant d'ouvrir celle-ci sur leur avenir commun, la présidente rompit la solennité du moment :

— Une fois que nous aurons rejeté le décret, il faudra que vous montiez à la tribune afin de vous adresser à la Chambre. Simple question de formalité. Je vous demande de désigner une représentante, une porte-parole, uniquement pour aujourd'hui, afin de représenter votre mouvement ainsi que tous les gens qui sont là, dehors. Ceci n'a rien de définitif, la désignation de la personne qui siègera interviendra plus tard.

Ça, Ana et les siens ne l'avaient pas prévu. Devant leurs mines hésitantes, la politicienne conclut :

— Je vous laisse réfléchir, nous vous attendrons à côté.

Elle sortit d'un pas leste, néanmoins cérémonieux, rapidement suivie de ses ministres et secrétaires d'État, laissant les Maternalistes seuls avec ce choix cornélien. Gagnés par l'euphorie d'une victoire imminente, ils n'avaient cure d'un potentiel et fugitif moment de gloire personnelle. Aussi ne se pressèrent-ils pas pour soumettre leur candidature.

***

Lorsque le petit groupe réapparut sous le dôme lumineux, quelques instants plus tard, une atmosphère étrange baignait les rangs de l'hémicycle. À en croire les chuchotements énergiques et les visages étonnamment détendus, les votes étaient terminés. Sous la garde attentive des nombreux autres Maternalistes, les Féministes venaient à n'en pas douter de remplir leur part du contrat. C'était comme si un vent de soulagement avait soufflé sur chacune des dirigeantes, les autorisant enfin à agir en leur âme et conscience, et non plus seulement animées d'un désir de profit, de supériorité morbide, ou d'une crainte de se sentir seules face à la majorité. Les votes étaient clos, et les délibérations affichées sur l'écran principal, au-dessus de la tribune. Toutes semblaient se féliciter de ces scores, mais certainement pas autant qu'Agnès, Ana et les leurs.

Sous l'impulsion d'une présidente probablement pressée de rentrer chez elle, les Maternalistes furent invités à venir s'exprimer. Quelques mots, trois fois rien, simplement de quoi sceller cette journée et cette entente morale. Il était temps pour les Maternalistes de voir enfin leurs efforts récompensés.

Dans un mouvement synchrone mais absolument pas prémédité, deux silhouettes gravirent les quelques marches situées de part et d'autre du bureau de la présidente, qui se contenta de les observer, aussi étonnée que le reste de l'assistance. Les boiseries craquèrent sous leurs pas précautionneux et des sourires discrets naquirent sur leurs visages, amusés par l'effet visuel qu'ils devaient produire. Là, sous des centaines de regards plus qu'attentifs, l'un rejoignit l'autre et lui prit la main, aussi naturellement que si ce geste n'avait jamais été illicite. Sans perdre un instant, le couple s'orienta face à ses concitoyens. Ana et Deyan se dressaient fièrement, peut-être un peu intimidés, devant un hémicycle unanimement hébété.

Lors de leur concertation dans la pièce attenante, le symbole les avait frappés comme une évidence et s'était imposé à eux. C'était à présent au tour des politiciennes d'apprécier cette évidence. En signe de réconciliation et afin d'insuffler la vision d'un avenir commun, il faudrait désormais compter sur les femmes ET sur les hommes, l'une n'irait plus sans l'autre.

Le représentant exigé par la présidente n'était autre que ce couple, cette association de deux êtres unis dans la vie comme dans les épreuves récentes. Ils n'avaient rien lâché – mais ça, l'assistance l'ignorait encore – et s'étaient battus pour voir aboutir leur quête, concrétisée dans ce moment de parfaite fusion. Le fruit de leur union, lui, les attendait au domaine Lassalle et obtiendrait bientôt le droit de vivre libre, en toute légalité. Si un seul être eût pu les remplacer, sur cette tribune en cet instant, c'eût été Hector. On n'observait plus Ana et Deyan, l'enseignante et l'employé des bains, mais une seule et même entité, oubliée depuis trop longtemps et porteuse de messages qui échappaient encore à la plupart des spectatrices.

Les mots étaient inutiles, car le symbole suffisamment percutant. L'unité femmes-hommes s'imposait enfin.

19

Les cours reprirent presque comme si les événements n'avaient pas eu lieu. À peine quelques absentes touchées par la disparition d'un proche, et des dégâts matériels rapidement effacés, mais la boule au ventre avait disparue. Ana partait diffuser son savoir sans plus de précautions quant aux mots choisis, aux idées évoquées. S'il ne fallait pas compter sur la modification ou la désactivation immédiate des algorithmes de surveillance, la direction de l'enseignement ne l'ennuierait plus pour un contenu contestataire ou égalitaire, ou pour une critique trop peu subtile du féminisme. Aussi, la quasi-certitude de n'être plus suivie, traquée par les espionnes du régime lui retirait un poids conséquent. Pour la première fois, elle pouvait faire son métier comme elle l'entendait, sans risquer sa vie à chaque incursion dans des thèmes controversés.

Son auditoire rappelait chaque jour à Ana combien le formatage des pensées était pérenne, et mettrait du temps à évoluer. Ses étudiantes, jeunes femmes et féministes malgré elles avaient à peine conscience des privilèges de leur sexe, de leur liberté relative, de leurs orientations possibles, de l'épanouissement qu'on leur promettait. Étaient-elles réellement privilégiées, ou était-ce le contraste avec la situation des hommes qui en donnait l'impression ?

Elles souffriraient pourtant longtemps, et inévitablement d'avoir grandi loin de leurs pendants masculins, de s'être construites sans cette figure antagoniste néanmoins complémentaire. Leurs relations sociales futures en seraient largement biaisées, et l'enseignante ne pouvait s'empêcher d'éprouver une peine identique à celle ressentie lorsqu'elle noyait son amour dans les rires de son fils, dans son insouciance apparente et son besoin avide de découvertes. Une enfance cloisonnée, qu'il ne rattraperait jamais, mais dont il devrait s'accommoder. Les jeunes femmes qui buvaient son enseignement lui semblaient plus lésées encore, car nappées d'une illusion devenue leur norme. Comment cette génération serait-elle perçue lorsque les mentalités changeraient enfin ? Les enfants issues de trois générations d'extrémisme trouveraient-elles leur place dans une société acceptant désormais le codage XY ? Ne risquaient-elles pas de passer pour des réactionnaires ou pire, des misandres aux yeux de leurs successeurs, de leurs propres enfants peut-être ?

Ana avait bon espoir que leur instinctif bon sens et leur besoin d'amour les guident sur cette voie progressiste, les aident à accepter le retour des hommes sur un pied d'égalité avec elles. Au moins serait-ce le constat des promotions passées sur les bancs de cet amphithéâtre, auxquelles elle avait tenté d'apporter un raisonnement plus équilibré, et ce, malgré la surveillance draconienne dont elle avait pu être l'objet.

Elle ne se faisait pas d'illusions, mais tout portait à croire qu'on était sur la bonne voie. La première pierre avait été posée, mais les Maternalistes avaient bien conscience à quel point les instances politiques pouvaient freiner l'élan du progrès, sous prétexte de lourdeurs administratives ou d'harmonisations régionales, internationales, légales... Ce serait long, à n'en pas douter, mais ils veilleraient à ce que les engagements soient respectés, tous ensemble.

Au cœur de l'amphithéâtre, observée et écoutée par une centaine d'esprits en formation, l'enseignante se sentait exactement à sa place.

L'exposition médiatique de son couple, ces derniers jours, l'avait quelque peu harassée. Si leur prise de parole au sein de la Chambre matricielle était censée demeurer sous la coupole, Ana et Deyan devinrent très vite le symbole de la contestation et de la victoire sur le régime. Considérant les exhortations des Maternalistes à participer à tout ce tapage, comprenant à quel point il était primordial de donner un visage à leur mouvement, à cette entente nouvelle et florissante, la jeune femme avait dû accepter interviews et autres séances photo, bon gré mal gré. Deyan, lui, s'y était étonnamment adapté, comme si cette légitimité soudaine à s'exprimer lui octroyait une nouvelle existence.

Contrairement à la majorité des couples illégaux qui devraient attendre le changement progressif des mœurs, ils avaient déjà réintégré ensemble l'appartement de fonction d'Ana. Pour une nuit seulement, mais là encore le symbole était fort. Ils s'étaient même autorisés à se tenir brièvement la main, en marchant dans la rue, une expérience au cours de laquelle ils n'avaient pu s'empêcher de scruter les autres passants d'un regard méfiant. C'était bien le seul avantage à être l'image du changement ; ni les autorités ni les Féministes les plus réfractaires n'oseraient plus les stigmatiser. Hector, lui, devrait encore attendre quelques mois avant sa seconde naissance, officielle celle-ci.

L'intimité rassurante de l'amphithéâtre tranchait donc avec les multiples sollicitations des jours précédents. Ana s'y sentait plus sereine, et surtout, plus utile et compétente que pour porter le message des Maternalistes devant le plus grand nombre.

— Les exemples de textes et de discours activistes ou révolutionnaires sur lesquels vous vous êtes appuyées pour votre dissertation étaient tous très pertinents. Qu'il s'agisse du *Manifeste des Égaux* de Maréchal[16], de l'article *J'accuse* de Zola[17], du "*I have a dream*" de Luther King[18], de *L'Adresse aux députés pour la loi sur l'IVG* de Veil[19], ou de l'extrait de *Les Luttes de classes en France* de Marx, portant sur la Monarchie de Juillet[20], vous avez su en extraire la portée humaniste et progressiste ; je vous félicite. L'intérêt était de vous faire réagir et réfléchir à la notion d'engagement, et je suis ravie de constater que vous avez toutes capté la substance de ces mots, de ce que leurs auteurs ou orateurs ont souhaité transmettre. Évidemment, à leur époque, ces revendications pouvaient passer auprès de la majorité des citoyens pour une hérésie, voire un danger, à la fois socialement et économiquement. Ce n'est qu'avec le recul que nous avons compris à quel point ces femmes et ces hommes avaient cerné les maux de notre société, ainsi que la correction potentielle que nous pouvions lui apporter. Grâce à l'expérience acquise au fil des siècles, nous sommes aujourd'hui en mesure d'analyser l'influence qu'ont eue ces militants des droits de l'Homme et de la dignité humaine non seulement sur leur époque, mais sur les vies de leurs descendants. Ils se sont engagés, âprement, certains ont perdu la vie pour leurs idées. Ils ont porté haut les valeurs auxquelles ils croyaient, et lorsque les régimes en place tentaient de les acheter, les gratifiaient de généreux coups de matraque ou plus généralement de censure, celles et ceux que vous avez cités ne se sont pas tus. Parfois, les méthodes employées pour mener ces idées n'avaient rien de pacifiste ; la forme de ces combats fut aussi variée que les causes qu'ils conduisaient. Ce qui compta néanmoins fut la conviction déployée au cours de ces luttes sociales, l'idée directrice, ferme et assurée, d'agir pour l'intérêt du plus grand nombre, sans prêter attention aux privilèges des puissants.

Au dernier rang, presque invisible depuis l'estrade, un couvre-chef sombre opina vivement.

— Je tiens donc à vous remercier pour vos réflexions sensées et dûment argumentées. Je me suis permis de charger vos copies sur le réseau de la classe ; si vous souhaitez consulter les travaux de vos camarades, il vous suffira de leur envoyer une demande de partage.

Ana marqua une pause, visiblement émue par la concrétisation de plusieurs mois de considérations idéologiques et citoyennes. Il était toujours gratifiant de voir ses élèves faire preuve d'esprit critique et de jugement.

En pianotant sur l'écran tactile du pupitre, l'enseignante reprit :

— L'une de vous a cependant choisi de travailler sur un article plus récent. À dire vrai, c'était le seul daté de notre siècle.

Le document s'afficha sur les supports de chaque élève.

— Mademoiselle Sanserre, accepteriez-vous de nous lire le billet qui a motivé votre devoir ?

L'étudiante s'exécuta, quelque peu gênée par une lecture publique. Tant qu'on ne lui demandait pas de déclamer son propre travail…

— *Paris sud, le 20 septembre 2052.*

Aujourd'hui vient d'être abrogée la loi éthique sur la représentativité politique. Une régression considérable dans notre marche vers l'équité. Dans l'indifférence générale, nos dirigeantes les plus extrêmes obtiennent enfin ce qu'elles visaient depuis les débuts de la 6ème République, à savoir la liberté la plus totale dans leurs réformes et le bannissement des minorités. Ne nous leurrons pas toutefois ! La seule minorité réellement visée par ce vaste recul social est bien la population masculine. Elle n'a jamais cessé d'être la cible des Féministes, ou de celles qui se prétendent féministes, et ce depuis la Révolution démocratique jusqu'à aujourd'hui, et pour encore de nombreuses années, à en croire le tournant que notre société vient d'opérer. La Société XX, comme certains partis de l'Opposition se risquaient à la nommer ! Il semblerait qu'elle devienne une réalité, une norme. Une société pour les femmes, gouvernée par des femmes. Gouges[21], Gourd[22], Beauvoir[23], Veil, Yourcenar[24] et les autres doivent se retourner dans leurs tombes.

Je m'efforce de conserver un ton sarcastique afin de ne pas sombrer moi aussi dans la morosité ambiante, celle qui anesthésie présentement toute velléité de changement, de soulèvement. Toutefois, je ne saurais cacher la tristesse qui m'anime. Elle est motrice, et le demeurera, car toutes leurs manigances et astuces pseudo démocratiques n'auront jamais raison de mon humanisme et de ma quête de vérité.

Encore une victoire du totalitarisme ! La population n'en a que très peu conscience – ou alors l'accepte-t-elle tacitement, convaincue par l'illusion de sécurité qu'on lui sert à tour de bras –, mais la réduction de ses libertés et de son libre arbitre est bien réelle. Ce poison inhumain opère progressivement, avec fourberie la plupart du temps, et s'appuie intelligemment sur le droit ou la morale. Je serais bien incapable de donner une date précise aux premiers constats de cet état de fait. Qui le pourrait ? Il y eut certes des prémices liberticides dans la seconde moitié du siècle dernier, et l'exploitation de l'Homme par l'Homme ne remonte pas à hier, mais sommes-nous pour autant en mesure de fixer un repère temporel, une limite au-delà de laquelle la dictature aurait clairement pris le dessus ? Certainement pas. Pour la simple et bonne raison qu'au fil des siècles, l'on assista à des progrès significatifs, puis à des reculs non moins conséquents, encore et encore, dans un mouvement de flux et de reflux plus proche des mécanismes gastriques que du rythme pur et immuable des marées. Peut-être s'agit-il là d'un équilibre nécessaire à la survie de l'espèce. J'ai grande peine à le croire. La domination récente de ces Féministes qui n'en ont que le nom n'est qu'un nouvel abus de la nature humaine, une transgression de la morale par ce constant besoin de domination. Force est de constater que la femme est un être humain comme un autre, aussi faible dans ses convictions que l'homme avant elle. Il y eut beaucoup de déséquilibres sociaux par le passé, et il y en aura tellement d'autres une fois que celui-ci sera oublié.

Aujourd'hui, le féminisme nous est présenté comme la solution à bon nombre de maux de l'humanité. Le problème écologique est déjà en partie réglé, et je suis le premier à les en féliciter. Je crois cependant que cette victoire spécifique répond plus à une question de bonne volonté qu'au succès de tel ou tel mouvement politique. Le peuple est encore dupe, mais il ne tardera pas à déchanter. Du haut de notre très courte Histoire, nous avons déjà connu maintes dérives tyranniques, dictatures, fascismes ou autres absolutismes, et chaque fois ces mouvements commençaient par des promesses. Je ne nie pas que ces promesses n'étaient pas respectées – certaines le furent –, toutefois les meilleures intentions de ces régimes extrémistes dissimulaient toujours de fâcheuses surprises.

Aussi, je sens poindre une rancœur contenue de longue date dans les déclarations de nos dirigeantes. Oh, rien de formel ni d'officiel, non, quelque chose de plus latent, en sourdine, et c'est bien ce qui m'inquiète le plus. Je m'avance peut-être, et prie pour que l'avenir contredise mes craintes, mais une époque très sombre se dessine. Celle-ci pourrait bien se révéler plus brutale encore que ce que l'humanité a déjà pu connaître. Je ne laisse pas plus que quelques décennies à ce régime pour s'autodétruire. Comment ? Par l'effet néfaste qu'il produira sur son propre peuple, ni plus ni moins. Tout gouvernement liberticide porte en lui le germe de sa décadence. Exclure les hommes des décisions politiques et, je le redoute, de la vie sociale dans son ensemble est la pire chose qui pouvait arriver à notre société. Dans une époque porteuse de tellement d'espoirs, il s'agit là d'une erreur impardonnable et, une fois encore, d'une preuve radicale d'immaturité.

Nous serons amenés à observer et à vivre des dérives plus terribles encore, tellement clivantes que le gouvernement finira par se mettre à dos l'essentiel de la population. Les souffrances qui en découleront seront ancrées si profondément dans l'âme de ses victimes que je peine encore à me les imaginer. C'est toute l'évolution qui sera contredite, l'ensemble du génome humain que l'on ébranlera. La structure familiale elle-même en sera marquée, modifiée de façon si violente que les générations suivantes mettront du temps avant de s'en relever.

Évidemment, le jour arrivera où cette misandrie omniprésente et toute puissante érigera l'interdit de trop, la loi qui ne passera pas. Une goutte d'eau, au regard de ce que le peuple aura déjà pu encaisser, mais une goutte intolérable ! Le jour viendra où la morosité se transformera en grogne, où la passivité résignée se muera en une énergie déflagratoire, blindée de désespoir. Ce jour-là, les dirigeantes en place à la tête de nos instances politiques recevront le fruit des erreurs semées par leurs prédécesseurs. Le peuple ne rêvera alors que de destitution et de justice sociale. Il ne peut en être autrement. Des têtes ont été tranchées au nom de ce principe immuable. Il s'agit là d'un mécanisme élémentaire, et malheureusement, parfois nécessaire. Un jour, la soupape ne suffira plus, et le chaudron bouillonnant déversera sa colère. Oh, il y aura bien d'ici là quelques manifestations et autres slogans rageurs. Des violences, des morts peut-être. Il y en aura d'ailleurs de plus en plus, je ne vois pas comment il pourrait en être autrement. Mais le soulèvement ultime, l'érection de la population comme dernier rempart à une dictature inavouée sera d'une tout autre échelle. L'insurrection sera globale, imparable car multiple. Toutes les classes sociales, les croyances et les générations se confondront dans un élan de haine unanimement dirigé vers le pouvoir en place. Lorsque l'insoumission arrivera, rien ne pourra l'endiguer, elle s'autoalimentera.

Difficile de me projeter lorsque cela pourrait advenir, ni même d'affirmer que je serai encore ici pour y assister, mais ces évènements détestables interviendront, à n'en pas douter. Tôt ou tard, une nouvelle révolution éclatera. Reste à savoir à quel point celle-ci sera organisée, et si le gouvernement aura su anticiper son ampleur. Les citoyens possèdent d'ores et déjà les ressources utiles à ce combat. La principale ? Leur nombre. Cela est et restera leur avantage inaliénable, celui qui leur assurera d'avoir toujours le dessus.

Ne vous méprenez pas, vous qui lisez cette tribune. Ceci n'est en rien un appel à la révolte, je sais qu'elle naîtra d'elle-même, lorsque nos chères dirigeantes auront fini de rassembler les éléments indispensables à son éclosion. La société XX accouchera d'une inimitié salvatrice, d'un mouvement populaire sans précédent. Soyez-en certains ! Et certaines ! Le temps viendra où le peuple s'apercevra de l'inefficience des ses dirigeantes à organiser cette société, à assurer sa survie, et par-dessus tout, son évolution. En dépit des promesses de stabilité de la part de la classe gouvernante, notre modèle social souffrira bientôt de carences élémentaires. C'est l'évidence même. On ne peut écarter 50 % de l'identité d'une espèce en prétendant œuvrer pour son avenir ; la contradiction est trop évidente. De telles inégalités de traitement ne permettront jamais une structure tangible et équilibrée. Tant qu'il existera des laissés pour compte, des classes dénigrées – aujourd'hui les hommes –, la société ne pourra prétendre à un réel progrès. La marche en avant ne s'enclenchera qu'en unissant nos forces et nos compétences, il s'agit là d'une vérité absolue.

Lorsque le peuple aura lui aussi acquis cette certitude, les instances politiques ou les autorités, quelles qu'elles soient, devront faire face à leur impuissance. Les divisions historiques se mueront en une unité telle qu'aucun barrage, aucune loi liberticide ne pourront la bâillonner. La rue se substituera aux urnes, et l'humain remplacera les aspirations d'ordre matériel ou pécuniaire. Citoyens et citoyennes voudront récupérer leurs droits, leur énergie ne s'animera plus que vers cet objectif et, contre toute attente, en sera même décuplée. Ne doutons jamais de notre force ! Par notre nombre et notre unité, nous briserons les entraves qu'elles auront forgées et porterons la voix du peuple là où elles ne pourront plus l'ignorer.

Aujourd'hui, des millions d'hommes sont condamnés sans jugement. Aujourd'hui, comme tant d'autres, j'ai été déclaré "ennemi public" parce que mes textes contredisent le féminisme moderne. Je le répète, ces extrémistes prétendument élues démocratiquement n'ont de féministe que le nom ; elles sont misandres, tout au plus, et salissent le terme que j'ai tant pu louer par le passé. Voilà qu'on me condamne à disparaître. Qu'il en soit ainsi ! S'il faut mener ce bras de fer avec elles, alors je jouerai leur jeu, je me plierai à leurs règles. Pour pouvoir continuer à m'exprimer, je serai le fantôme qu'elles ont souhaité, clandestin, rebut, insaisissable. Je m'expatrierai s'il le faut, accordant à ce combat l'entièreté de mon temps, de ma vie. Mes mots ne quitteront jamais ce territoire que je chéris tant, pas plus que le cœur de mes contemporains que je soutiendrai de toute mon âme, et avec toute ma conviction. L'auteur, l'esprit, l'humain. Toujours à vos côtés.

La résistance commence là où l'autorité dérape.

L'étudiante oratrice releva la tête sur un silence rare par l'attention qu'il exprimait. Ses voisines semblaient complètement absorbées par le texte qu'elles avaient encore sous les yeux. Les évènements récents, les heurts et l'unité nationale résonnaient assurément encore dans leurs esprits. Leur professeure, visiblement émue, parcourait l'assistance avec un sourire empreint de fierté.

— *Ernest Togan*, conclut-elle avant de remercier la jeune Sanserre.

Ce nom évoquait vaguement quelque chose aux étudiantes.

— Visionnaire, n'est-ce pas ? Cela conclut parfaitement notre chapitre sur les révolutions, et nous amène à présent à considérer comment les femmes et les hommes de lettres, les artistes plus généralement, ont contribué à construire nos sociétés. Quel a été leur rôle dans la marche vers le progrès, dans l'ouverture des esprits et des mœurs ? Quels sentiments et quelles ambitions pouvaient bien les animer ? Voilà un point capital dans l'étude des civilisations passées, présentes, et à venir, toutes liées par cette culture traversant les âges. Vous n'êtes pas sans savoir qu'Ernest Togan a participé à nombre de…

Tandis qu'elle poursuivait son exposé, irriguée tant par la passion de transmettre que par l'amitié qu'elle portait au vieil homme, son regard fut attiré par la silhouette haut perchée et fragile quittant discrètement l'amphithéâtre. Ana n'interrompit pas son discours, mais modula imperceptiblement le ton de sa voix, la rendant ainsi plus tendre, plus intime. Un son que ses étudiantes ne lui connaissaient pas, mais que Togan comprit immédiatement comme lui étant destiné. Avant de franchir le portique, l'écrivain se figea et se tourna de trois quarts. Son visage, pourtant assombri par ce chapeau digne des westerns qu'il affectionnait tant, n'en demeurait pas moins lumineux, comme si le poids qu'il portait depuis tant d'années – depuis la rédaction de cet article – l'avait tout à coup libéré. Ernest adressa un sourire bienveillant à la jeune femme, puis hocha la tête avec une moue d'approbation. Il sembla ponctuer la lecture à laquelle il venait d'assister. Après tellement d'années de lutte, on l'autorisait enfin à refermer ce chapitre. Peut-être donnait-il aussi à Ana son consentement, son accord tacite pour transmettre leur histoire et le fruit de leurs existences. Un bagage commun qui transcendait les générations, une mémoire qui leur offrait à tous un avenir commun.

Un dernier regard de connivence, traduisant l'affection qu'il lui portait, et le couvre-chef disparut dans le couloir.

Les jeunes visages occupèrent à nouveau tout l'espace de son esprit, et Ana continua de dérouler son Histoire des Civilisations.

Dépôt légal avril 2019
ISBN n° 979-10-94521-38-0

Couverture :

Mot de l'auteur

Merci d'être arrivé jusqu'ici, au terme de cette bataille rangée entre Maternalistes et Féministes. Je me suis bien amusé à construire cet échiquier social et à l'animer de quelques pièces plutôt complémentaires. J'espère que vous aurez pris plaisir à le lire et que vous en aurez capté l'essentiel du message.

Dans un cas comme dans l'autre, je compte sur votre retour de lecture. Prenez deux minutes pour laisser un commentaire sur la page Amazon de *Société XX*, vous ferez mon bonheur et aiguillerez le choix des futurs lecteurs. D'avance, merci.

Puisqu'aujourd'hui, dans la culture populaire ainsi que dans mon esprit, le terme de "féminisme" conserve encore une connotation positive, j'ai dû me faire violence en l'associant au régime totalitaire décrit dans cette fiction. Il s'agissait de mettre en relief certains modes de pensée déjà observables, en les poussant tout bonnement à leur paroxysme. Une exagération donc, mais bâtie sur un constat bien réel.

Comme toute idéologie, le féminisme contient des dérives potentielles. La rancœur que la gent féminine croit devoir porter et alimenter conduit malheureusement nombre d'individus à tenir des discours sexistes ou à mener des actions tristement clivantes. Au même titre que l'intolérance de certains "vegans", l'hermétisme des bigots en tous genres, ou encore les extrêmes en politique, le féminisme est certes animé d'ambitions louables, mais se corrompt trop souvent à reproduire – en l'inversant – cela même pourquoi il lutte. Comme toute idéologie, il doit appeler à d'indispensables précautions.

À mon sens, les femmes devront faire preuve dans les prochaines décennies d'une intelligence bien supérieure à celle que les hommes ont pu déployer par le passé, ainsi que d'une force de pardon considérable. Faire fi de millénaires de domination illégitime n'est pas chose facile – si c'était facile, on ne vous le demanderait pas, Mesdames –, mais ces erreurs, celles de nos ancêtres, ne nous appartiennent pas. Vivons le présent, construisons l'avenir !

À mon sens, le féminisme constitue aujourd'hui, avec la question écologique, un tournant majeur qu'il conviendra d'aborder avec le plus de justesse possible. Tout simplement parce qu'une entente réelle entre femmes et hommes pourrait résoudre bien des dilemmes, dans de multiples domaines, dont l'écologie, et ensuite parce qu'il s'agit là de la condition essentielle à la continuité de notre évolution. Notre espèce stagne, voire périclite depuis bien longtemps. Elle cède désormais plus facilement à l'autodestruction qu'à une marche en avant optimiste et pérenne.

Ce clivage persistant représente un frein – comme tous les clivages – à ce dont nous sommes réellement capables. L'ingéniosité, la vision, le pragmatisme et l'amour qui animent l'être humain seraient autrement plus productifs une fois détachés de ce boulet imaginaire.

Je ne prétends pas détenir de vérité absolue ou une quelconque piste susceptible de nous mettre sur une voie plus sensée – j'ai moi aussi ma part de conflits intérieurs liés à celui que l'on nomme "le beau sexe" –, mais cette opposition détestable me pèse souvent bien au-delà du supportable. Répéter inlassablement à nos enfants "un garçon doit penser cela, faire comme ci, et une fille penser ceci, faire comme cela" est exaspérant au plus haut point. La distinction entre les sexes commence beaucoup trop tôt, alors qu'elle ne devrait jamais conditionner nos actes ou nos pensées. Jamais. Deux sexes différents, c'est conçu pour s'unir, point barre ! Tout le reste n'est que divagations.

Je n'évoquerai pas le sujet délicat des préférences sexuelles, mais les goûts, les aspirations, les postures, les attitudes, le langage, la sensibilité ou encore la force de caractère ne devraient en aucun cas dépendre d'un dictat culturel, et surtout pas de celui d'attributs virtuels que l'on rattache à tel ou tel sexe. Renier la virilité d'une femme ou la féminité d'un homme, c'est lui retirer son statut d'être humain. Pour avancer, nous nous devons d'être complets. Il s'agit d'une condition non négociable à l'accomplissement personnel, ainsi qu'au progrès social.

Bref, c'est ce que j'ai tenté de partager avec vous dans cette dystopie.

Vous l'aurez compris, *Société XX* n'est donc pas un ouvrage féministe, mais humaniste.

Pour moi, il importait d'identifier ce sujet pour ce qu'il est, une lutte sociale comme une autre. Le suffrage universel, la lutte ouvrière, le droit à l'IVG, les droits civiques de la population noire, jusqu'à la "crise" des gilets jaunes que nous connaissons aujourd'hui, autant d'exemples qui jalonnent l'Histoire de notre civilisation et prouvent que le progrès est à notre portée.

En inversant les rôles et en décrivant des postures extrêmes, l'idée était de démontrer l'absurdité de ce que la population féminine a pu vivre, et vit encore aujourd'hui. Aussi, et surtout, j'avais à cœur de mettre en scène les risques auxquels les extrémistes nous exposent, qu'il s'agisse de féminisme ou, de façon plus globale, de politique.

Celles et ceux qui me connaissent savent combien les cases m'importent peu. Après avoir exploré, avec sept romans et trois formats courts, des genres aussi distincts que le polar, le thriller, la science-fiction, le contemporain, l'horreur, le témoignage, et à présent la dystopie, il est temps pour moi de me lancer dans l'aventure bien différente de la nouvelle. Si je pense que mes prochaines publications s'orienteront spontanément vers le genre SF, je reste ouvert à ce que me souffleront notre époque et mon inspiration.

Remerciements

Je tiens ici à remercier les lectrices et les lecteurs qui m'accompagnent dans cette très chouette aventure qu'est l'écriture. Je ne peux désormais tous vous nommer – ça y est, vous êtes trop nombreux –, au même titre que je ne peux accorder beaucoup de temps à nos échanges virtuels, mais je veux que vous sachiez toute la gratitude que j'ai pour vos mots, vos attentions, vos partages, ainsi que pour vos commentaires sur Amazon. Les quelques rares néanmoins fidèles parmi vous qu'il m'a été donné de rencontrer, vous êtes géniaux.

Merci à l'immense fraternité (j'ai failli écrire sororité, mais il existe tout de même quelques exceptions masculines, et le terme "adelphité" n'en est qu'à ses balbutiements) de chroniqueurs qui ont pu se pencher sur un ou plusieurs de mes livres, leur offrant ainsi un peu de visibilité.

Merci à la communauté inspirante d'auteurs indépendants et de petites maisons d'édition croisés sur les réseaux ou au détour d'une séance de gribouille. Vous donnez à la littérature ses lettres de noblesse, notamment par l'authenticité qui vous anime.

Merci aux quelques groupes de lecture sur Facebook, les *Mordus, Nos plus belles lectures, Nous rêvions juste de bouquiner…* qui n'ont de cesse de promouvoir la littérature et les auteurs indépendants.

Je garde toujours à l'esprit que sans vous, les lecteurs, rien ne serait possible. Merci pour cette émulation positive qui me porte et m'incite à poursuivre dans cette voie dont j'ignore absolument la destination.

Je vous aime, sincèrement.

Un big-up tout particulier aux quelques amies et âmes bienveillantes qui ont accepté de me relire et de participer activement au lancement de ce livre. Merci à Morgane, Delphine, Laure, Virginie, Stéphanie, Élodie, Christine, Magali et sa fille Chloé. C'est très stimulant de se sentir ainsi soutenu. Un merci spécial à Sophie, pour sa générosité et son professionnalisme.

Toujours la même pensée inconditionnelle pour mes parents, socle solide et soutien précieux, quoi qu'il arrive.

Merci aussi à la famille de libraires, de cercles de lecture et de bibliothécaires qui s'agrandit chaque année, et qui accepte de me faire confiance. Je pense à Christelle, Françoise, Gaëlle et Fabrice, aux équipes des Cultura Bègles, La Teste et Bayonne, ainsi qu'à celles des Espaces Culturels E.Leclerc Sainte-Eulalie, Saint-Paul-lès-Dax et Mimizan. Merci à tous les lecteurs que j'ai pu y rencontrer, ces moments-là sont d'une préciosité inestimable.

Merci à la municipalité de Sainte-Eulalie en Born et à tous ses acteurs, un chouette petit village où il fait bon vivre. Merci à Jean-Pierre Dufeu ainsi qu'à Sud Ouest pour leurs articles plus qu'encourageants. Merci au Comité Culture de la commune de Parentis en Born pour l'organisation, chaque année, du Festival Voix Libres.

Aux quelques femmes qui m'ont aidé à construire la personne que je suis devenue. Grand-mère, mère, sœur, professeures, auteures, amies, amantes... Vos individualités m'ont élevé, quoi qu'il en coûtât. À celles, plus rares, que j'ai aimées pour les bonnes ou les mauvaises raisons, ainsi qu'à ceux qui les ont placées sur mon chemin. À celle qui compta vraiment, plus qu'elle ne l'imagine. Merci à toutes.

Je terminerai par quelques suggestions de lecture, comme vous en avez maintenant l'habitude. Au cours de l'écriture de *Société XX*, j'ai découvert ou redécouvert des plumes et des univers qui valent selon moi le détour. N'hésitez donc pas à piocher, il y en a pour tous les goûts :

Code 93, Olivier Norek
Bons baisers de Goscranie, Guillaume Lecler
Le Transastral ZX08 et *Epilogue*, Frédéric Soulier
Le cueilleur de mousses, Didier Fédou
Dans le jardin et autres réalités déviantes, Philip K. Dick
Toute une vie à vous aimer, Catherine Choupin
L'attrape-cœurs, J.D. Salinger
L'Enfant fou, Brian Merrant

À bientôt dans une autre aventure, et n'oubliez pas de lire !
Amitiés.

Bastien

Autres publications

Cycle ***Ascendance***
(Science-fiction d'aventure/space-fantasy)
1. ***Le Baptême du Soleil*** – novembre 2014
2. ***L'Écho Primordial*** – décembre 2015
3. ***L'Héritage du Vide*** – décembre 2017

Advenis – La Voie des Bâtisseurs – mai 2021
(Fantasy)

Onirium – septembre 2019
(Science-fiction cyberpunk)

Convergence – décembre 2020
(Science-fiction)

L'Éveil – juillet 2014
(Policier/SF/romance)

Sublimation – décembre 2016
(Polar/thriller psychologique)

De nos propres mains – avril 2018
(Roman contemporain)

Remanere – juin 2018
(Nouvelle horrifique)

Épidermiques et autres humanités – juin 2019
(Recueil de pensées)

Un Lézard sur le Dos – décembre 2016
(Témoignage)

Glossaire

---

[1] Féminisation : depuis la proclamation de la Sixième République en 2040 et l'émergence d'un parti féminin majoritaire, l'État, les instances politiques et la nation tout entière s'ancrèrent dans une démarche graduelle visant à promouvoir la place des femmes dans la société. Le terme de Féminisation fut donc retenu pour évoquer leur prise de pouvoir ainsi que les réformes qui suivirent.

[2] L'Organisation Mondiale de la Santé : institution de l'ONU (Organisation des Nations Unies), l'OMS fut créée en 1948 pour la santé publique. Selon sa Constitution, elle a pour objectif d'amener tous les peuples du monde au niveau de santé le plus élevé possible.

[3] Christine de Pisan (1364-1430) : philosophe et poétesse française, née Italienne. Considérée comme la première femme écrivaine française ayant vécu de sa plume, d'une érudition la distinguant des autres auteur(e)s de son époque. Veuve et démunie, elle dut gagner sa vie en écrivant. Au Moyen Âge, la veuve qui ne se remarie pas ou qui n'entre pas au couvent est regardée avec méfiance ; des soupçons d'avarice et de luxure pèsent sur elle. Elle complète donc son éducation par une étude approfondie de la philosophie, des sciences, puis s'intéresse à l'Histoire, à la poésie savante, la politique, l'art militaire... un programme d'étude qui n'a rien de traditionnel. Elle s'engage parallèlement dans un combat en faveur des femmes et notamment de leur représentation dans la littérature. Christine de Pisan a produit une œuvre considérable, traités politiques, philosophiques, recueils de poésie... textes ayant connu le succès du vivant de leur auteure. Le seul fait que des princes et des rois aient accepté ses œuvres et même lui aient fait commande témoigne qu'elle avait su se faire un nom parmi les écrivains et les savants de son époque.

[4] Marie de Gournay (1565-1645) : femme de lettres et grande admiratrice de Montaigne, ils se rencontrèrent et correspondirent longtemps après leur rencontre. Certaines mentions de l'écrivain suggèrent qu'ils aient pu entretenir une relation plus intime. Il vante par ailleurs ses prouesses intellectuelles, et lui délivre dans ses *Essais*

le titre de « fille d'alliance ». Un réseau de protecteurs, parmi lesquels Richelieu, qui lui offre une pension royale, l'aide à faire valoir son droit à penser. Célibataire, elle subvient seule à ses besoins. Catholique, elle est hostile aux protestants, mais côtoie des libertins comme Théophile de Viau, Gabriel Naudé, François La Mothe Le Vayer – à qui elle lèguera sa bibliothèque, qu'elle avait héritée de Montaigne (qui l'avait lui-même annotée et héritée de La Boëtie). Elle vit et pense en féministe ; elle publie en 1622 *Égalité des hommes et des femmes*, et en 1626 *Les Femmes et Grief des Dames* où elle prône l'égalité absolue entre les sexes, ni misogynie, ni « philogynie ». Dans le premier livre, elle étudie notamment les différences hiérarchiques entre les genres, invitant à les dépasser.

[5] Marguerite Durand (1864-1936) : journaliste, actrice, femme politique et féministe française, fondatrice du journal *La Fronde*. Élevée au couvent, elle entre au Conservatoire puis à la Comédie Française. Par son mariage, elle fréquente ensuite les milieux politiques et journalistiques. Elle publie ses premiers articles dans *La Presse*, journal de propagande boulangiste, puis, après son divorce, intègre le *Figaro*. Avec *La Fronde*, journal exclusivement élaboré par des femmes, et selon ses mots un journal « comme les autres journaux… pas plus amusant », elle couvre tous les sujets d'actualité, en favorisant les méthodes du reportage (observation et témoignage directs de l'événement). Outre *La Fronde*, Marguerite Durand participe à la création en 1903 d'un quotidien anticlérical et socialiste. En 1904, pour le centenaire du Code Civil, elle dénonce l'œuvre napoléonienne : « Il n'est pas une femme qui ne doive maudire le Code, il n'est pas une femme, riche ou pauvre, grande dame ou travailleuse, qui, dans sa misère ou dans ses biens, dans sa personne, dans ses enfants, dans son travail ou son désœuvrement, n'ait eu ou n'aura à souffrir grâce au Code ». En 1907, elle organise un congrès du travail féminin et tente de fonder l'Office du travail féminin. En 1909, elle participe à la création d'un nouveau journal, *Les Nouvelles*. Elle s'investit surtout dans la campagne pour le vote des femmes et défend le droit d'élire et d'être élues. Même si elle considère que féminisme et pacifisme sont étroitement liés, Marguerite Durand incite les femmes à participer à l'effort de guerre, exprimant son espoir que les responsabilités assumées par les femmes en l'absence des hommes appelés au front leur permettront

de bénéficier de droits nouveaux. Elle lègue à la ville de Paris toute la documentation qu'elle possède sur l'histoire des femmes, créant ainsi le premier Office de documentation féministe français.

[6] André Léo (1824-1900) : romancière, journaliste, militante féministe entre socialisme et anarchisme, Victoire Léodile Béra vit de sa plume, publie des reportages sur le travail et milite pour la création d'associations ouvrières. En 1866, elle crée l'« Association pour l'amélioration de l'enseignement des femmes » et en 1868, elle publie un texte défendant l'égalité des sexes qui est à l'origine de la première vague féministe en France. C'est chez elle, en 1869, qu'est créée la « Société (mixte) de revendication des droits de la femme ». Elle projette la création d'une école primaire laïque de jeunes filles. Elle fonde le journal *La République des travailleurs* et participe à la Commune de Paris. En 1871, elle publie à Neuchâtel, *La Guerre sociale*, où elle raconte l'histoire de la Commune. Parvenue à échapper à la répression de la Semaine sanglante, elle s'exile en Suisse. Elle y vit avec le syndicaliste Benoît Malon, rencontré avant la commune, les deux contractant un « mariage libre » en 1872, mais elle rompt en 1878. Elle adhère à l'Alliance internationale de la démocratie socialiste fondée par Bakounine. Elle collabore au journal *La Révolution sociale* dans lequel, anarchiste, elle se livre à de violentes attaques contre Karl Marx, jugé autoritaire. Elle prend une part éminente dans la publication de la revue *Le Socialisme progressif*. Voyageant en Europe, elle se consacre à l'étude de la condition féminine de son temps. En 1899, *Coupons le câble* est sa dernière œuvre, elle y plaide la séparation entre l'Église et l'État, six ans avant la loi de 1905. Par testament, elle lègue une petite rente à la première commune de France qui voudra tenter une expérience collectiviste.

[7] Simone Veil (1927-2017) : magistrate et femme d'État française. Déportée à Auschwitz à l'âge de 16 ans, durant la Shoah, où elle perd son père, son frère et sa mère. Rescapée avec ses sœurs Madeleine et Denise, elles aussi déportées, elle épouse Antoine Veil en 1946 puis, après des études de droit et de science politique, entre dans la magistrature comme haut fonctionnaire. En 1974, elle est nommée ministre de la Santé par le président Valéry Giscard d'Estaing, qui la charge de faire adopter la loi dépénalisant le recours par une femme

à l'interruption volontaire de grossesse (IVG). Elle apparaît dès lors comme icône de la lutte contre la discrimination des femmes en France. Elle est la première personne à accéder à la présidence du Parlement européen, une fonction qu'elle occupe de 1979 à 1982. De façon générale, elle est considérée comme l'une des promotrices de la réconciliation franco-allemande et de la construction européenne. Elle est élue à l'Académie française en 2008. Sur décision du président Emmanuel Macron, Simone Veil fait son entrée au Panthéon avec son époux le 1er juillet 2018.

[8] La Procréation Unique Médicalement Assistée : face au nécessaire recul de la natalité, l'immense majorité des Nations mondiales a adopté dans les années 2050 – tardivement selon certains anthropologues et écologistes de l'époque – une politique de l'enfant unique. Le cas spécifique de la France, depuis l'interdiction de la procréation dite "naturelle", implique que les femmes désireuses d'avoir un enfant se rendent dans un Centre de Procréation afin d'être inséminées.

[9] #BalanceTonPorc est un hashtag (symbole matérialisé par un croisillon, #, qui, associé à un mot ou à un groupe de mots, regroupe toute référence à ce même terme ; couramment utilisé sur internet, il permet de marquer un contenu avec un mot-clé plus ou moins partagé) largement diffusé sur les réseaux sociaux en octobre 2017 pour dénoncer harcèlements et agressions sexuels. Version francophone du #MeToo encourageant les femmes à partager leurs expériences sur Twitter puis sur Facebook etc. À l'origine, la campagne MeToo est utilisée depuis 2007 par l'activiste Tarana Burke. Elle sera relancée sous forme de hashtag en octobre 2017 par l'actrice Alissa Milano, suite à la publication des enquêtes accusant le producteur américain Harvey Weinstein d'agressions sexuelles. Cette variante française est une des rares à encourager les utilisateurs à partager les noms des personnes accusées, ce qui occasionnera nombre de débordements (accusations fallacieuses), posera des problèmes moraux liés à la présomption d'innocence, et illustrera le risque sous-jacent de la substitution des réseaux sociaux à la justice.

[10] Beer-Sheva : centre administratif pour le district sud d'Israël, et 6ème plus grande ville du pays, Beer-Sheva bénéficie d'une place centrale dans la gestion du réseau de transport.

[11] Pyramide de Maslow : théorisée dans les années 1940 par le psychologue Abraham Maslow, la pyramide des besoins hiérarchise les multiples besoins de l'être humain comme autant de sources de motivations. De la base de la pyramide vers son sommet, nous trouvons donc les besoins physiologiques, les besoins de sécurité, les besoins d'appartenance et d'amour, les besoins d'estime et, enfin, le besoin d'accomplissement de soi. L'idée générale étant que derrière chaque motivation ou chaque objet de désir se cache un besoin fondamental. Cette hiérarchie, présentée comme universelle, précise que lorsqu'un besoin précédent (plus près de la base) n'est plus satisfait, il redevient prioritaire. Aujourd'hui, la théorie de Maslow est largement contredite.

[12] Dans 1984, ouvrage majeur de la littérature d'anticipation, publié en 1949, George Orwell dénonçait déjà les dérives des régimes totalitaires, la société de surveillance et la réduction des libertés assortie. Dans ce livre, l'Angsoc (Socialisme anglais), idéologie du bloc Oceania auquel appartient le personnage principal, crée le Novlangue (Newspeak en anglais) à partir d'assemblages de mots et de contractions diverses. Dans le cadre d'une politique active de réduction de vocabulaire, l'édition du dictionnaire novlangue doit permettre, à terme, d'éliminer tout autre mode de pensée et idées hérétiques. Les mots novlangues comportant peu de syllabes afin d'être prononcés plus rapidement, sont conçus pour être prononcés sans réflexion et afin d'anéantir l'affect et la connaissance intuitive des mots ainsi que de rendre impossible l'expression et la formulation de pensées subversives. Bien qu'il soit toujours possible de dire que les décisions du Parti sont mauvaises, il sera impossible d'argumenter sur cela. Le langage en est réduit à une fonction informative. Le novlangue fait l'objet d'appauvrissements planifiés dont le but est d'hébéter le peuple pour mieux le contrôler. (Cela donne à réfléchir, n'est-ce pas ?)

[13] Les laboratoires SGM : Synthétisation des Gamètes Mâles.

[14] Le thé Wulong, ou thé Oolong, trouve son origine dans la région chinoise du Fujian. Type de thé à oxydation incomplète, à mi-chemin entre le thé vert qui n'est pas oxydé et le thé noir dont l'oxydation est complète. Constitué traditionnellement de feuilles entières, il est sans amertume.

[15] Enigma : à l'origine machine électromécanique portable servant au chiffrement et au déchiffrement de l'information. Inventée par Arthur Scherbius d'après un brevet de Hugo Koch de 1919, elle servit notamment à l'Allemagne nazie et à ses alliés avant et pendant la Seconde Guerre Mondiale. Le film *Imitation Game*, réalisé par Morten Tyldum en 2015, retrace les prouesses (et les frasques) d'Alan Turing, mathématicien et cryptologue britannique, chargé par son gouvernement de percer le secret de cette machine prétendue inviolable.

[16] Le *Manifeste des Égaux* : auteur entre autres de nombreux essais, poèmes, pamphlets, ainsi que d'une première mouture du calendrier républicain, Sylvain Maréchal (1750-1803) participa en 1796 avec Gracchus Babeuf et une poignée d'autres révolutionnaires à la Conjuration des Égaux. Tentative de renversement du Directoire, les Égaux veulent poursuivre la révolution, dont seulement quelques privilégiés ont tiré profit, et prônent l'abolition de la propriété privée ainsi que la collectivisation des terres. Rédigé sur un ton acerbe et engagé, le *Manifeste des Égaux* fera de Maréchal l'un des premiers communistes et, selon certains, l'un des premiers anarchistes. Friedrich Engels et Karl Marx reconnaîtront d'ailleurs en la Conjuration des Égaux « la première apparition d'un parti communiste réellement agissant. »

[17] *J'accuse* : article d'Émile Zola publié dans le journal *L'Aurore* le 13 janvier 1898, *J'accuse* prend la forme d'une lettre ouverte à Félix Faure, alors président de la République française. En 1894, Alfred Dreyfus, officier d'état-major est accusé d'avoir livré des documents à l'Allemagne et condamné à l'emprisonnement à perpétuité. En novembre 1897, le véritable traître est identifié comme étant le commandant Walsin Esterhazy, puis acquitté en Conseil de guerre en janvier 1898. C'est alors que Zola lance des accusations nominatives, incluant le ministre de la guerre et le chef d'état-major des armées,

se positionnant ainsi hors-la-loi. Zola comparaît le mois suivant, est condamné, mais s'exile à Londres. Les failles de l'accusation ainsi mises à jour, le cas de Dreyfus est révisé quelques mois plus tard. Alfred Dreyfus sera gracié puis réhabilité en 1906.

[18] *I have a dream* : discours prononcé le 28 août 1963 devant le Lincoln Memorial par le pasteur et militant américain Martin Luther King. C'est durant la marche populaire pour l'emploi et la liberté, à Washington, que King appelle à la fin du racisme et revendique l'égalité des droits civiques et économiques. Point d'orgue du Mouvement des droits civiques, ce discours fait référence à la Proclamation d'émancipation de 1863, rappelant « qu'un siècle plus tard, le Nègre n'est toujours pas libre. »

[19] *Adresse aux Députés pour la loi sur l'IVG* : le 26 novembre 1974, la ministre de la Santé Simone Veil présente devant l'Assemblée Nationale le projet de loi relatif à l'interruption volontaire de grossesse. Sous la présidence de Valérie Giscard d'Estaing, qui la charge de préparer ce projet, il s'agira d'encadrer la dépénalisation de l'avortement. Après quelques 25 heures de débats houleux, animés par 74 orateurs, la loi est finalement adoptée le 29 novembre 1974 à 3h40 du matin par 284 voix contre 189. Le Sénat l'adoptera à son tour le 20 décembre 1974 par 185 voix contre 88. Promulguée le 17 janvier 1975, la loi entre en vigueur pour 5 ans, à titre expérimental, puis sera reconduite sans limite de temps.

[20] *Les Luttes de classes en France* : ouvrage majeur écrit par Karl Marx en 1850, portant sur les débuts de la Deuxième République. L'auteur y expose comment la Monarchie de juillet, régime politique du royaume de France entre 1830 et 1848, conduisit à l'émergence et à l'identification politique de plusieurs classes antagonistes : le Petite bourgeoisie républicaine, la Bourgeoisie républicaine, l'Opposition dynastique et le Mouvement ouvrier. Si cette dernière royauté, éminemment libérale grâce à son souverain Louis-Philippe, permettait d'utiliser l'État comme un instrument au service de la classe dominante, l'aristocratie financière (la petite bourgeoisie et la classe paysanne étaient alors exclues du pouvoir politique), la Deuxième République permit, dès 1848 et grâce au suffrage universel, l'émergence réelle et avouée de classes bien identifiées.

Les institutions républicaines sont d'ailleurs remplacées par des institutions sociales ; la révolution de 1948 est surtout une victoire des ouvriers. S'ensuivront de nouveaux rapports de classes, entre fraternité et abolition imaginaire de ce rapport, puis prolétariat et petite bourgeoisie, cohabitation, bourgeoisie royaliste, aristocratie financière, parti social-démocrate... une lutte perpétuelle entre le capital et la force de travail.

[21] Marie Gouze, dite Olympe de Gouges (1748-1793) : femme de lettres française, devenue femme politique, elle est considérée comme l'une des pionnières du féminisme français. Mariée à 17 ans à un traiteur parisien de 30 ans son aîné, elle aura un fils, Pierre, avant le décès de son mari. La loi française interdisant à une femme auteure de publier un ouvrage sans le consentement de son époux, elle ne se remaria jamais, conservant ainsi sa liberté de publication. Elle monta sa propre troupe de théâtre itinérant. Indépendamment de son théâtre politique qui fut joué à Paris et en province pendant la Révolution, la pièce qui rendit célèbre Olympe de Gouges est *L'esclavage des noirs, ou l'heureux naufrage*, publié sous ce titre en 1792, mêlant modération et subversion dans le contexte de la monarchie absolue. L'utopie humaniste d'Olympe de Gouges qui imprègne ce texte lui aura valu de multiples menaces de mort, notamment de la part des propriétaires d'esclaves. Auteur de la *Déclaration des droits de la femme et de la citoyenne*, considérant que les femmes étaient capables d'assumer des tâches traditionnellement confiées aux hommes et demandant qu'elles fussent associées aux débats politiques et aux débats de société. Elle écrivait : « La femme a le droit de monter sur l'échafaud ; elle doit avoir également celui de monter à la tribune ». Elle demanda l'instauration du divorce, la suppression du mariage religieux, et son remplacement par une sorte de contrat civil signé entre concubins. C'était, à l'époque, véritablement révolutionnaire, de même son engagement en faveur de la libre recherche de la paternité et la reconnaissance d'enfants nés hors mariage. Elle fut aussi l'une des premières à théoriser, dans ses grandes lignes, le système de protection maternelle et infantile que nous connaissons aujourd'hui et, s'indignant de voir les femmes accoucher dans des hôpitaux ordinaires, elle demandait la création de maternités. Elle fut guillotinée à Paris le 3 novembre 1793 pour contravention aux

principes républicains, pour avoir désigné et dénoncé les responsables de la montée en puissance de la dictature (Marat, Robespierre...), elle a laissé de nombreux écrits en faveur des droits civils et politiques des femmes et de l'abolition de l'esclavage des Noirs.

[22] Émilie Gourd (1879-1946) : journaliste suisse, militante du droit des femmes et figure importante du féminisme suisse et international. Elle appartenait à la haute bourgeoisie protestante genevoise. En 1898, elle achève sa formation à l'école secondaire et supérieure de jeunes filles, mais ce diplôme ne lui permettant pas de s'inscrire à l'université, elle décide de suivre les cours universitaires d'histoire et de philosophie en tant qu'auditrice libre. Elle enseigne ensuite brièvement l'histoire contemporaine avant de rejoindre en 1903 l'association féministe « Union des femmes ». En 1909, elle s'engage au sein de l'Association genevoise pour le suffrage féminin, dont elle deviendra présidente. En 1912, Émilie Gourd fonde le journal *Le Mouvement féministe* dont elle s'assurera le poste de rédactrice en chef, jusqu'à sa mort. La journaliste multiplie ses activités féministes, jusqu'à être nommée secrétaire de l'Alliance internationale pour le suffrage des femmes en 1923.

[23] Simone de Beauvoir (1908-1986) : philosophe, romancière, mémorialiste et essayiste française, elle obtient le prix Goncourt pour *Les Mandarins* et devient l'une des auteures les plus lues dans le monde. Souvent considérée comme une théoricienne importante du féminisme, notamment grâce à son livre *Le Deuxième Sexe* publié en 1949, Simone de Beauvoir a participé au mouvement de libération des femmes dans les années 1970. Elle a partagé la vie du philosophe Jean-Paul Sartre. Élevée par une mère très pieuse, elle-même croyante exaltée et mystique pendant quelques années, Simone perd progressivement la foi à quatorze ans. Elle commence alors à s'émanciper intellectuellement de sa famille. À quinze ans, son choix est déjà fait : elle sera une écrivaine célèbre. Outre son poste de professeure agrégée de philosophie, elle fonde une revue, *Les temps modernes* qui a pour but de faire connaître l'existentialisme à travers la littérature contemporaine. Après plusieurs romans et essais où elle parle de son engagement pour le communisme, l'athéisme et l'existentialisme, elle obtient son indépendance financière et se

consacre totalement à son métier d'écrivain. Avec Gisèle Halimi, elle a cofondé le mouvement *Choisir*, dont le rôle a été déterminant pour la légalisation de l'Interruption volontaire de grossesse. Après la mort de Sartre en 1980, elle publie *La Cérémonie des adieux* où elle décrit les dix dernières années de son compagnon avec des détails médicaux et intimes si crus qu'ils choquent bon nombre des disciples du philosophe.

[24] Marguerite Yourcenar (1903-1987) : femme de lettres française (naturalisée Américaine en 1947), romancière, nouvelliste et autobiographe, elle est aussi poétesse, traductrice, essayiste et critique littéraire. Elle fut la première femme élue membre de l'Académie française en 1980. Elle accompagne son père, homme cultivé et anticonformiste, dans ses voyages, elle l'observe, assiste à ses amours dont elle fera la trame de *Quoi ? L'Éternité*. Yourcenar aime des femmes et tombe amoureuse d'un homme homosexuel. En 1939, alors que l'Europe s'achemine visiblement vers la guerre, Marguerite Yourcenar part pour les États-Unis rejoindre Grace Frick, alors professeure de littérature britannique à New York et sa compagne depuis une rencontre fortuite à Paris en février 1937. Grace Frick renonce à sa carrière universitaire, soutient financièrement et psychologiquement Marguerite Yourcenar et devient la traductrice de son œuvre en anglais. Des romans historiques aux mémoires autobiographiques, l'œuvre de Yourcenar se caractérise d'abord par l'élaboration esthétique de sa langue, au style épuré et classique, et par le privilège donné à la narration. Inspirée à la fois par la sagesse orientale et la philosophie gréco-latine, la pensée de l'écrivaine se reconnaît notamment dans l'humanisme de la Renaissance entendu comme curiosité universelle nourrie par la lecture des livres anciens.